EL MUNDO DE AFUERA

外の世界

ホルヘ・フランコ
田村さと子 訳

作品社

外の世界

僕の内部の世界　バレリアに

官報　第〇三四号

コロンビア共和国政府軍

陸軍

メデジン、一九七一年八月九日

第四旅団長グスタボ・ロペス・モントゥーア大佐は当月八日十八時二十分ディエゴ・エチャバリーア・ミサス氏が当市ポブラード地区にある同氏邸宅〈エル・カスティージョ（城）〉近辺で誘拐されたことを報告する。誘拐はディエゴ・エチャバリーア・ミサス氏が親族や友人とともに自宅に帰宅するところ、武装した三名の反社会的勢力に行く手を塞がれ、三名が居合わせた人々を威嚇する抵抗不可能な状況のもと起こったもので、ナンバープレートＬ４５３１をつけた白のジープ・コマンドで連れ去られた。

当局はドン・ディエゴの所在を突き止め、救出し、誘拐犯逮捕に繋がる手掛かりとなり得るいかなる情報をも当局に適宜提供してくれるよう、有益な協力をメデジン市及びアンティオキア県の善良なる一般市民・県民の公徳心に訴えるものである。

第一章

　織物工場や製鉄所からの機械音、街を行き来するバス、自動車、オートバイ、メデジンの街を横切る廃線前の汽車などの喧騒は、風が高所で覆いのようにさえぎってくれるので、丘の上では風の音がわずかに聞こえるだけだ。城のある丘は急勾配になっており、威厳を示すように日常の喧騒から隔離されている。擦れ違う二台の自動車のタイヤの幅よりわずかに広い、たった二車線の舗装された道路があるだけだ。バルソスの丘と呼ばれているのは、かつて丘の麓《ふもと》から頂上までバルサの木が植えられていたからである。飛行機が山並みにそって航路を取るとき、山の静けさをゆさぶる。もし飛行機の進行方向右側に席を取っていたら、城と城を取り巻くいくつかの庭園が目に入るだろう。そして運がよければ王女さまが上空を行く飛行機に向かい手を振るのが見えるかもしれない。

　丘を下り切った場所は谷間となっていて川により二分されているが、川は悪臭を放っておりヒメコンドルたちが排水溝から流れ出す獲物を狙って飛び回っている。緩やかに流れる川はゴミや糞尿、あぶくを引きずっていて、その両側にそってできた質素で静かないくつかの地区に、僕たち七十万人あまりが軒を連ねて住んでいる。また煙を上げて大気を汚染する工場群もある。

　ここではごろつきや強盗、個人の家からの銀製食器セットの窃盗、銀行強盗、酒場での喧嘩、浮気、娘と駆け落ちした男に一発喰らわした父親、誰かに取りついた悪魔、呪術をかけて他人の夫を誘惑した女などの話を耳にする。

　城の近くには女学校が二つ、教会が一つ、尼僧が聖餐用パンの切れ端を売っている女子修道院が一つ、それに僕たちの住むゆったりとして広い現代的な家々が住宅用の敷地と山間《やまあい》の道のあいだにある。木々にはヤマオオニオオハシ鳥、ソライロフウキン鳥、ハチクイモドキ、ムクドリモドキ、キジバト、王女さまが〝花つつき〟とも呼んでいるハチドリがやってくる。僕たちは夜には蛙と蟬の鳴き声を聞きながら眠りにつき、朝には鳥たちの囀《さえず》りが目を覚めさせる。僕たちが耳にするのと同じこれらの音が王女さまを眠りに誘い、そして目覚めさせる。

　夜に雨が降り、日中僕らが丘を登ったり下ったりして空き地を走り回っているあいだに、花々が開く。僕らはいつも遠巻きに城の周辺をうろつき回るのが好きだ。城には王女さまはじめ王さまも妃《きさき》さまも住んでいるというのに、城にあるいくつもの塔や地下室、円天井、そして幽霊が恐れを感じさせるのだ。丘の東側に王女さまがいて、庭を飛び回っている。彼女を息も絶え絶えに一人の夫人が追いかけている。

「イヅルデ、イヅルデ」王女さまを呼ぶヘッダの大きな声が聞こえる。少女がアンスリウムやムッサエンダの茂みにまぎれこんでいくと、身に着けたきらびやかな衣装はヘリコニアの花に絡まってしまう。少女はまだ狭さを感じていない世界で草むらを飛び跳ねている。少女の笑い声を頼りに塔の上から大声で呼ぶ、ヘッダから逃れて走る。家庭教師の声は男みたいだし、ひどい訛《なま》りもあるので少女はおかしくなる。仕方なくヘッダが日射しの中を捜しに出てくるのを隠れて待っている。

「イヅルデ、ヴォー・ビスト・ドゥ（あなたはどこにいるの）」

召使いが一人、家政婦が二人、料理女が二人、運転手一人の他、グスマンという名の庭師がいてお嬢さまのかくれんぼにつきあう。お嬢さまはどこにいるのか、とヘッダがグスマンに尋ねると彼は、先ほどまでそのあたりを走り回っていましたよ、と言う。ヘッダはもう一度少女の名を大声で呼び、さらに少しのあいだ彼女を捜すが、暑さに閉口して城に入り水を飲んで一息ついて、ディータに愚痴をこぼす。

「どこにも見つかりません。刺繍の時間になるといつもどこかに隠れてしまうんです。算数の授業にもやってきませんし、地理の授業にも関心がなくてジャングルの中に逃げこんでしまいます」

ディータは家庭教師が庭のことをそのように表現するのを笑いながら聞いている。ゴムの木、スモモの木、ビンロウ樹、大きく枝を広げたサマンの木などをジャングルと呼んでいるのだろう。ディータは腕時計の時間を見ている。あまりにしばしば見るので、いつも今にもどこかに外出するのではないか、との印象を与える。ヘルシャイトでは今何時なのか知るためだそうだ。というのも彼女がかつて住んでいたその地から六、七時間早い時間で暮らしているからだ。彼女はヘッダにあと十五分ほど遊ばせてやってと言う。

ヘッダは迷惑そうな様子を隠しもしない。ドイツを離れてまでやってきた意味を否定されるからではなく、少女がもし他の女の子のように学校に行かないなら、野蛮な国で少女を一人前の淑女に育て上げる役目をさらに続けなければならないからだ。ディータはヘッダの表情を読み取ってもう一度時計を見てから言った。わかったわ、じゃあ、わたしが捜しにいきます。

たった一度声をかけただけで少女はシダの茂みから姿を現す。髪の毛には草がからみ靴下には棘《とげ》状《じょう》のオナモミの実をつけている。母親のところまで駆け寄って言う。

「授業に出たくないの」

ディータは、昼ご飯の後でまた遊びに出ていいから、と娘に約束する。すると少女は諦めて刺繍の授業を受けることにする。

いくつものタピストリーが掛けられた居間で、少女はあらかじめ布地に描かれた動物の下絵に刺繍をしている。それは長い耳を後ろに反らせた一羽の兎で、二本の長い前歯と額の真ん中に螺状の角が一本突き出ている。下絵を描いたときに、少女は一角兎よと言った。ヘッダは不満だったが、刺繍を続けさせるために譲歩した。

その後、彼女はヘッダと母親と一緒に小食堂でチーズパンを食べながらホット・チョコレートを飲む。食べ終えるともう一度庭に出てもいいと約束してもらったことを思い出させる。

「まだお日さまが出ているわ」と言って窓ぎわまで走っていく。

家庭教師は深くため息をつくが、誰かがひと言も言わないうちに、ディータが後悔する間も、雲が太陽を覆う間も、その太陽そのものが山の向こうに沈む間もないまま、その日最終の飛行機が空港に着陸する前に、工場で働く労働者たちに帰宅時を告げるサイレンが鳴るほんのわずか前に、王女さまは急いで庭に出て、午後の最後の日射しに照らされ、彼女の王国を吹きぬける暖かい一陣の風に身を包まれながら森に登っていく。

少女の警備に当たるグスマンはもういない。庭の片隅にある自分の小屋に入ってラジオで午後のニュースを聞いている。ヘッダは自分の部屋に閉じこもり、いつものように自問自答している。わたしはこの野蛮な国でいったい何をしているのだろう。足でゴキブリを踏み潰し、手で蚊をたたき落とし、あなたから遠く離れ、というよりもあなたの思い出からも遠ざかって、二人のあいだに横たわる大海原に隔てられてあなたからの便りすらない。料理女たちは食材置き場で夕食のメニューを考えている。家政婦たちはシーツやベッドカバーにアイロンをかけている。ディータは化粧台の鏡の前に座って、一日の終わりに夫を待つ妻として髪にヘアスプレーをかけ、白粉《おしろい》をはたき、香水をつけている。

メデジンはどんよりとした光に包まれているので、リムジンの後部座席のドン・ディエゴはヘラルドに、おい、ライトをつけろよ、もうほとんどなにも見えないじゃないか、と言う。窓を開けて深呼吸していたヘッダは、糸杉の並木道をやってくる自動車のライトに最初に気づく。それから下の階に走って降り、外に向かって駆けだす。

「イヅルデ、イヅルデ、お父さまのお帰りよ！」庭に向かって叫んだちょうどそのとき、車のクラクションが鳴り、グスマンは鉄柵の扉を開けようと急いで出てくる。ディータは化粧台の椅子から立ちあがり、スカートの襞《ひだ》を直す。家政婦や料理女たちは、ご主人さまがお帰りになりました！と言う。召使いのウーゴは小股で足早にまっすぐ正面玄関に向かって進み、手袋をはめると、いつも一つの穴に指が二本入ってしまうので愚痴をこぼしている。

ヘラルドがリムジンのドアを開けると、頭から足の先まで黒ずくめのドン・ディエゴが降りる。ユリの花の香りを深々と吸い込みながら幅広の正面階段まで歩いていくと、そこではウーゴがお辞儀をして主人を待ち受けている。

少女は庭の紫陽花や菊、ワタスギ菊、ベゴニアの花を飛び越えて森からやってくる。地面からアナコンダのように出ているゴムの木の根っこをよけている。ドン・ディエゴは駆けつける娘の足音を聞き、息を切らせながらうれしさのあまり懸命に父親を呼ぶ娘の声を聞く。ポーチの下で王女さまを見る。夕暮れの薄明かりの中で輝く王女さまの髪はぐちゃぐちゃに乱れている。宮廷の道化役がかぶる帽子の角のような四束の捩じれた髪が垂れていて、頭の中央には髪の房が円錐形に突き出ており、その先には一輪の花が飾られている。

第二章

「俺は堕落する前に、あんたみたくイソルダを抱き締めて、俺のイソルダ、と呼んでみたかった。俺が欲しかったのはあんたの金じゃないんだよ、ドクトール。あんたの娘を欲しかったんだ。城の近所に住む金持ちのぼんぼんが日がな一日、城の周りをうろついているのと同じように、俺もイソルダの行動を遠くから窺っていたんだ」

ドン・ディエゴは壁の一点を見つめたまま、かろうじて瞬きをした。エル・モノ〔訳注：猿という意味のあだ名〕・リアスコスは彼が何か言ってくれないかとしばらく待っていたが、ドン・ディエゴは頭を反らして目を閉じた。城で世間のことを忘れたいと思うときにするように。エル・モノは手に持ったカップを腹立たしげに見た。底には凝固した乳皮のだまが沈んでいた。なんで喰わないかわかったよ、と言うとカップを傍に置いた。わからないのは、と続けた、なんでここから出るために協力しないのかということだ。セホン〔眉毛という意味のあだ名〕！　とエル・セホンを呼び、そして彼にカップを片づけるように命じた。俺はこんな汚物を飲んでしまったのか、カップの底になにがあるか見てみろよ、と言った。エル・セホンは飲み残したコーヒーの上のねっとりした乳皮の塊《かたまり》を見て眉を上げた。

「牛乳だよ」とエル・セホンが言った。

「そうだ、たしかに牛乳だ」とエル・モノは言った。「だがよ、なんでもっと新鮮な牛乳を手に入れてこないんだ、このへんはあちこち牛だらけだろ」

「俺たちにここから出ないように、って言ってたじゃないか」とエル・セホンは言い返した。

「そう言ったよ」エル・モノは非難しはじめた。「だが俺に代わってドン・ディエゴを丁重にもてなすように、とも言ったはずだ、なにを置いてもだ、ちがうか、ドクトールさんよ」

ドン・ディエゴは目を閉じたまま、サンタ・エレーナの寒さに苛《さいな》まれている自分の身を抱き締めながら、苦しそうに呼吸をしていた。

「明日は客人に飲んでいただくために搾りたての牛乳を持ってこい。腹の具合が悪くならないようによく沸かして出すんだぞ。あまったらチーズを作ってやれよ」とエル・モノはまったくエル・セホンを見ずに、ドン・ディエゴをずっと見つめながら命令した。「さあ、もう行ってもいい。それを片づけろ」

エル・セホンが扉を閉めると、エル・モノは部屋の中を歩き回った。眠っているかのように動かないドン・ディエゴから目を離さなかった。他にもいろいろあるけどな、さっきも言ったように俺の長所の一つは忍耐強いことなんだ、とエル・モノは彼に話しかけた。イソルダをこっそり見るために午後の間じゅうずっと俺は庭に留まっていられた。木の枝に腰かけてケツを痛めながらな。こんな言い方だけど許してくれよ。けどあそこで待っている時間、どうしたら居心地よく過ごせるかわからなかったんだ。別の枝に移ったりもしたけどもよ、同じことだった。あの娘が現れないときはもっといらいらしたもんだ。その上土砂降りだってある。知ってのとおりメデジンでは、いったん雨が降ったら怒り狂ったように降る。山からの寒気が入り込むあんたの城では特にひどい。寒いか、ドン・ディエゴ？　エル・モノは毛布を彼に渡した。ほら、くるまりな。ドン・ディエゴは埃《ほこり》まみれの破れた毛布を見て唇をとがらせた。エル・モノにはそれがうっとうしがっているのか、屈辱を感じているのか、はたまた妥協しないと決め込んでいる沈黙を隠すためなのか、わからなかった。彼は、私のためには一ペソたりとも払わないだろうよ、と言ったきりその後はほとんど口をきかなかった。

「土砂降りに風ときたらひどいもんだ」ポンチョを着て手をポケットに突っ込み、ずっと立ったままの姿でエル・モノは続けた。「待っていてその甲斐があることもあったよ。娘さんが現れるとまるで……」エル・モノはドン・ディエゴが固く目をつむっているのに気づいたので、その両目からふたたび力を抜くまで黙っていた。「庭が輝き出したんだ」エル・モノは続けて言った。「暖かい風が吹いて、あの娘が笑うとまるで、まるで……」感情が高ぶって言葉が出てこなかったが、ようやく言った。「あの娘が外に出てくると雨までやんで、木の枝の硬さなんかまったく気にならなかったね。ただ、お宅の家の誰かが俺を見つけるんじゃないか、ってことだけが心配だったけどね」エル・モノはガタついた木の椅子に近づいた。「失礼して座らせてもらうよ」

ドン・ディエゴは目を開くと、エル・モノが彼を見つめていたので一瞬、夜になって初めて互いに視線を交わした。それからドン・ディエゴはそれまでの彼に戻り、目を閉じ頭を反らして骨までしみる寒さの中に身をまかせた。

「あの娘が現れると、まるで太陽が顔を出したようだったね」とエル・モノは言った。「一番生い茂った木の枝に隠れていたとしても、あまりに強烈な光だから、俺の居場所を曝露《ばくろ》しちまうんじゃないかってびくついたもんだよ。俺だって自分を守るすべは知っている。モノ〔金髪という意味もある〕っていうあだ名は、ちいさいころ金髪だったからじゃなくて、木によじ登るのがうまかったからなんだ」エル・モノは笑おうとしたが、ため息しか出てこなかった。

部屋の外では今の会話を聞いていて、彼を侮るかのように笑い声が起こったので、エル・モノをいらつかせた。だがツイッギーが大笑いするのを聞くと騒ぎのわけがわかったので、さらに腹立たしくなった。顔を両手でこすって頭を掻き、髪を乱しながら、女っていうのはなんでこうも扱いづらいんだ、とうんざりしたように言った。一気に扉を開けると手下どもに向かって、静かにしろと怒鳴りつけた。

驚くばかりの静寂が部屋を満たし、わずかに聞こえるのは、目を閉じてはいるが起きているドン・ディエゴの、苦しげな呼吸の音ばかりとなった。外ではヨタカが一羽、ピット、ピット、ピットと囀っていて、ヨタカたちが城の灌木の中に巣を作っていたのをドン・ディエゴに思い出させた。

「なにがおかしくて笑っているんだ？」エル・モノが訊くと、ドン・ディエゴはふたたび険しい表情になった。「外にいる奴らのことか？　俺のことか？　俺のことを笑ってるのか？」エル・モノ・リアスコスは作り笑いをしながら言った。「そいつは結構」犬のように椅子の周りを二回まわり、ふたたび椅子に座ると頭を壁にもたせ掛けて言った。「この件がすべて片づいたときに、あんたに笑う気力がのこっているか、見てみようじゃないか、ドン・ディエゴ。それともあの娘のことかな？　彼女のなにを思い出したんだ？　俺たちのイソルダのことで笑ったのか？」

ドン・ディエゴはかっとなって目を開けた。

「俺たちのだと？」

今度こそ、エル・モノは腹から笑った。俺にしたって同じだよ。あの娘を思い出すと、ときどき自分でも知らないうちになんでもないのに笑っているんだ。悪ふざけかなにかを思い出したんじゃないか、って訊かれるけど、あんたと同じだよ、ドクトール、あの娘のせいだ。俺たちのイソルダを思うと、笑いがこぼれてしまうんだ。あんたは、俺たちのって言うと怒るけどな。

エル・モノは立ちあがり、壁と板戸に大きな板と梁材を怒りにまかせて釘で打ちつけて開かなくした窓まで歩いていった。ゆっくりと歩き、自分自身に話しかけるように唇を動かした。突然、少し声を大きくして、静寂の中で彼が朗読するものを老人に聞こえるようにした。

――苦しんだり耐え忍んでいる者にとって人生はすばらしいものだ。あなたの人生が不毛の砂浜であり苦悩や不安や心の痛みに満ちているのを知っている私が、より多くの幸せをあなたにあげよう、鳥の巣には生い茂る木々の緑を、日没には夕暮の茜雲《あかねぐも》を。

エル・モノは急に黙り、そっとドン・ディエゴを見た。先ほどよりも呼吸が速くなり、苦しそうで顔も赤い。わかったよ、ドクトール。あんたはポンチョを着た詩人なんて気に入らないんだ。けどマエストロ・フローレスがなけりゃ、イソルダが出てくるまでそんなに長い時間待つことなんてできなかっただろうよ。俺は彼の詩を全部暗記している。今ではもう大の大人になったから、かなり忘れかけているけどね。あの娘に聞かせるために覚えたんだ。エル・モノは考え込む様子でもう一つの椅子のほうに歩いていったが、座らずに背もたれに両手をついた。人生ってどういうものか考えてみな、と言った。俺が誰に詩を聞かせることになったか、をね。ため息をついて言い加えた。それにどんな状況で聞かせたかったか、もね。指で椅子をコツコツ叩いた。時計を見てから詫びを言った。すまないね、ドン・ディエゴ。これで俺たちの話はおしまいだ。いろいろやらなければならないことがあってね。その中にはあんたの家に電話することも入っているんだ。この数日、あんたの家の人と話していないからね。奥さんには取り次いでもらえない。俺と話したくない、と言っているそうなんだ。

「ありがとう、ディータ」とドン・ディエゴはつぶやいた。

「なんて言った？」エル・モノが訊いたが、ドン・ディエゴは繰り返さなかった。「どっちにしても俺は電話をかけなきゃな。奴らがあんたをここに置いておきたいっていうのなら、それは奴らの勝手だからな」

エル・モノはまた椅子の背をコツコツと叩き、ドン・ディエゴが古い折り畳みベッドの上に居心地悪そうに座ってじっと天井を見ているだけでなく、何か別のことをするのではないか、と黙ったまま待っていた。

「それじゃ、ぐっすり寝てくれよ」エル・モノは言った。

部屋から出てドアに南京錠をかけた。暗い廊下をうつむいて歩いて居間に入っていくと、他の仲間たちが笑いながらひそひそと話をしていた。

「モノ、モニート」ツイッギーが飛び出してきて目の前で立ち止まった。何事もなかったかのように彼に微笑《ほほえ》みかけた。

「おまえなあ、わからないのか」エル・モノは文句を言った。「俺はいったいどこの国の言葉でおまえと話をすればいいんだ？」

ツイッギーはマスカラをたっぷり塗ったまつ毛をパチパチさせて瞬きした。モニート、あたしにはあんたが必要なのよ、と甘え声で言った。あんたがいないと寂しいのよ、いっしょにいたいの。

来るなよ、とエル・モノは言った。おまえが必要になったら、こちらから会いにいくからよ、それだけだ。ツイッギーはけばけばしい緑色のミニスカートの裾を、あたかもそのスカートに自分の人生がかかっているかのように両手でつかみながら言った。

「だってあたしから会いに来なければ、あんたは会いに来てくれないじゃないのよ」

「わかった」手を上げてエル・モノは言った。居間の真ん中に立ち止まってエル・セホン、カルリート、マレッサ〔雑草を意味する〕を見た。「カランガはどうした？」とエル・モノは尋ねた。

「牛乳を探しにいったよ」とエル・セホンが答えた。

「こんな時間にか？」

「そりゃあんたの命令だからじゃないか」

「二つほど牧場を越していくと乳牛が何頭かいるんだ」とマレッサが言った。

「こんな時間に乳搾りだと？」

「そうじゃあなくてよ」とエル・セホンが説明した。「乳牛を一頭、調達しにいったのさ。牛はここで飼ったほうがいいよ。そのほうが外出しなくてすむからな」

　エル・モノは座らざるを得なかった。もう一度自分の顔をこすって髪の毛をかき回した。それじゃあ、牛を盗みにいったのか？　とカッとなりながら訊いた。だってあんたがそう命じたんだろう？　とエル・セホンは言った。エル・モノは一気にポンチョを脱ぎ捨てた。なんて間抜けなクソッタレどもだ。ツイッギーは少し離れて、彼と並んで腰をかけた。俺は牛乳を手に入れてこいと言ったんだ、とエル・モノは説明した。牛を盗んでこいとは言ってない。だけどもよ、モノ、とエル・セホンが言った。一番近い店だってここから一時間もかかるんだよ。エル・モノはさえぎった。

そうなると明日の朝、牛の持ち主が一頭足りないのに気づいて捜すだろう？　それで見つからなかったら、警察署に行って訴えるじゃないか、そしたらよ、ポリ公どもが近所を捜しまわり始める。おい、俺の言うことをしっかり聞いてんのかよ、セホン？　そしたらどうなる？　もしポリ公どもがそのクソ牛を捜しにここまでやってきたらどうなるか、おまえらの誰か、俺に教えてくれるか？

　誰も口を開かなかったので、ツイッギーが言った。

「モノ、あたしは今来たばかりよ。誰が考えついたことなのかわかんないわ」

「バカ野郎ども！」エル・モノが爆発した。ツイッギーは指のつけ根を噛みながら、彼からさらに離れた。落ち着こうと、エル・モノは息を吸い込んでから言った。「カルリート、行ってエル・ペリロッホ〔赤毛〕に、カランガを捜してすぐ帰ってくるように言ってこい」

　カルリートは顔をしかめてエル・セホンを見た。

「どうした？」とエル・モノが尋ねた。

「ええと、つまり、エル・ペリロッホはカランガといっしょに出かけたので」とエル・セホンは言った。

　エル・モノは立ち止まり、両手をポケットに突っ込んで、センターテーブルの周りをゆっくり歩き、それからテーブルを蹴りとばした。雑誌、コップ、灰皿、錫合金《すずごうきん》の皿など、上に載っていたものは一つ残らず宙に舞った。炭酸飲料のボトルが床を転がっていき、その回転が止まると、エル・モノが訊いた。

「じゃあ、見張りはいないんだな？」

第三章

僕は彼のような身だしなみをした人を知らない。召使いを雇ったり、リムジンを持っていたり、それにフランスにあるような城に住んで、口から水を噴き出すセメントの怪獣のある噴水に囲まれたテラスでお茶を飲むなんて。イソルダみたいに学校に通わないで、自宅で外国人の家庭教師や個人教師について勉強してる子供なんて聞いたこともない。僕たちにとってヨーロッパに行くなんて月に行くみたいなのに、彼らはちょっとそのへんに出かけるみたいに毎年行く。彼には何もかも備わっていて調和が取れていて完璧なので、僕たちが城の周辺の大きな家で満ち足りて暮らしているにもかかわらず、質素に思えてしまうほどだ。

月に行くみたい、というのは、先月、人間が初めて月面に降り立ったのをテレビに釘づけになって見て以来、僕らはずっと宇宙飛行士になるのを夢見ているからだ。電波はずいぶん遠くから送られてきたので、大気圏を横切る困難さを示すように、画像はときどきゆがんでいたけれど、僕たちは明け方まで食い入るように見ていた。そしてその最初の一歩で現実がもう過去のことになり、未来を生き始めている僕たちは幸せだったのだ。

皆が寝ているのに、ドン・ディエゴはワーグナーやなんかの作曲家の音楽で城を満たしている。イソルダはこのチャンスを利用して、自分のイニシャルを刺繍したスリッパを履き、忍び足で階下に降りる。階段の木は軋《きし》むが、オーケストラの音響の中に消え去る。少女は裏手にある扉の一つから外に出て、暗闇の中を城からの灯りが届かない場所まで歩いていくと、そこには少女の目の高さにホタルコメツキの天空が現れる。

ディータは部屋で時計を見ながら、鼻まで羽根布団をかぶって眠っているドイツにいる妹のことを考えている。ヘッダは結っていた髪をほどき下ろして手紙を書きながら、自分の心の痛みや恨みがましさを手紙に込めるべく適切な表現を考えあぐねている。**お便りもなくわたしへの関心も薄れたのでしょうか、お願いですから二人の間に横たわる隔たりを、さらに大きなものにしないでください。**傷つけずに済むような言葉、返事を受け取る望みが消えてしまわないように、言葉に気をつけながら訴えなければならない。いらいらして便箋をくしゃくしゃに丸め、床に捨てる。なんて嫌な音楽なの、ワーグナーなんて嫌い、血を吸いにくる憎らしい蚊、いまいましい隔たり。ドイツ語で、英語で、スペイン語で悪態をつく。

ヘッダの苦悩を別にすれば他の皆は平穏だ。二階ではドン・ディエゴがユンガーの曖昧性を理解しようと新たな一ページをくっている。それとも単に日常生活における謎を解こうとしているだけなのか。ディータは母親が教えたとおり床につく前に髪を梳《と》かすが、それは二人の娘に祖母が教えたことでもある。寝る前に髪を梳《す》いて、朝には後ろで一つにまとめてシニョンに結う。そうすると由緒ある家柄を感じさせる優雅さが生まれる。噴水の傍で蛙たちが鳴き、夜の静けさを縫って蝙蝠《こうもり》やメンフクロウ、コキンメンフクロウ、フクロネズミ、犬たちが行き交う。召使いも女中たちも、庭師も、不安を抱えた家庭教師も、父親も、母親も皆がイソルダはその時間には寝ているものと思っている。

少女はホタルの瞬きに魅了されて宇宙空間に放たれた宇宙飛行士のように森を抜けていく。灌木の中で少女を怖がらせかねない虫どもを、角で突いて追い払う役目を担う、五羽の一角兎をお供に連れて。イソルダは穴の開いた蓋つきのガラス瓶を持っている。捕まえようとしなくても瓶の中にホタルたちが飛び込んでくる。ちょっとお借りするだけね、と一角兎たちに約束している。後で自分の部屋に戻ったら瓶の蓋を開けて、彼女が眠っているあいだ、ホタルが瓶から出て飛び回れるようにし、朝には窓を開けて森に帰してやるのだ。

他の人たちは太陽の光や研ぎ師の鳴らすラッパの音、コーヒー沸かし器の立てる蒸気の音で、あるいは怠惰を悪と考えるこの街で、充分な睡眠を取った疲れで目を覚ます。高貴な人も庶民もとても早い時間に起き上がって、苦しみや楽しみ、悲しみと向きあう準備をする。そして少女は、王女さまは、自分の孤独と戦い、死者たちの生き方を学ぶために起き上がる。

第四章

メデジンには、エンシソ地区のさらに上の、エル・モノ・リアスコスの住んでいた家からほど遠くない山肌に、張りつくようにハリウッドばりの大きな看板が立っていて、そこには繊維企業の名前が書かれていた。コルテヘール、その文字は夜になると緑色のネオンに照らし出された。

「あの会社もあんたの親戚筋が創設したんだったな、ドン・ディエゴ、そうだろ？」とエル・モノが言った。「ガキのころ、あの看板がある場所までエル・セホンやカランガと一緒に登って上からメデジンの街をよく眺めたもんだよ。オラヤ・エレラ空港に着陸する飛行機よりもずっと上で、川の上を滑るように飛ぶヒメコンドルよりももっと高い。あそこで俺たちはいろいろ計画を練ったんだ。そのころはまだあんたのことは頭をかすめなかったけどな、ドクトール。計画って、金持ちになりたいガキの夢だよ。寝ること以外あまりすることのないガキの話さ。ときどき雲が低く垂れこめると雲に触れそうだ、と思ったたし、マリファナをやると飛ぶことだってできたしなあ。手に入れていないものについてよく話をした。カランガはジミ・ヘンドリックスのギターについていつも話していて、『紫のけむり』をよく歌っていた。英語も知らないくせに歌い続けていた」

「カランガ、紫のけむり〔LSDの俗語〕ってどういう意味だ」とエル・セホンが訊いた。

カランガは想像上のギターを放して、鼻を空に向けながら息を吸い込み、勝利者のように両腕を高く掲げて言った。それはなあ、なんかすごく強力なもんなんだよ、マイ・フレンド。

エル・モノはプリメロ・デ・マヨ通りにあるビリヤード店の持ち主ドン・アレハンドロ・ラミーレスの所有しているメタリックブルーのプリムス・バラクーダ、V8型エンジンつきクーペについて話していた。彼のクーペが轟音をとどろかせながら通り過ぎると、男たちのポマードで固めた髪が逆立ち、女たちは心臓がどきどきするそうだ。

「おまえ、運転もできねえくせになんで車が欲しいんだよ？」とエル・セホンが言った。

「だから欲しいんじゃないか、セホンのバカ」

「俺はピックアップトラックがいいな」とエル・セホンは主張した。

「おまえはなんに対しても満足しないくせに」と、カランガがまたジミ・ヘンドリックスのギターを手にしているときに、エル・モノはその話を遮った。

「その看板も彼女の一部だよ。台座に据えつけられたアルファベットの文字は俺たちのイソルダのことを物語っているんだよ、ドン・ディエゴ。縄張りを示しているんだ。アメリカ人たちが国旗を打ち立てて月が自分たちのものだと示したのと同じように、あんたたちはメデジンにコルテヘールの看板を立てたんだろ。あんたはまだ登ったことがないのか？　登ってあんたの名字の頭文字と同じEの文字の下に立ってみな。自分がちいさく見えるからよ」

ドン・ディエゴは彼に一瞥もくれなかった。エル・モノは深くため息をついて昔の思い出に戻った。

「カランガ、歌うのをやめな。調子っぱずれの歌はやめにしてまず英語を覚えろよ」

「モノ、このままいい気分でいさせてくれよ、な？」

エル・セホンはエル・モノにおまえは満足したためしがない、と言われてから口を開かなかった。一番最後のＲの文字の下に座って正面を見つめていた。カランガは言われたとおりに歌うのをやめたが、相変わらずエレキギターの音をがなり立てていた。

「俺はいつかドン・アレハンドロからあの車を買い取るんだ」とエル・モノが言った。

「そんな日が来たときには」とカランガが決定的な判断を下した。「新しい型の車が数えきれないほど出てるだろうよ」

エル・モノは指を火傷《やけど》する前にマリファナ煙草をはじいて捨てた。立ちあがってズボンのゴミを払い落とすと行ってしまった。

「いつも言っていたけどな、ドン・ディエゴ、大きな文字の横に立つと人は自分がちっぽけだとわかるよ。山にある看板はちいさく見えるけどな。いくつかの地区が膨れ上がってあそこまで届くのは時間の問題だろう。そうなったら、看板はどうなるんだろうか。あんたの城に通い出してからはあそこへは行っていない。だけどあの山の上で緑のネオン光に照らされながら、メデジンの街の灯りが煌《きら》めくのを見ていて俺は決めたんだ。なんとしてでも、俺の命をかけても、ドン・ディエゴ、あんたの王女さまを俺のものにしようってね」

エル・モノは部屋の壁に額と十本の指を押しつけて、壁に向かってうっとりと朗読した。

――もしおまえが俺に戦いを挑むなら、俺は受けて立とう。おまえは沸き返る泡、俺は、その激昂を信頼する海だ……

「なんてひどい詩なんだ」とドン・ディエゴが遮った。

「詩の朗読は苦手なんだよ」とエル・モノが言った。

「フリオ・フローレス自身がそんなふうに朗読したとしたら、ひどい詩人のままだろうよ」とドン・ディエゴは繰り返した。

エル・モノは片手をTシャツの下に入れて腹を掻いた。頭を振ってあふれてくる不快感を取り除こうとした。

「イソルダはとても美しく詩を朗読した」ドン・ディエゴはちいさな声で言った。エル・モノは腹を掻くのをやめたが、手はシャツの下に入れたまま温めていた。

「それでどんな詩を朗読してたんだ？」と訊いた。

ドン・ディエゴはしぶしぶエル・モノが聞いたこともない詩人たちの名前を挙げた。ヴェルレーヌ、ユゴー、ダリーオ……他にも色々な詩をフランス語で覚えていた、とドン・ディエゴは力説し、その後は二人とも黙りこんでしまった。二人とも沈黙に慣れ始めていた。

「彼女は詩を朗読してたんだな」しばらくしてエル・モノは感動しながら、つぶやいた。

ドン・ディエゴは折り畳みのベッドの上に座り、黴《かび》の生えた壁に背を持たせかけ胸元まで毛布で覆っていた。子供たちはすぐに大きくなる、とドン・ディエゴは宙を見つめて話し始めた。「人は子供の笑い声やにぎやかさに慣れるけれども、思いがけないときに、成長して子供らしさを失《な》くす。そのとき初めて子供の騒がしさやくったくない笑い声を懐かしく思いはじめるんだ」

ドン・ディエゴが話しているあいだに、こらえていた息をエル・モノは吐いた。その後、彼に尋ねた。どうしてもっとたくさん子供を作らなかったんだ？　ドン・ディエゴは彼を見つめたが、腫れた瞼《まぶた》のあいだに何か光るものが見えはじめた。そして言った。

「イソルダ以外の者が私の心に入り込む場所はなかった」

エル・モノはドン・ディエゴのどんよりした視線を見てぎょっとして唾を飲み込んだ。話題を変えたかった。

「あんたのお隣さんたちがまだあのへんを探し回っているらしい」とエル・モノは言った。「こんなことが起きてから好奇心の強い連中らが立ち寄るそうだ。あの丘を軍隊が来て取り巻いているらしいし」

「どうしてはっきりと言わないんだ？」とドン・ディエゴが質問した。

「なんのことだよ？」

「君は《こんなことが起きて》とか言っているだろう。だがそれを表す言葉があるじゃないか。はっきりと言いたまえ」

「これは取引だよ」とエル・モノは言った。「一方の側が協力しないから、とても難しい取引だ」

ドン・ディエゴはふっとちいさく笑った。

「そうか」とドン・ディエゴは言った。「じゃあ今までのもてなしは一人のビジネスマンとしてしたことなのか」

「一人のなんだと？」エル・モノは混乱して訊いた。ドン・ディエゴはもう一度笑った。エル・モノは背を向けてドアのほうへゆっくり歩いていった。「忘れないでくれよ」と言った。「ここにいるあいだ、あんたは俺の手の内にあるんだ。わかったか？　ドン・ディエゴ」エル・モノはドアを開けた。「忘れずに奥さん宛てに近況を書くんだ。おまえに会えなくて寂しいとか、早く帰りたいとか、あんた自身の手で書いたものを彼女は読みたいだろうからな」

「いくら要求しているんだ？」ドン・ディエゴは尋ねた。

エル・モノは楽しそうに答えた。

「お気の毒だが、それに関しては交渉に当たる両サイドだけが知っているんだ」

「取引の対象は私だろうに」

「そうだよ、だけど交渉相手ではないね」

「一銭も払わないだろうよ」とドン・ディエゴは言った。

エル・モノは肩をすくめて出ていく前にこう言った。こんなことをあんたが知らないわけがないだろう。言葉も掛けずに出ると、外から南京錠を通して掛け金を下ろし、投資に充分見合う身代金を確信しつつ錠前を引っ張った。

台所ではカルリートがパセリ入りのかぼちゃスープを作り、コーヒーに入れる牛乳を温めていた。カルリートはエル・モノがうつむいて入ってきたのを見たとたん、カランガがクソ寒い、と言うのを聞いた。

「すごい霧だ」とマレッサが言った。「玄関の扉さえ見えないよ」

「もう俺たちのところに軍隊が向かっているかもな、気づいたときにはもう目の前」とカランガが言った。

「霧のおかげで助かるだろうよ」とエル・モノが言った。

「けどよ、俺らの交代の奴らはどうやってここにたどりつけるんだ？」とマレッサが訊いた。「俺はもう帰りたいよ」

エル・モノが掘立小屋の扉を開けると、霧は居間まで入り込んできた。エル・モノは扉を閉めずに、一歩前に踏み出すのを躊躇させる白い霧の壁を眺めていた。

「ほらな」とマレッサは言った。

「まったくなにも見えない」とエル・モノが言った。

「つまり言いたいことは……」

「おまえが言いたいことはわかってるよ」とエル・モノは最後まで言わせずにマレッサのほうを振り返った。「来てみな。外に出てなにが見えるか教えてくれ」

マレッサは口と両目を開いて、自分と同じようにあっけにとられているのではないか、とカランガを見た。けれど相手は意地悪そうな笑みを浮かべただけだった。

「行けよ、マレッサ」とエル・モノは命令した。「どこまで霧が続いているか確かめてこい。車にしっかり覆いが掛かっているかどうかも調べてこい。それから道路まで出て仲間が来るのを待っていてやれよ」

「モノ、ションベンするにも見えやしないよ」

「おまえの番じゃないか？　この時間、おまえが見張りに立つことになっていただろうが？」

「そうなんだ」とマレッサが言った。「だがよ、外を見てみなよ」と追いつめられて言った。

「行け！」とエル・モノは怒鳴りつけた。カランガの嘲笑めいた表情が消えて、台所にいたカルリートが顔を覗かせた。

マレッサは立ちあがってエル・モノをにらみつけながら、彼が待っている扉のところまでのろのろと歩いていった。エル・モノの傍で立ち止まると、寒さに突き刺されて身をすくめた。

「崖に気をつけろよ」とエル・モノが言った。

マレッサは手を腰に回し、背後から五連発の三八口径リボルバーを取り出して、力を込めて握り締めた。その残忍さに応えるようにエル・モノをじっと見ると、立ちこめる霧の中に姿を消した。

エル・モノは扉を閉めると、尋ねた。

「カルリート、スープはどうなってるんだ？」

第五章

ドン・ディエゴは本をパタンと閉じると、無造作に机上に置いて「なんて下手な詩人だ」と言った。

「だがいまでも読まれてるぞ」とルデシンドは意見を述べた。

「だからと言ってヘボ詩人に変わりはない」とドン・ディエゴが言った。

「なんだと」ルデシンドは大声を出しながら本を手に取って数ページめくった。

「最近はこんなくだらない奴が流行するようになったんだ……」ドン・ディエゴは名前を思い出そうと指を鳴らした。

「ピエドラシエリスト派〔「石と空」派〕か」

「そうだ。記念式典をしたところで奴のことなんかすぐに忘れてしまうだろうよ」

「式典はフローレスそのものに対するというよりもシルバに対する賞賛だ」

「まったくそのとおりだ」とドン・ディエゴは言った。「だから二人をいっしょくたに扱わないでくれよ」

ルデシンドは笑いながらコニャックのグラスをかざして、透かし見ながら言った。

「味噌も糞もいっしょにするなってことか」

「この屍姦症の奴とシルバはまったく関係ないからな」とドン・ディエゴは言った。「洗練とはほど遠い。シルバはフランスの高峰たちと競い合ったが、そいつの名声はスペインどまりだ」

ルデシンドは儀礼的な笑い声をあげながら言った。

「徹頭徹尾フランスびいきの君ならそう言うだろうよ……」

「バカな話はこれでよそう、ルデ、フランスはフランスだ。《徹頭徹尾》と言うのは君に返上するよ。僕はドイツびいきであるだけで充分だ」

「なんてことを言うんだ」とルデシンドは大きな声を上げて、コニャックをすすった。

ドン・ディエゴは立ちあがり、本を取ると棚に置いた。

「それで、君はまた行くのか？」とルデシンドは言った。

「そう、二十日以内に発つんだ」

「なんて生活してるんだ」

「そう言わないでくれよ。母がもう一カ月も毎日のように説教してるんだ。帰ってきておくれ、兄さんたちだけでは事業をやっていけない、おまえはもう独り身でいるには歳を取りすぎている、なんてね……」

「当たってるじゃないか」ルデシンドが口をはさんだ。

「僕はそんなに歳を取っているかな？」

「そうじゃないけども、まだ独身なのか？　ってことだ」

「なんで急ぐんだ、ルデ。世界は広いし、戦争は過去のことになったし、少しずつヨーロッパは元の姿を取り戻している。それに引き替え、ここはどうだ？『エル・ティエンポ』紙の事件だが、この新聞社は破壊されてしまった。すべては自由党支持者であることから起きたことだろうが、そこまでしなくてもよかったのに」

「ラウレアノは政権を奪還しなければならない」とルデシンドは言った。

「ラウレアノは病気なんだ」とドン・ディエゴが言った。「それを考えると、政権に返り咲いても新たに評価するべきものはないだろうよ」

ルデシンドはあいまいな表情のまま会話に終止符を打った。沈黙しているあいだ、アナ・ホセファ夫人が台所で料理の指示を与える声が聞こえていた。

四度目に行ったベルリンでドン・ディエゴは、ケンピンスキー・ホテルで行われるベルリン国際ロータリークラブ主催の舞踏会の招待を受けた。彼はパーティ好きではなかったが、トーマス・マンも同じ恒例行事に二、三回出席したことがあると知っていたので、マンがステップを踏んだのと同じホールで踊る機会を受け入れることを躊躇しなかった。燕尾服を洗濯に出し、靴を磨かせ、友人のミルコ・バウマンと夕方六時に、クアフュルステンダム通りの角で落ち合うことを約束した。

「でも舞踏会は八時に始まるんじゃないか？」ミルコが注意した。

「知ってるよ」とドン・ディエゴは言った。「だけどマリア・カラスがケンピンスキー・ホテルに泊まっているらしいから、どうしても会いたいんだよ」

ミルコは目をまん丸くした。

「どうやって入るんだ？」と聞いた。

「舞踏会の招待状を持っていれば、少なくともロビーまでなら入れてくれるだろう」とドン・ディエゴは言った。

ミルコは笑った。

「それで、なにか話しかけたいことでもあるのか？」

「ないよ。偶然にでも姿を間近で拝めればうれしい」

六時ぴったりに、優雅に着飾った二人はホテルのロビーにいた。エレベーター近くのソファーに腰かけてシャンパンを二人分頼んだ。第三帝国の陥落からもう十年経っていたが、ベルリンはまだ東西分裂と敗北による恥辱と失意の中にあった。マリア・カラス本人は一九四三年のドイチェ・オーパーの破壊を公然と嘆きつづけていた。戦争の生々しい記憶だけではまだ充分ではない、とばかりに追い打ちをかけられたワルシャワ条約の締結をドイツ人たちは心配していた。その話題や他の時事問題について二人は語りながら、ちらちらとエレベーターのほうにもどかしそうに目をやって、『トリスタンとイゾルデ』に出演するため劇場に向かうべく毛皮に身を包んだ歌姫《ディーバ》が突然姿を現すのではないか、と気をもんでいた。ミルコはボーイの一人にカラスについて尋ねた。

「どこにいるんですか？　何時に出かけるんだろうか？」

空になったグラスを片づけながら、ボーイは当を得た答えを返した。

「彼女は風のように入られて、風のようにお出かけになります」

もう七時を回っており、ロータリークラブの舞踏会への招待者もぱらぱらと到着しはじめていた。ドン・ディエゴは肩をすくめて、ここで彼女が眠るのだとわかっただけで満足だと友人に言った。

ミルコは、がっかりするなよ、次の金曜日には彼女がはまり役を演じるのを見ることができるんだから、と言った。ドン・ディエゴは眼を輝かせた。ワーグナーについて思いをはせるときは必ずそうなのだ。

二人は巨大なシャンデリアに照らし出された舞踏会の会場に入り、主催者側が敬意を表して用意した花道のふかふかの絨毯《じゅうたん》に足音を吸い込まれながら進んだ。一人の女性が紙で作った白い花を招待客一人一人のフロックコートの襟穴につけてくれた後、人々は煌めくシャンパングラスの杯を重ねて軽く酔いが回ったところで、中央に飾られた丈の低いバラの花や、皿の上の白鳥の形に折って飾られたナプキン、銀器やグラスが輝いているテーブルのレイアウトに魅了された。オーケストラはシュトラウスの曲で場を盛り上げており、フロアでは既に先陣を切るカップルが何組か踊りはじめていた。ドイツはふたたび偉大さを取り戻している、とドン・ディエゴは感激していた。

少し経つと、会場に到着したばかりの一人の若い女性がクロークから階下のサロンに降りてきた。ミルコはドン・ディエゴがその女性に目を奪われているのに気づいた。

「おそらく今夜これからは、僕はもう君とは会わないだろうね」とミルコは冗談めかして言った。

「君はあの女性を知っているのか？」とドン・ディエゴは訊いた。

「知ってれば君とここに来たりしていない、と思わないか」

その女性は視線を感じたのであろう。最後の段を踏み終えると、あたかもこの舞踏会の約束の相手であるかのようにドン・ディエゴをまっすぐに見た。

つまりこんなふうに始まったのだ。一曲踊って、その後は全部で何曲だったか数えられないほど一緒に踊りつづけた。彼女はベネディクタ・ツア・ニーデンといった。

「でもみんなわたしのことをディータと呼ぶのよ」

「私もそう呼んでよろしいですか？」

「もちろんですわ」フロア全体が夢中になるフォックストロットを踊るときに、ドン・ディエゴのリードに従って背を反らせながらディータは言った。

オーケストラが演奏を休んでいるあいだ、ドン・ディエゴはコロンビアについてベネディクタに語った。彼女はメデジンはもちろん、コロンビアについて何も知らなかったので、彼の話を熱心に聞いていた。

「季節の変化がなくて一年中花が咲いている」とドン・ディエゴは語った。「鳥の種類の多さといったら、誰もどれほどの種類が存在するのか数えることができないくらいだ。国内は少し混乱しているけど、メデジンは平和そのものなんだ」

「じゃあ、あなたはここでなにをしていらっしゃるの？」とディータは皮肉ではなく率直に尋ねた。

「向こうにはない唯一のもの、文化とジョワ・ド・ヴィヴル（生きる喜び）を楽しんでいるのです」

最後の曲まで踊り通し、そしてその後、彼は家まで送らせてほしいと申し出た。外には細かい雨が降っていた。足が痛いわ、とディータが言った。ドン・ディエゴはホテルの庇《ひさし》の下で待つように言って傘を開くと、ホテルのドアボーイがタクシーを止めようとしている歩道まで出た。

「もう時間も遅いですし、この雨でタクシーも仕事をしたくないのでしょう」とドアボーイは濡れるのもいとわず一台一台の車をていねいに処理しながら説明した。確かに通りかかる車は少なかったし、わずかに通るタクシーも客を乗せていた。

突然、二人の目の前に一台の白いリムジンが停まった。ドアボーイが急いで後部ドアを開けると、漆黒の髪を高くシニョンに結い上げた、一人のすらりと背の高い女性が現れた。ドン・ディエゴはその高くひいでた鼻と、ギリシア人というよりもエジプト人に見える、目の周りを縁取る太いアイラインから、すぐに誰だかわかった。

「ピオーベ」と空から落ちてくる雨粒を見て女性は言った。「ウン・オンブレーロ」とドアボーイに言い、彼がまったく理解していないのに気づいて「傘を」と英語で言いなおした。「傘を持ってきて」

ドン・ディエゴはびっくりして反射的に行動した。「マダム、どうぞ」近づいて傘を差しだした。女性はほとんど彼に一瞥もくれないまま、彼の腕に手をかけてケンピンスキー・ホテルの玄関まで急ぎ足で歩いた。女性は頭一つ分背が高かったので、ディエゴは傘を高く持ち上げなければならなかった。入り口のドアまで着くと、グラッツエと言い、長いスカートの裾を翻してその才能が放つ輝くばかりの輪光に包まれながら、ロビーに消えた。

ドン・ディエゴは震えが収まらないままディータに近づいた。

「あれは……」と彼は言いかけた。

「カラスね」とディータが答えた。

二人は目にしたものを確かめるかのように、ふたたびじっとホテルの中を見つめたが、曇ったガラス越しにぼんやりした何もない空間が見えただけだった。

「歩いたほうがいいかも」とディータが言って、彼の腕を取った。「傘を開いてくださる」とドン・ディエゴに言った。「あなたは気づいていないかもしれないけど、まだ雨が降ってるのよ」

第六章

米を添えた豆料理は手がつけられないままだった。ドン・ディエゴはルーロのジュースにも口をつけていない。午前中に唯一頼んだのはシャワーを浴びることだったが、許してもらえなかった。水が氷のように冷たい、とマレッサは説明した。かまわない、とドン・ディエゴは言ったが、やはり受け入れられなかった。

「食べないのは誰のせいだ?」エル・モノ・リアスコスが彼に問いただした。「あんたの家族は生きている証拠を欲しがってるけどもよ、痩せ衰えたあんたの写真を送るほうが俺にとってはずっと都合がいいんだ」

ドン・ディエゴは唯一手渡された、先週の新聞の二ページを食い入るように見ていた。どのページにも彼の事件は報じられていなかった。ともかく端から端まで読み尽くした。

「牛乳入りのコーヒーだけでは体が持たないな」とエル・モノが言った。「ましてこのまずいコーヒーじゃあな」

「写真はどうするつもりだ?」とドン・ディエゴが訊いた。

「俺の言うことを聞いてないのか、ドクトール？　あんたの家族に送るんだよ。その新聞を置いて俺のほうを見てみな」

「女の子が話しているのを聞いたぞ」

「どの女だ？」

「ここにやってくるのは一人しかいないだろう」

「見たのか？」

「いや、だが声が聞こえた」

危険を冒して写真を現像しにいくなんて誰だってしたくない、とその女が言っているのをドン・ディエゴは聞いていたのだ。エル・セホンが、そのへんにある普通のフィルムみたいに、どこかの現像所に置いてくるように提案したときのことだ。エル・モノがエル・セホンを間抜け呼ばわりして大声で罵倒するのが聞こえた。てめえはニュースを見ていないのか、セホン？　ドン・ディエゴの顔写真は毎日ニュースで取り上げられていて、あちこちに知れ渡っているんだぞ。現像してみて、コロンビアでもっとも行方を捜索されている男の顔が現れたら、現像所の奴らはどうすると思う？

「それにあの男は写真なんか一枚も撮らせやしないわ」とツイッギーが言った。

「どんな恰好でもいいからよ、元気そうに見えるあいだに写真を撮るんだ」とエル・モノは言った。

「トイレで糞をしているときなんかは？」とエル・セホンが提案した。

「でも糞をしなかったら」とエル・トンボが言った。

「そんなことはどうでもいい」エル・モノがカッとしながら言った。「重要なのはどこでそのやっかいな写真を現像するかだ」

「いやだよ、モノ」ツイッギーが繰り返した。「あたしはそんな役目をするのはまっぴらだからね」

「報酬を倍払うと言えよ、な。誰でもいい、暗室を持っている奴にやってもらえ」

エル・セホンが暗室ってなんだ、と質問したのをドン・ディエゴは聞いていた。けれども、誰もそれに答えなかった。

エル・モノは、ドン・ディエゴに会話を聞かれてしまったことをいまいましく思い、この状況をどのように打開しようか考えながら、部屋の壁から壁まで何度も行ったり来たりした。その結果、別のやり方に賭けてみようと決めた。

「俺はイソルダの写真を持っているんだよ、ドクトール」

「ここに？　今、持っているのか？」

「いや、ドン・ディエゴ、ここにはあんた以外にはなにも持ち合わせていない。けど、十五歳の祝いのときに新聞に載ったようなやつじゃないぞ。俺が言っているのは、俺がこの手で撮った写真だ。何枚かはぼやけているけどもな、動かずにいたからとてもよく撮れているのもあるんだ。そのうちの一枚は空を見上げている写真だけども、泣いている写真もある」

ドン・ディエゴは、にわかには信じられないというようなそぶりで新聞を手から離し、簡易ベッドに横になった。いったん眼を閉じたが、ふたたび目を開いて毛布を捜した。エル・モノはその様子を観察していた。

「あの日は庭に出てきたとき、もう泣いていたんだ」とエル・モノは話した。「木の下まで来て腰を下ろし、両膝を抱えてしばらくのあいだ泣いていた。俺は心が張り裂けそうだったよ、ドクトール。というのはな、娘さんは成長してかなり大きくなっていた。たった一人で家を抜け出してきて泣いているのはよほど悲しいからなんだろう、と思ってね」

エル・モノは数歩円を描くようにうつむいて歩きながら、続けた。

「あんたも外へ出てきて慰めようと娘さんの傍に座った。娘さんは邪険に拒絶したけど、あんたは指で娘の涙を拭こうとしていた。あんたたちはとてもちいさな声で話していたので聞こえなかったけど、しゃくり上げている声はなんとか聞きとれた。そのうちに娘さんは妥協してあんたを抱き締めた。どうやって機嫌を取ったんだ？　なんて言ったんだ？」

「そのときのことはよく覚えている」とドン・ディエゴは話した。

ドン・ディエゴは何度もイソルダをなだめた。イソルダが憤慨していた原因は彼にあったのだから、言い聞かせなければならなかった。彼女は城から出たがっていたのだ。クラブや劇場や従兄弟たちの家以外の、サーカスや映画のような誰もが行っている場所に連れていってほしかったのに、ドン・ディエゴは譲歩せず、厳格さを彼の愛情で埋め合わせようとしていた。夜になると、ご機嫌をとるために人形を一つまた一つと、持って帰っていた。

「なんて言ったんだい？」

「本当にそんなことを知りたいのか？」

エル・モノはあきらかに興味深々だった。

「なぜだね？」ドン・ディエゴが訊ねた。「たいして重要なことではなかった」

「俺には重要なことだ」とエル・モノは言った。「あんたが娘さんを満足させた魔法の言葉が知りたくてたまらないね」

「それは簡単なことだ」

「なんて言ったんだ?」

ドン・ディエゴは両手の指を組み合わせて天井を見た。エル・モノは息をひそめた。

「イッヒ・リーベ・ディッヒ・ユーバー・アッレス」

「どんな意味なんだ?　それって何語だ?」

「ドイツ語だ」

「じゃあ、全部訳してくれよ」エル・モノは要求した。それっきりドン・ディエゴは黙り込んだまま、彼を見つめた。「なんて言ったんだ?」エル・モノは逆上して大声で命令したが、ドン・ディエゴは瞬きひとつしなかった。

エル・トンボがまだ警官の制服を着たまま、ドアから覗き込んで訊いた。

「呼んだか?」

「いや」とエル・モノは言った。「だがちょうどいい。これを片づけてくれ」

彼は料理が載った盆を指した。エル・トンボはしぶしぶ身をかがめた。捨てるようなものはなにもないじゃないか、と言った。それならおまえらの誰か、まずい残飯でも喰いたい奴が片づければいいじゃないか、とエル・モノが言った。そしてエル・トンボが出ていくと、背を向けて寝ているドン・ディエゴのベッドの傍に近づいて、「なんて言ったんだ?」とエル・モノは懇願するように声をひそめて訊いた。しかしドン・ディエゴは塑像のように身を固くしたまま、耳を傾けようとも話そうともしなかった。

エル・モノは一時間後に部屋に戻ると、乱暴にドアを押し開けてドン・ディエゴに言った。

「写真の話に戻ろうか。さっさと片をつけよう。あんたはここを出て、俺はこの国を永遠に出ていく」

しかしドン・ディエゴの様子は先ほどと少しも変わらなかった。眠っているようにも見えた。エル・モノはとげとげしく言った。

「ドーニャ・ディータはとても心配しているそうだ。俺たちがあんたを迎えにいったとき、何発かお見舞いしたが、そのせいで奥さんはあんたが傷を負っていると思っているらしい。俺はあんたの親族に元気だと言ったが、信用していない」

ベッドに、閉じた鎧戸《よろいど》に、あるいは黴っぽい壁に向かって話をしているみたいだった。

「俺がやりたくないことをさせようとしないでくれよ、ドン・ディエゴ。俺をいらいらさせるな。いらいらさせないでくれよ」とエル・モノは一言一言噛みしめるように言った。「こうしようじゃないか」と言い加えた。「よく考えてくれ。明日、いい天気だったら、少し散歩して写真を撮ろうじゃないか、どうだ？」

エル・モノはドアのところまで行って部屋を出る前に言った。

「ベゴニアをきっと気に入るよ、ドン・ディエゴ。もう燃えるようだからな」

メデジンの東方に位置するサンタ・エレーナの山々は、高く聳《そび》え立って緑が濃く、ジュラ期のように自然があふれ、アザレア、菊、ユリ、バラ、蘭、黄色いカーネーションから罌粟《けし》の花まで咲いていた。原生の庭のともいえるシダと清流の渓谷のあいだの地にドン・ディエゴは囚われていたのだが、あまりに厳重に監禁されていたので、夜になってもジャスミンの芳《かんば》しい匂いすら届かなかった。誘拐犯たちが口を開かず、近隣の農園で飼う犬が吠えなければ、静寂が彼を取り囲んでいた。その静寂は森閑とした森や林によるものだけではなく、小部屋の四方の壁に閉じ込められて停滞している時間にも起因していた。それに、彼の記憶も抑え込まれていた。

次の日、彼は体の具合もその年齢も顧みられることなく、ほとんど引きずられるようにして力ずくで外に連れ出された。眼をつぶって下顎を胸にしっかり押しつけ、どこに連れていかれるのかさえ訊ねなかった。外に出ると、彼は澄んだ空気を感じ、また寒冷地の太陽に目がくらんだので一瞬、顔をそむけた。陽の光に慣れると周りを見渡したが、どこにいるのかわからず、何か見覚えのあるものがないか確かめようとした。ただ緑の枝葉と自分の両足が見えるだけで、それらも深い草の茂みに隠れてよく見えなかった。遠くに風が吹くと、軋んで音を立てるホウライチクの林が見えた。振りかえると、いくつかのビスケットの缶に植えた花が唯一の彩りとなっている、掘立小屋が見えた。

「見たか？」とエル・モノが言った。ドン・ディエゴには彼が見えていなかったので、その声を聞いて驚いた。「あんたがここに来たときは、ちいさな差し芽が何本かあっただけだ。それなのに見てみな、今じゃこの住み家を賑やかに飾っているだろ」

ドン・ディエゴは土塀を背に輝いているベゴニアを見た。確かにその時点では、たった一つ華やかさを添えるものだった。

「すぐに終わるからな」とエル・モノは言ってから、大声で叫んだ。

「モナ〔金髪のぺっぴんさん〕はどこだ？」

「モナ！」とエル・トンボは家に向かって叫んだ。

中からツイッギーが出てきた。その服装と片手に持ったインスタントカメラからすると、ファッションショーを抜け出してきたモデルかロックバンドの一員のようだった。

「糞が落ちてなあい？」とミニスカートに膝頭までのエナメルのブーツを履いた彼女は、丈高く茂る草の中を進みながら訊いた。地雷が敷かれた野原でも歩くように、一歩一歩確かめていた。ドン・ディエゴの姿を見ると、心配事の対象が変わった。

「急げ、モニータ、この風で客人が風邪を引いてしまうぞ」とエル・モノが言った。

ドン・ディエゴは家のほうに戻ろうともがいたが、より若くて力のあるエル・セホンとカルリートに両腕を押さえつけられた。

「早くやれよ、モナ」

ツイッギーはエル・セホンやドン・ディエゴたちと向かい合って、エル・モノの傍に立った。ドン・ディエゴは力が尽きてしまったので、策を巡らせて顔を胸に深く埋めた。少年たちは彼を起こそうとしたが、ドン・ディエゴは強固にしゃがみ込んでしまった。

「そんなふうにするなよ、ドン・ディエゴ」とエル・モノは険しい口調で話しかけた。「家族が癇《かん》癪《しゃく》を起こしているあんたの写真を見ることになってもいいのか？」

カルリートとエル・セホンは彼を落ち着かせて立ち上がらせようとしたが、そのたびにドン・ディエゴは彼自身さえ思いも寄らないような馬鹿力を出して、体をそらしたりねじ曲げたりした。

「顔を上げさせろ」とエル・モノが怒鳴った。

「やめてくれ」とドン・ディエゴは懇願した。

「こんなの好きじゃない」とツイッギーが言った。

「なんだと?」エル・モノは振り返って彼女を見た。

ツイッギーは憤慨してエル・モノに言った。

「こんなのって嫌だ。モノ、あんた知ってるじゃないの、あたしが望んでるのはこんなんじゃない」

「ふざけるなよ」とエル・モノは彼女に言い、手下どもに向かって怒鳴りつけた。「こいつのツラを上げさせろ!」そしてツイッギーの腕をつかんで言った。「おまえは近づいてさっさと写真を撮れ」

ツイッギーは一歩前に出てインスタントカメラを目の前に定めると、ファインダーにドン・ディエゴの顔を確認した。そしてそこに現れた顔を見ただけでカメラを遠くに放り出し、牛糞を踏むのもハイヒールの踵《かかと》が折れるのもかまわずに小屋に駆け込んだ。

「できそこないめ」とエル・モノは言いながら、茂みの中に落ちたインスタントカメラを捜しにいった。

第七章

ツイッギーは瞼の襞にそって化粧筆を走らせた。自分の見せどころは目力にあると知っていた。目頭から目尻にかけて一気にターコイズブルーのアイシャドウを伸ばす。まつ毛の上に瞳の色よりも黒いリキッドのアイラインを、瞼の下方には目がより大きく見えるように白いラインを入れる。つけまつ毛で仕上げる。下には上瞼用のつけまつ毛を貼りつけて、隙間をアイライナーで埋め、両端に星の形を描いて止めた。上瞼は自身の濃いまつ毛の上にマスカラを何度も重ねて塗った。髪の毛はプラチナブロンドに染め、分けて頭の片方に梳かしつけていた。イギリス人のモデル、ツイッギーと同様、髪は少年のように非常に短くカットしていた。

ラ・オンブリゴーナ〔へそデカ女〕とカレバーカ〔牛面〕が迎えにきたが、ツイッギーは二人を待たせるのを何とも思っていなかった。まだ用意ができてないのよ、と彼らに向かって窓から叫び、部屋に戻って着ていくものを見つくろった。プレイヤーの音量を上げてザ・バンドの「タイム・トゥ・キル」を口ずさんだ。クローゼットの前でハンガーに掛けられて並ぶ衣類を動かしながら踊っていたが、慌てて出なければならないかもしれないので、結局は伸縮性のあるライクラのパンツにしようと決めた。つい最近のことだが、飛び越えようとしたときに、屋敷の持ち主が塀の上に埋め込んでいる砕いたガラスに服をひっかけて洋服を破いてしまったのだ。

半時間ほど経って彼女はバッグを斜めがけし、化粧を済ませて、髪を梳かしつけ、とてもシックな恰好なのに、スニーカーを履いて出てきた。カレバーカとラ・オンブリゴーナは互いに目を見合わせ、悪意に満ちた笑いを浮かべた。

「あんたら来たの、とっくに知ってたわよ、ふん」ツイッギーはトラックに乗りながら言った。ツイッギーは背が低く見え、自分でもそう感じるのでペッタンコの靴を履くのが好きではなかった。それにいつも髪の毛が汚く、脇の下に汗をかいていて男みたいな服装のラ・オンブリゴーナの傍にくっついて座るのが好きではなかった。

「ピラリーカに行こう」ドアのバックミラーに映る自分を見ながら言った。手を伸ばして断りもなく、流れている連続ラジオ小説をパリート・オルテガの歌に変えた。

メデジンの街を東から西へ横切った。日曜だったので交通量は少なかった。川の上を通ったときにツイッギーは鼻を覆った。これは川じゃなくて、ラ・オンブリゴーナだな、とカレバーカが言った。どこがよ！　とラ・オンブリゴーナが文句を言いながら、彼の脇腹を肘《ひじ》で突いた。トラックは橋の上でくねくねと蛇行した。あれはあたしたちみんなの糞よ、とツイッギーはまだ鼻を押さえたまま言った。

工場街、貧民地区、中流階級の人々の住む地区を通り抜けていくと、庭とプールつきの大きな邸宅が現れた。

「ゆっくりね、カレバーカ」とツイッギーが言った。

「ここはもっと人気《ひとけ》がないと思ってた」とラ・オンブリゴーナが言った。

「このブロックを過ぎたら左に曲がって」とツイッギーは言った。

角を曲がって田園風家屋のあいだを進んでいくと、自転車に乗った二人の子供と擦れ違った。次の角に着く手前でツイッギーは、ここよ、と言った。トラックは二階建ての大きな家の前で停まった。

「止まらないで、入ってガレージの扉を背にして駐車してくんない」とツイッギーが命じた。

「誰が住んでいるのよ?」ラ・オンブリゴーナが聞いた。

「人間だよ」ツイッギーがまたバックミラーを見ながら返事した。

彼女が一番先にトラックから飛び降りた。あんたはあそこで見張っていて、とラ・オンブリゴーナに指示し、カレバーカには、あんたはここで待っていて、と言った。彼女は枝が窓のところまで撫でるように伸びている、巨大なカポックの木のある敷地の角まで行った。もう今まで何度も登ったことがあるかのように、ツイッギーはリスのようにするすると登って一番太い幹にたどり着くと、そこから幹にしがみつきながら庇のところまで這っていき、そこに留まった。バッグから針金を取り出すと、窓の鍵を開ける仕事に取りかかった。カレバーカは好奇心を抑えきれずに木の近くまで行った。行ってみると、ツイッギーはもう片足を窓から家の中に入れたところだった。窓を閉める前に彼女はカレバーカに気がついて、そこから立ち去るようにと彼に合図した。

エル・モノは目を閉じて、最後の一行を口にする前に人差し指を立てた。少年はビール瓶を手に愉快そうにそれを見ていた。

――そしてあの手の中に、私の涙が流れていくのを見て、私は思った。あの冷たい雪の手が、私の熱い唇に触れて……溶けだしたのだ――

指を上に向けたまま、目も開けず、拍手でも待っているのか、あるいは詩の残り香を味わっているかのように、エル・モノは沈黙に浸っていた。少年はビールを飲み、周りのテーブルにいる他の客の誰かがエル・モノを見ているか確かめてみたが、男性客でいっぱいの店の中では、客はそれぞれの会話やビールに集中していた。

「いいだろう？」とようやく目を開けてエル・モノは訊いた。少年は十七歳の輝く若さで微笑んだ。

「どうだ？　なにか言えよ」とエル・モノが言った。

少年は返事をした。

「俺にはわからないよ、モノ」

「これは、おまえの言葉を借りればな、この国が生んだ一番の詩人フリオ・フローレスが書いたものだ。国民詩人の称号さえ手にした詩人だ。おまえは彼の作詞したたくさんの歌を聞いたことがあるはずだ。嫌いな人もいるよ、彼は民衆詩人だからな」

エル・モノは瓶を持ち上げると一気に飲んで言った。

「今では誰も彼もゴンサロ・アランゴの腐った詩に憑りつかれているんだ……」

「それって誰だ？」と少年は訊いた。エル・モノは大げさな身振りをした。少年は言った。「だから言ったじゃないかよ、俺はなんも知らないって」

「それもこれもなにも知らないんじゃやないか」とエル・モノは言った。

「バイクのことなら知ってるぜ」

エル・モノは肩をすくめて不満そうにした。少年をじっと見ていたが、少年も彼をブルーともグレーともつかない色の瞳で見返していた。それから振り返って、歩道の脇に停めてあるボディが赤でタンクが黒のオートバイ、ブルタコを見た。口で示しながら言った。あれってマジでヤベエよ、両足に挟んで自分のものにできるヤツの中で一番かっこいいぜ。エル・モノもオートバイに目をやりながら、少年と気持ちを分かちあおうと試みた。

「あれに乗ったらよ、五分でメデジンの街を横断できるぜ」と少年は言った。

「ちょっと待っててみな、仕事がうまくいったら、おまえに買ってやれるかもな」

「あんたと俺とで仕事すんのか」

「ほとんど、ほとんど片がつきかけているけどよ」とエル・モノはビールを二口飲む間に言った。

「もう何日も前からそう言っているじゃないかよ」

「儲かる仕事ってのはそんなに楽なものじゃない。けどな、間もなく始末がつく」

少年はカウンターに肘をついているウエイトレスに向かって口笛を吹いた。ウエイトレスがこちらを見たので、二本指を立てながら手を上げた。それからエル・モノに言った。

「あんたの自己中にはうんざりだ」

「言っただろ」とエル・モノは言った。

「あんたはいずれ死ぬか、殺されるか、だ。そうなるとあんたの跡目を継ぐのは誰なんだよ、え？俺になにも言う必要はないし、俺に教える必要もねぇよ。けどもよ、ちっとは見せてくれよ、あんたの仕事とやらをやってる場所に連れてってくんないか。俺はあんたの仲間に入れてもらいたいんだ」

「前に言っただろ」とエル・モノはうっとうしそうに繰り返した。

ウエイトレスがビールを二本持ってきた。エル・モノは十ペソ紙幣を一枚渡した。お釣りは取っておけ、と言ってくれないか、とばかりにウエイトレスはエル・モノの顔を見た。エル・モノは何も言わず、うんざりしたように彼女の顔を見た。

「今、お釣りを持ってきますから」と彼女は言った。

「跡目は誰が継ぐんだよ、モノ？」少年は訊いた。

「そうか、おまえが継ぎたいのか？」

「カランガか？　カルリートか？　エル・セホンかい？　あいつらか？」

「いいから、もうやめろ」

「ツイッギーか？　女があんたの跡目を継ぐのか？」

「なんで跡継ぎの話なんかするんだ？」とエル・モノは文句を言った。「なんで今、俺を殺したいんだ？」

「今じゃないけどよ」少年は言った。「けどいずれは死なきゃならないんだろ。違うか？　いくつになったんだ、モノ？」

「バカなことを訊くな」

「ほらね。歳を言うのもびびってるじゃないか」

「うぜえ奴だな」とエル・モノはきっぱりと言った。「おまえには違うことをしてもらいたいんだ」

ウエイトレスが戻ってきて、テーブルの上にコインを何枚か置いた。エル・モノは彼女に言った。

「釣りを持っていって、俺に焼酎をダブルで持ってきてくれ」

「だめだ」と少年は言ってコインをつかんだ。立ち上がるとジュークボックスのほうに向かった。

エル・モノはもう一枚札を出してウエイトレスに渡した。

「大盛りで持ってきたら、釣りはやるよ」と言った。

少年は曲を選ぶのに時間がかかった。エル・モノは少年がその後、同じ年ごろの少年たちと話しているのを見た。少年たちは馬鹿笑いをして、ウエイトレスにあれこれ話しかけていたが、そのうちの一人が彼女の腿をつまもうとしていた。彼らは足でロックンロールのリズムを取り、少年は上着の襟を立てた。エル・モノは、ゆっくりと味わいながら焼酎を飲んでいた。時計を見て、ツイッギーはもう仕事を終えただろうし、エル・ペリロッホとマレッサはカランガとカルリートから見張りの仕事を引き継いでいるだろう、エル・トンボはどこかそのあたりを調べているだろうし、エル・セホンはドン・ディエゴに食べ物を運んでいるころだろう。ドン・ディエゴは牛乳入りのコーヒーは飲むだろうが、夕方に出される固いパンは残しているだろう、と思った。

しばらくすると、少年がテーブルに戻って席に着いた。

「どうだ？　楽しいか？」エル・モノは笑いながら、赤い頰をして少年に訊いた。

「うん、まあね」と少年は答え、白くきれいに並んだ歯を見せて笑いかけた。

「あいつら誰だ？」

「近所の奴らだよ」

「ビールをもう一本どうだ？」

「焼酎のほうがいい」

エル・モノは少年をじっと見つめた。

「恐ろしい奴だな」と言った。

二人はウエイトレスを探したがどこにもいなかった。

「小便に行くからつき合え」とエル・モノが言った。

少年はブルタコを取り巻いて夢中になって話し込んでいる友人たちを見た。そして、エル・モノの充血した目に出会うと言った。

「オーケー、行こうか」

第八章

僕と友人たちは、山の道に沿って作られたセメントでできた排水溝を流れる水を堰《せ》き止めて遊ぶ。石で堰き止めているのは雨水で、そこに紙で作った船を浮かべる。めったに車が通らないので、道端で遊ぶのは危険ではない。登っていく車も降りてくる車もほとんど知っている。パッカードが現れるときは、それは特別で、いつも気をつけて見ている。

そのときは鉄柵の扉から数メートル離れたところ、糸杉の続く道のすぐ近くに僕らは隠れる。それらはドン・ディエゴ自身がローマから種を持ってきて植えた糸杉で、サン・ペドロ墓地の糸杉も同様に彼によって植えられたものだ。実際のところ、隠れる必要などないのだが、けれども隠れて窺っていると、いつもと同じことでも冒険をしているような気がする。

「来たぞ！」

リムジンの鼻先がガレージから出てくると、運転手は鉄柵を開けるようにとクラクションを鳴らす。後部座席には、ドン・ディエゴとディータ夫人がゆったりと座っている。車がゆっくり進むと、奥のほうからイソルダがポーチの階段を駆け降りてくるのが見える。それから車を追いかけ始める。

「注意しろ」と娘が近づいてくるのを見てドン・ディエゴが言う。

「かわいい遊びですね」ヘラルドが注意深くバックミラーを見ながら言う。

「君、ゆっくり車を走らせてくれ」とドン・ディエゴは言う。

「あらまあ、またヘッダの目をくらましたのね」とディータは言う。

イソルダは車と並んでゆっくり走り、車体に手を伸ばして触れようとし、興奮しているがとても幸せそうだ。門を通り過ぎるとイソルダは急に足を止める。リムジンはスピードを速める。庭師が扉を閉め、娘は門の内側に残って、車が見えなくなるまで眺めている。

もう刺繍は終わったし、本も読んだ、習字も済ませたし、足し算、引き算もやった、退屈な時間を百回も過ごし、その日の午後はピアノの授業が残っているだけだった。ウリベ先生がやってくる前に、イソルダは日干しレンガと木、セメントでできた人形の家、ラ・タランテラに駆けていく。中に閉じこもって遊び、人形たちと一緒に上の森に逃げ込んで、一角兎たちに会おうと計画を立てている。ヘッダについても人形相手に愚痴をこぼす。

「夜になるとクジラみたいに泣いているの」と人形に向かって話す。

「クジラは水の中にいるから、泣くことなんてできないのよ」とイソルダ自身が声音を変えて、巻き毛のオーストリア人形が言う。

「できるわよ」オランダのドレスを着た別の人形に代わって反論する。

「わたし、水の中で泣いたことがあるもの」とイソルダが言い、人形たちが議論に花を咲かせようとしたところに、外でクラクションの音がしてピアノのレッスンに呼び戻される。

イソルダは言い訳をしながらウリベ先生を迎える。前日、ハノンの練習を終えておかなければならなかったのだが、池の亀と遊んでいたのでしなかった。ヘッダはそう先生に告げたが、イソルダを可愛がっている先生はその頬を手で触れて言う、じゃあこれからピアノで悪戯《いたずら》な妖精を呼び出しましょうね。イソルダはうっとりしながら、目をぱっちり開く。ヘッダは息を切らせながら、ただいまジュースをお持ちします、と教師に言う。楽譜を譜面台に準備しながら、先生はイソルダに言う、妖精はね、間違えずに一つ一つの音符を弾けたときにだけ、現れるのよ。少女は椅子にまっすぐ座って鍵盤の上に指を置き、咳払いする。譜を読むのよ、イソルダ、読むのよ、と先生は注意する。耳から音を聞くだけではだめよ、記憶に頼るのもいけないわ。するとイソルダは鍵盤を一つずつ叩きながら、ゆっくりとピアノの端から端まで指を運んでいく。

「ビートルズの曲を弾きたいの」とイソルダはレッスンの休憩中に言う。

教師は彼女を見ながら、口元をゆがめる。

「あのね、イソルダ」と言って「クラシックの楽譜を身につければ、どんな種類の音楽も弾けるようになるのよ。ここにある曲を書いた作曲家たちは、一九六九年の今の世になって、あなたやわたしのように大勢の人たちが、自分の曲を練習してるなんて想像もしてなかったのよ」

「でも、ビートルズは……」イソルダが途中で遮る。

「ビートルズだって」と先生は言う。「バッハに夢中になっているんだから」

イソルダは窓越しに外を眺め、灌木が不規則に庭のあちこち違った方向に揺れているのを見る。大広間《サロン》の一方の壁に掛けられた振り子時計にちらっと目をやる。レッスンはまだ三十分あり、暗くなるまでには二時間くらいある。ト長調のメヌエットをふたたび弾き始めるが、茂みの揺れが気になってちらちらと横目で見続けている。

城に近づくには僕はいくつかの所有地を横切り、金網を張った囲いの柵を飛び越えていかなければならない。草のあいだには地面と同じ高さに穴があるので気をつけなければならない。それに、夜に木々の間を縫ってゆっくりと流れるあの口笛の音がする。いつも僕は暗くなり始めるとすぐに帰ってくる。

「あそこは危険だ」と僕らは注意されている。たぶん城について何かいわくがあるのだろうと、僕らは信じている。「庭で不思議な音がするし、どこからくるのかわからない声や、誰のものかわからない急ぎ足の足音と口笛が聞こえる」

実を言うとね、夜になるとボタンを首まで留めた白いパジャマを着て、いつも苦痛を感じさせるほどきちっと頭の後ろで結っている髪の毛をほどいたイソルダが、勝手口から抜け出してくるんだ。彼女は扉を半開きにしたままにして丘を登って森に入っていくんだ。

その数分後、ヘッダは窓を開けて蝙蝠が入ってくるのも気にもせず、しきりに外の空気を取り込んでいる。ヘッダの気がかりは、机の上にある少し前に書きかけて投げ出してしまった手紙だった。**二人の距離が離れているからといってわたしがいないとは思わないでください。噂を静めるために時間が必要なのと同じように、今は互いの身を抱擁しあうこともできませんが、もっと強い抱擁を交わしあえるための試練と考えてください。**その後に、彼女が今身を置いている野蛮な世界についての不満がさらに続いている。**ここでは市場に行くと男たちがわたしになんやかや言って、ひどい男になるとアレを取り出してわたしに見せつけるのです。**ヘッダの文字はページごとの終わりになるにつれて文字がつまっていく。言いたいことを何もかも書き終えるためにスペースを節約しているかのように。**あなたのセックスとはまったく違うの。**と書いた後、彼女はセックスを消して、**わたしの記憶の中に生々しく生きているあなたの身体**と書きかえた。そこまで書いて立ちあがり、窓を開け放った。気分が少しよくなると、パジャマの隙間から手を入れてゆっくりと二つの胸を撫ではじめた。

　上の階ではディータが、朝つけたクレー・ラックのスプレーを落とそうと髪を梳かしながら「オ・マイン・パパ」を鼻歌で歌っている。図書室ではドン・ディエゴが両脚のあいだに開いた新聞をのせたまま、少し前に曲が終わっているのにも気づかずにこっくりしている。回転したままのレコードの真ん中でジージー鳴っている針の音も聞こえていない。

　森では、一角兎がイソルダの長い髪を三つ編みにして巻きあげるにつれて、彼女の髪は螺旋状《らせんじょう》に高くなってゆく。その先端をキンギョ草や紫や黄、白色のすみれで飾る。イソルダは一角兎がその角を使って、髪をアイスクリームの盛り上がった先のように結い上げてくれるのをのんびりと楽しんでいる。

第九章

リダ夫人が熱いチョコレートとパンの朝食を取っていたとき、誰かが家のドアを開けるのに気づいた。モノ、おまえなの？　と台所から訊いた。洗面所のドアの閉まる音が聞こえて、便器に落ちる小水の音がした。彼女はチョコレートにパンを浸し、食欲もないままに口にした。立ち上がって、チョコレートをふたたびコンロに掛けた。冷蔵庫のところまで行き、アレーパ〔トウモロコシパン〕を一つ取りだして網の上に置いた。手でさわってコンロの温度を確かめた。そして洗面所のドアが開いたのに気づいたので、大きな声で言った。

「おまえ、片づけて、手を洗っておいで」

便器の水を流す音と、手洗いの蛇口を開くたびに壁を伝って響く水道管の振動音が聞こえた。少しするとエル・モノが台所に入ってきて、腰かけてテーブルに肘をついた。皿の上のチョコレートに浸したかじりかけのパンを見ると、彼は吐き気がした。

「あたしを殺す気なの、モノ」とチョコレートをもう一度攪拌棒で泡だてながらリダは言った。

「帰ってこないと連絡するのにそんなに手間がかかるの？　おまえを待っていて一睡もできなかっ

たじゃないか」

「なんで俺を待ってるんだよ？」とチーズパンを見ないようにしてエル・モノは訊いた。

「だって心配じゃないか」

リダはカップを手に取ってテーブルに運びながら、エル・モノを上から下まで眺めて、ここまで焼酎の臭いがするよ、と言った。エル・モノは寝不足の目で彼女を見た。

「アレーパが温まるまで待ってる？　それともチョコレートを先に飲む？」とリダは聞いた。

「朝飯はいらないよ。ちょっと寝てくるから」

「ジュースだけでも飲みなさい」

エル・モノが頷くと、リダは冷蔵庫まで戻ってタマリロジュースの入ったプラスチック製のピッチャーを取り出してきた。

「そういえば、例の少年がやってきたよ」とリダが言った。

エル・モノは眠気から覚めたようにはっとした。興味ありげに母親に聞いた。

「何時ごろ？」

「十時ごろかね。ブザーが鳴ったときは、おまえかと思ったのよ。鍵をまた失くしたんじゃないかって」

「それで、奴はなんて言ってた？」

「なにも。おまえがいるかと聞きながら、家の中を探りたくて仕方なさそうだったわよ」

リダはジュースの入ったコップを目の前に置いた。

「中には入れてやらなかったけど」とリダは言った。「あの少年は気味が悪いよね。変な目つきをしている」

「それで、それだけしか言わなかった？」

リダは網の上に乗ったアレーパをひっくり返しながら、なにも言わなかった、と答えた。エル・モノは一息にジュースを飲み干すと、コップをテーブルに勢いよく置いた。

「もう一度出かけてこなけりゃならない」と言った。

「また？　今、帰ってきたばかりだし、寝てないんだろ。待って、アレーパはもう食べられるから」

「ママ、アレーパは食べたくないって言ったじゃないか」

エル・モノは立ちあがったが、ゲップが出てしまったので、ごめんと謝った。

リダは「待ってちょうだい」と言って引き出しを開け、中から請求書を取り出して「今日が支払い期限なの。出かけるんだったら、ついでに払ってきてくれない」

「だめだよ、ママ。今、忙しいんだ。だからママに金を渡して支払いをまかせてあるんじゃないか」

「なんで忙しいの？」リダはいらいらしながら訊いた。「夜通し飲んだくれるためにかね？」

エル・モノは手を尻ポケットに突っ込み、財布を取り出して言った。

「また公共料金支払い用の金に手をつけたのか、そうだろう？」

「家賃を払ったら、なにもなくなってしまったんだよ」

エル・モノは紙幣を何枚か渡した。

「ほら、取っておきな」

彼が台所を出て玄関に着く前に、昼食には帰ってくるのか、とリダは訊くのが聞こえた。エル・モノは返事をせずに通りに出た。

家の中には、網の上で焼けかかっているアレーパが発する食べ物の臭い、貧乏臭が立ちこめていた。

第十章

エステ劇場の座席でドン・ディエゴは感極まって片手で椅子の腕をつかみ、もう片方の手で初めてディータの手を握り締めた。彼女にはそれが愛情からなのか、舞台のフランチェスコ・メルリの歌に対する賞賛からなのかわからなかった。ディータも「オ・ムト・アスル（静かな隠れ家）」のアリアに心を打たれていたが、そんなときにドン・ディエゴの指が彼女の指に触れたのだ。彼が自分を見つめているかどうか確かめようと視線を向けはしなかった。横目でそっと見ると、そんな様子は見られなかった。二人はぎこちなさを隠そうとしており、彼女は心の内を気づかれないように努めていた。拍手が起きるまでのあいだ、アリアは永久に続くように思われた。やがて聴衆は立ち上がり、ドン・ディエゴはディータにかけた手を離して、そこで初めて彼女を見た。

それは四度目のデートで、初めて二人でオペラを見にいったときのことだった。その前にコーヒーを飲んで、ベルリンの街を散歩した。芸術について話したが、それが二人を結びつける唯一の話題だった。彼はメデジンの街を言葉で説明しようとしたが、うまく描写できなかった。

「火山はあるの？」とディータは聞いた。

「いや」と彼は言った。「だけどかなり近くにはあります」

「雪を冠《かぶ》った山は？」

「いや、でもやはりかなり近くにはあります」

「原住民はいるの？」

「そんなに大勢はいません」

「野蛮なの？」

「いいえ。野蛮なのは僕たちのほうです」

ディータは彼が真面目に話しているのか冗談を言っているのかわからなかった。メデジンの地名の綴《つづ》り11（エリエ）を、余韻が残るように繰り返し発音するばかりだった。

まだ夜になると銃撃の音が聞こえ、境界線の両側では誰かがいつもわめき立てていた。混乱が続くと鉄条網付近、特に東側においては日に日に警戒が強まって、毎日のように軍隊と民衆の小競り合いが公然と起こり、まだ戦禍は生々しく残っていた。占領は終了していたが、ベルリンはいまだにすべての国の領土であり、かつ誰のものでもなかった。聴衆の要望でフランチェスコ・メルリがアリアをもう一度歌い、ドン・ディエゴがふたたびディータの手を、今度はためらうことなく取ったとき、ディータは騒乱の続くベルリンを出て、穏やかなメデジンに移ろうと考えるようになった。それははかない夢のような願いで、わずか四回目のデートにしては無謀に近いものだった。

「ヘルシャイトについて話してくれますか」とドン・ディエゴが頼んだ。

「なんでもないところよ」と彼女は答えた。「地図の上でもほとんど目につかないし。森と山と谷があるだけなの」

「ハイジに出てくる風景のようですね」と彼はそれとなく言った。

ディータは笑って言った。

「そのとおりね」

劇場から、ディータが二人の女友だちと共同生活をしているアパートまで歩いた。彼女はカッセルでの高校生活と、両親であるアルノルトとコンスタンツァについて話した。

「アルノルトですか！」ドン・ディエゴは名前の一致に驚いて話の途中で口を挟んだ。『ウイリアム・テル』の中でメルリが演じたばかりの人物と同じ名前だったからだ。

「そうよ、アルノルトよ」と彼女は言い、続いてスペイン語の発音で繰り返した。「アルノルド」

彼は自分の家族、父親のドン・ルデシンド、その息子であるルデシンド、ドン・アレハンドロ、それに彼の大家族を構成する一族すべての男性と女性について話をした。コーヒー、布地や石英、一家の土地、それに加えて親戚の土地、その土地をすべて回るには何カ月もかかること、家族の家系と血統、しかし脅かしてはまずいと欠点については触れなかった。アパートのある建物に着いたとき、ドン・ディエゴはすでに彼女と結婚する決心をしていたからだ。そこでは何も口にしなかったが、別れがたい気持ちでしばらく見つめ合っていた。おそらく、その日は手を取りあっただけで充分だったのだろう。その夜以来、二人は互いのことを考えながら床につくことになった。


週の中ごろ、ディエゴはミルコ・バウマンに連絡をつけて、いささか突然、昼食時に会う約束をした。

「結婚することにした」ドン・ディエゴはそう報告した。

口元まで運んでいたミルコのコーヒーカップが揺れた。

「君に最初に知らせる」とドン・ディエゴは言った。「ディータもまだ知らないんだ」

「じゃあ、それで？」ミルコがつぶやいた。

「それ自体はたいしたことではないよ。重要なのはそう決心したことだ」

「君の側だけだろう」

「彼女も結婚したがるだろう」

「そうか」とミルコは言った。「君の自負心が羨ましいよ」

「そんなふうに悪意をもって僕を見ていたのか？」

「違うよ、ディエゴ」とミルコは言いかけて中断した。「揚げ足をとらないでくれよ。僕が言っていることはわかっているのに」

「それから」ドン・ディエゴは説明した。「君に会ったのはそのことを言うためじゃないんだ」

びっくりしているミルコを前に、ドン・ディエゴは説明しなければならなかった。

「つまり、君に結婚の話をしたかったこともあるけど、他にもあって、いい建築家を見つけるのを手伝ってほしいんだ」

「建築家だって？」

「ミルコ、真剣に考えているんだが、家族を持ちたいし、家族のために大切な場所も築きたいんだ」

「ところで僕は、君を誘おうと思って来たんだ」とミルコは言った。「今夜、トルコ人街に行かないか？　もうトルコ人たちは戻ってきているし、人数も増えているって」

「だめだよ、ミルコ。今夜はディータにプロポーズするんだ」

「それはいい。そうするといいよ。それから君の家族にも報告しておかなければならないね」

「それはまだ先でも大丈夫」ドン・ディエゴは言った。

遠くで爆発音がして、カフェにいた客は皆ひどくびっくりし、ざわめきがその場に広がった。

「近くだろうか、それとも別の場所かな？」ドン・ディエゴは動揺しながら訊いた。

ミルコは窓越しに立ち登る煙を見つけようとしたが、ベルリンの空は灰色ではあったが澄んでいた。

「他の場所だろう」とミルコは推測した。「フルシチョフが来るから、非合法の抗議運動がたくさんなされているし、暴動もいくつか起きているようだ」

「それほど心配しなくてもいいだろう、フルシチョフはスターリンよりも思慮深いだろ」とドン・ディエゴは言った。

「そうかもしれない、けどまだソビエト第一書記だぜ」

「こんな怖い思いはもう過去のものだと思っていたよ、まったく」

「過去って、いつのことを言っているのかによるだろ」とミルコがうんざりしながら言った。「うまくいっていた時期もあったからな」

ミルコの言ったことを誰か聞いていなかったか、とドン・ディエゴは落ちつかなげにきょろきょろと周りを見回したが、皆は驚愕したままだった。数分後に、東側に向かうアメリカ人兵のジープが通りかかった。兵士たちが通り過ぎるあいだ、カフェの人々は黙っていた。ドン・ディエゴもその一人だったが、何人かの人々にはほっとした表情が見られた。

「この兵士たちがいてもか」とドン・ディエゴがつぶやいた。

「ばかばかしい」と不快さを隠そうともせずにミルコは大声で言った。「もっと強い酒を頼もうぜ、どうだ？」

ドン・ディエゴが時計を見ると十二時半だった。ミルコは言い張った。

「少なくとも、君の婚約を祝わなきゃな」と言ってボーイを呼ぶために腕を高く掲げたが、ボーイたちは帰りを急ぐ大勢の客に請求書を配るのに忙しく走り回っていたので、腕を上げたままかなり待たなければならなかった。

「建築家の話に戻ろう」とドン・ディエゴは言ったが、ミルコは成果のないまま、ボーイを呼ぼうとずっと指を鳴らしつづけていた。爆発音以降、彼の顔色は真っ青で、そのためもあって急いで一杯やりたかったのだろう。やっとボーイに注文を伝えると、ドン・ディエゴのほうに注意を向けた。

「なんの話だった？」とミルコは聞いたが、今度はドン・ディエゴのほうが何かに気を取られている様子だった。ボーイがグラスをテーブルに置いたときになって、ようやくドン・ディエゴは反応した。

「ミルコ」と言った。「子供のころ、城に住みたいと思ったことはなかったか？」

「あったと思うよ」とミルコはグラスに最初の一口をつけた後で答えた。

「夢は叶えられずに消え去り、まだ残っている夢の実現は先延ばしされてしまう」とドン・ディエゴは、ミルコに言うというよりも自分自身に言った。「実現に向けて自分を追い込まなければ、城は建てられもせず崩れてしまう」

「どの城のことを言っているんだ？」ミルコが戸惑いながら聞いた。

ドン・ディエゴは冷たい水滴がついたグラスを手に取って掲げ、蜃気楼の光のように輝くのを見ていた。一口味わってから言った。

「僕が住むことになる城だよ」

第十一章

少年はブルタコの赤いタンクを撫で、それから指を黒い革張りのシートに滑らせた。目に映るどの部分も余すところなくゆっくりと手でひとめぐりすると、クランクに触れた。アクセルを握り、ハンドルを取り、そこまで来てやっとエル・モノ・リアスコスを見た。エル・モノはといえば、少年がオートバイを撫で始めたときからずっと彼に見とれていた。

「どんな感じか乗ってみたら」と特約店の女販売員は言った。少年は許しを請うようにエル・モノを見た。

「まだ買えんぞ」とエル・モノが言った。

「かまいませんよ」販売員はそう言って骨盤をサドルの片側に持たせかけた。「どんな感じか試してもらえれば」

少年が笑いかけると、彼女は少年の割れた顎の先にうっとりしていた。少年は、脚を上げシートに跨《また》がるときになって初めてオートバイを撫でるのをやめた。

「スッゲー」シートに座るとすぐに言った。

「でしょう？」と販売員は言った。

少年はボディを両腿で挟みつけ、猛スピードで運転しているかのように上下の歯に力を入れて噛みしめた。少年がエル・モノを見ながら頭を彼のほうに傾けると、女販売員は思わずため息をもらした。それから彼女はそらんじ始めた。

「一カ月前に届いたばかりのブルタコ・アストロで、二百五十CC、一九七一年の最新モデルです。五台仕入れて、これが残った最後の一台なんですよ」

「何馬力なの？」少年が聞いた。

女店員はちいさく笑って、片手を少年の腿の上に置いた。

「あらまあ、痛いとこ突くわね」と言った。「今、調べてくるから」

「その必要はないよ」とエル・モノは言った。「どっちみち買わないんだから」

「君のオートバイなの？」と女販売員はエル・モノを無視して少年に訊いた。少年は頷き微笑《ほほえ》んだ。

販売員は思わず言った。「可愛い」

「さあ、終わりだ」とエル・モノは掌《てのひら》を叩きながら言った。「もう降りたほうがいい、バイクになにかあっては困るからな」

「かまいませんよ」と販売員は言った。「そこでじっとしているぶんにはなにも起こりませんから」

「ちょっと一回りして来ていいかな？」少年が聞くと、残念そうな身振りで販売員は言った。

「残念ながら、だめなのよ」と返事し、手を耳の輪状イヤリングのひとつに持っていった。「そこまではしてあげることができないの。会社の方針があって、わたし個人としては……」

「降りな」とエル・モノはきっぱり言った。「充分見せてもらったし、充分触らせてもらったし、乗せてさえもらった」

「わたしどもの店は会員制販売制度を取っております」と販売員は説明した。「今、少しばかりの手つけ金を入れていただいて、残りは分割で結構です。その上、都合のいい点は」と懸命になって両手を開き、ひと言ひと言区切りながら言った。「保証人は必要ないのです」

「モノ」と少年はオートバイに跨ったまま哀願するように言った。

「そこから降りろ」とエル・モノは繰り返した。

「いくつかあるクラブからどこの会員になるかお客さまに選びいただけます」と両腕を広げたまま販売員は続けた。「クラブは千、二千、三千……」

「すぐに降りるんだ！」とエル・モノが少年に怒鳴ったので、周りの販売員も客もびっくりして振り向き見つめた。女販売員は最悪の事態を回避するために微笑みながら言った。

「まぁー、怖いパパね」

少年は怒った顔をしてオートバイから降り、エル・モノに視線を向けたまま言った。

「俺の親じゃねえよ」

エル・モノは挨拶もせずに特約店を出て、歩道で彼を待っていた。シャツのポケットから煙草の箱を取り出した。少年は頭を動かして販売員に挨拶をすると、彼女はそれに応えて声にならない返事をしたが、少年には何と言っているのか理解できなかった。

あんたは相変わらずだな、と少年は強い風の中、煙草に火をつけようとしていたエル・モノに文句を言った。違うぞ、とエル・モノは言い返した。相変わらずなのはおまえのほうだ、俺たちのあいだでどんな取り決めになっていた？　エル・モノが歩きはじめると少年は後についていった。俺は確信してたぜ、もう一回頼んだら、バイクで一回りさせてくれたのによ。なんで一回りする必要がある？　エル・モノは反論した、バイクになにかあったら、買わなきゃならんのだぞ。しかしいずれは買うんだろ、と少年は言って、急に立ち止まった。そうじゃねえのか？　と訊いた。エル・モノは歩き続け、少年は動かないまま、大きな声を出してもう一度訊いた。そうじゃねえのかよ、モノ？

エル・モノが振り返って見ると、少年は両手を尻のポケットに突っ込み、顎を上げ、はすかいに彼を見ながら横柄に挑発していた。

「来いよ」とエル・モノは声を少し和《やわ》らげて言った。

「違うのかよ？　モノ」少年はしつこく聞いた。

エル・モノは少年に近づいた。ののしるためではなく、試すかのように彼の眼をしっかり見つめた。少年は尻のポケットに入れた手を前のポケットに入れ替えて、その中を探りはじめた。エル・モノはそれに気づいて視線を落とした。

「もちろん買ってやるよ」と言った。「俺はおまえに約束したんだからな。だが言ってあったろう、待たなきゃならんってよ」

「いつだ？」少年は訊ねながら、ふっくらした唇をとがらせた。

まだ八月だったが、午後になると風が強く吹きつづけていた。後ろに見えるヌティバラの丘の奥に、少年たちがその季節の風を利用して揚げるいくつもの凧《たこ》が見えた。エル・モノは、風に乱れる少年の頭髪と反抗心のオーラ越しに凧を見ていた。

「同じ返事を聞くばかりで飽き飽きしないか？」とエル・モノは訊いた。

「きっちりした日にちを言ってくれるまで訊きつづけるぜ」と少年は言った。
「ここを出よう」とエル・モノが提案した。「こう風が強くては目にゴミが入る」

一方、ツイッギーと仲間たちはプラド地区に住む年配の独身男の家で銀製のカトラリーやトレーを箱詰めするのに忙しかった。家主の男性はいつも五時には仕事場を出るので、そろそろ帰宅するだろう。家の中に額縁入りの絵も家電製品も上等の食器類もないと気づいて、心臓まひを起こすだろう。引き出しが投げ出されており、家具はひっくり返っていて、ロッカールームが空っぽで、さらに金庫が開けられているのを見たら、気を失わんばかりになるだろう。母親が大音量でテレビの連続ドラマを見ているうちに泥棒が入って、全財産を持っていってしまった、と知ったら死にそうになるだろう。

外ではカレバーカがトラックの荷台によじ登って、ツイッギーが詰め込んだ箱やスーツケースをラ・オンブリゴーナから受け取っていた。何を持ち去るか決めるのはツイッギーの役目だった。不満なのは、彼女に合いそうな洋服も宝石類もなく、ほとんどが独身男の身につけるもので、わずかに老女の衣類しかないことだった。宝石箱には数本のロザリオしか見つからなかったが、金製のように見えたのでとりあえず荷物の中に詰め込んだ。独身男の二組のカフスボタンセットも入れた。金庫には現金三百ドルとわけのわからない書類があった。

テレビから流れてくる大きな音が家じゅうに響き渡っていた。しかし役者たちの会話が途切れ、バックに流れる音楽もないときに、ラ・オンブリゴーナの運んでいた箱の底が抜けて中身がすべて階段に散らばった。

「ファビオ、おまえなの？」二階で夫人が首を動かしもしないで訊ねた。ツイッギーとラ・オンブリゴーナは石のように固まり、互いに顔を見合わせた。ツイッギーは怒り狂っており、ラ・オンブリゴーナからは汗が噴き出していた。誰も返事をしないので夫人はもう一度訊いた。

「そこにいるのは誰なの？　おまえかい、ファビオ？」

そこでツイッギーは決心して作り声で返事した。

「そう、僕だよ。ママ」

「ああ、そうなの」と老婦人は答えて、ふたたびテレビドラマに関心を戻した。

ツイッギーはほっとして、ラ・オンブリゴーナに急ぐよう目配せした。

車に戻ると、階段にばら撒いたまま置いてきた品の数々を彼女はもったいながった。段ボールの箱はもうやめたほうがいい、カンバス地の袋だけを使おうと言った。ボトルがあったから箱に詰めたほうがいいと思ったんだよ、とラ・オンブリゴーナが言い訳した。瓶類は他のものより重いからね、とツイッギーは言って、外国製の酒だったから高く売れたのに、と残念がった。それからつけ加えた。

「テレビを頂戴できなかったのは残念だけど、まあ仕方ないよね」

彼女は腕を伸ばしてラジオをつけた。ダイヤルを回し、あちこち放送局を選んでいたが、大流行しはじめたスペイン人の歌手、ニーノ・ブラボーの歌で手を止めた。ツイッギーは不機嫌そうな顔をやめて、歌い始めた。**君は変わるよ、僕の君への思いがわかれば、君は変わるよ、そして僕から離れて暮らせはしない……**

「あーあ、モナ」カレバーカが言った。「エル・モノはあんたにくびったけだな」

「ハッハッハ」ツイッギーは大声で言った。「エル・モノはあたしに参っているんだ。それがあんたらには気に入らないんだろ、オカマども」

「あたいがエル・モノを好きだなんてマッサカ、だよ」とラ・オンブリゴーナが言った。

「あたしが奴のお気に入りなもんであんたらは焼きもちか」ツイッギーはそう言うと歌い続けた。

僕にはわかる、君が僕の帰りを待っていると、僕にはわかる、そのとき君は変わるだろうと……

トラックはメデジンの中心街をのろのろ進んだ。仕事が終わる時間なので道路はひどく込んでいた。車の行列の少し先のところで、警察の一団が取り調べを行なっているのをツイッギーは目にした。

「サツだ」と二人に注意した。

「どこに？」ラ・オンブリゴーナが青くなった。

「あの先だよ。次のブロックで列を出よう、カレバーカ」

ツイッギーは窓から腕を出し、隣の列の車に合図して角を曲がるために前を通してくれるよう頼んだ。まだあのジジイを探しているんだな、とカレバーカは言った。車の中で見つかるとでも思っているのかな、とラ・オンブリゴーナは意見を述べた。もしかすると誘拐犯を探しているのかもな、とカレバーカは言った。ひょっとしたらもう犯人が誰だか知っているんじゃないの？　とラ・オンブリゴーナは言って、黙ったまま窓から腕を出しているツイッギーを見た。

「やつらはもう犯人がわかっているんじゃないの？　モニータ」ラ・オンブリゴーナが繰り返した。

「あたしらには関係ないよ」とツイッギーは言った。

「腕を出すなよ、モナ、顔出せよ」とカレバーカが言った。

ツイッギーは窓から顔を出して、前を横切らせてくれ、と隣の車を運転している男におどけた顔をしてみせた。ツイッギーはまつ毛をパタパタさせてウインクして、にっこり笑いかけ、その車の前を通るときには男に向けて投げキッスを送った。ついに角までたどりつき、方向を変える前にツイッギーは検問中の警官たちに最後の一瞥をくれてから言った。

「ククリ、ククリ（鳩さん、鳩さん）、つかまえたよ、つかまえたよ」


マンリケ地区の坂の上にある自分の家で、エル・モノがロッカーにあるすべての衣類を床に投げ散らかしている一方で、少年はベッドに寝転んで『流行のメカニック』の雑誌をペラペラめくっていた。散らかすための衣類の数はそれほどでもなかったが、エル・モノは最後の一枚まで取り出しながら悪態をついていた。

「中庭の洗濯物の中にあるかも」と言ってエル・モノは部屋から出た。少年はそのままページをめくり続けていた。

エル・モノは汚れた洗濯物を入れたバスケットを調べ、ロープにかけて干してあるシーツのあいだを捜し、洗濯槽の中も見たが、見つからなかったので、モップを漬けてあるバケツを蹴飛ばした。

部屋に帰ってもう一度、少年に訊ねた。

「本当におまえが持ってたんじゃないな？」

「俺が、なんで？」

「むきになって否定するからだよ」

「あんたの母さんのクローゼットは捜したか？」と少年がそれとなく言った。

「おふくろがあんなスカートをはくもんか」とエル・モノは言った。

「あんただってはかないじゃないか」と少年は言った。「それなのに持ってるだろ」

エル・モノはまた出ていってリダの部屋に入り、ていねいに洋服のあいだを捜し始めた。エル・モノが捜している赤くて短いスカートとは違って、彼女の洋服はほとんどが黒かグレーだった。上からも下からもひっかき回したが、やはり見つからなかった。

ベッドの上の少年の足元に背を向けて座った。髪を掻きむしって言った。

「あのスカートを失《な》くしちゃいけないんだ。俺にとってどんな意味があるかおまえは知っているだろう」

「あのスカートは捨てる時期だったんだろ、モノ、俺たちもういっぱいやったじゃないか」

エル・モノはカッとなって少年を振りかえった。少年は雑誌を閉じて、身体を起こした。

「スカートより先に、おまえをお払い箱にするぞ」と言ってエル・モノは立ち上がり、洗面所に行った。

顔に冷たい水を浴びせかけた。脇の臭いを嗅いでいると、少年が部屋から呼びかけた。

「どうしたんだ？」エル・モノは部屋の入り口の枠に寄りかかりながら、少年に聞いた。

「上を見てみろよ」

天井にはツイッギーがどこかの家からくすねてきて、エル・モノにプレゼントした、赤い円筒形のアクリル製照明器具がかかっていた。照明の電灯の上から赤い布の端がのぞいており、一目見てそれだと気づいた。

「なんであんな場所にあるんだ？」

エル・モノと少年は互いに目を見合わせ、二人同時に大声を上げて笑った。エル・モノはベッドの上に倒れて体を曲げて笑い転げており、少年も笑いながらベッドのマットレスの上でジャンプして、スカートを引き下ろそうとした。何度かジャンプするうちにスカートに手が届き、エル・モノの傍に落ちてきた。笑いながら少年はスカートを抱き締めて転げ回ると、エル・モノは少年を抱き締めた。転がりながら、エル・モノは腕を伸ばし電灯を消した。

第十二章

毎朝うなされて飛び起きると、ドン・ディエゴはただちにトイレに行かせてくれるように頼んだ。最初の数日はドアを閉めることを許されなかったが、シャワーの上のちいさな窓からはどうやっても抜け出すことはできないから、と懇願して理解してもらった。ひょっとしてちいさな子供なら抜け出せるかもしれないが、と彼は言った。それでドアを閉めさせてもらえるようになったが、エル・モノは鍵を掛けて中に閉じこもられないようにと命令して掛け金を取り払わせた。こうして五日目に初めてドン・ディエゴはやっと、汚れた便座なしの便器に座ることができるようになった。シャワーを浴びることも許されなかったが、洗面台で身だしなみを整えられるように石鹸とタオルを一枚頼んだ。けれど、それはずっと聞き入れられなかった。彼の望みで唯一聞き遂げられたのは、トイレットペーパーのロールを渡されたことだけだった。いずれにしてもドン・ディエゴは毎朝、顔を冷たい水で濡らし、少なくなった髪の毛を湿らせた。

部屋に戻っても、いつも電灯がつけっ放しなので夜と昼の区別がつかなかった。彼が勝手に消せないように、照明のスイッチは部屋の外にあった。その日が曇っているか太陽が照っているかは板の隙間に目を近づけて覗けばわかったが、彼にとってはたいした差はなく、ひどく寒いことに変わりはなかった。雨の日はいたるところで雨漏りがしたので、ベッドを乾いた隅に引きずっていかなければならなかった。そんなこんなが続くある朝、彼は歌い始めた。

「歌ってるんだよ」エル・モノがやってくると仲間はそう告げた。

「それで？」

エル・セホンは眉を上げた。

「なにか変わったことがあったら教えるようにって、言っただろう」

「もしかしたらこの家に慣れてきたのかもな」とマレッサが意見を述べた。

「違うな」とエル・モノは言った。「歌っているのなら、俺たちを挑発しているのかもしれんぞ」

そして訊いた。「部屋の外でも聞こえるか？」

「聞こえないと思う」とマレッサは言った。

「なんで俺たちを挑発するんだ？」エル・セホンが訊いた。

エル・モノは答えずに廊下に出て、その部屋のドアの前まで来ると考え込んだように立ち止まった。エル・セホンに合図して鍵を開けさせた。

「こんにちは、ドン・ディエゴ」

老人は壁に向かって祈っていた。目を閉じて祈りの言葉を呟《つぶや》きながら、震えていた。

「中断させて悪いな」とエル・モノは言った。

ドン・ディエゴは無視した。エル・モノはゆっくり二、三歩歩くと床を見ながら続けて言った。

「この件について警察には知らせないようにと警告しておいたのに、奴らはすっかり首を突っ込んでいる。あんたの家族は俺の条件を受け入れなかった。あんたのことなんかどうだっていいみたいだな、ドクトール」

ドン・ディエゴは微笑みを浮かべて言った。

「まったくその反対だ。私を大切に思ってくれているから、私の指示に従っているんだ」

エル・モノは椅子のところまで行って座った。

「あんたに聞きたいんだが、もしあんたの手で誰かを救えるとしたら、そうするか？」

「もちろん、手を貸すとも」ドン・ディエゴは言った。「私はこれまで何度もそうしてきた、君も知っているようにな。だがこの件は別だ」

「この件については」とエル・モノが遮った。「もしあんたの家族があんたを救えるなら、あんたをこの部屋で朽ちはてさせたりしないだろう」

ドン・ディエゴはふたたび微笑んだ。

「もちろん家族は私を助け出すことができる」と言った。「しかし、君が望む方法でではない」

「あんたの命を危険にさらしたりしないだろ」

「君がすでに私の命を危険にさらしているではないか。その上、人が命に置いている価値なんて、わずかなものだ。ここでは金の価値なんて取るに足らない。なにに重きを置くかという、原理原則の問題だ」

「あんたは間違っているぞ、ドン・ディエゴ」と興奮してエル・モノは言った。「あんたたちはあらゆるものに値段をつけてきたじゃないか、あんたたちは原理原則も、良心も買ってきた、愛情さえ金で買っているじゃないか？　平穏な生活にも値段があって、それはあんたのために払われる金額だってあんたたちはわかってるだろ」

エル・モノは一息入れようと立ち止まって上着のチャックを少し下げた。ドン・ディエゴは冷ややかな目つきで彼を非難した。突然エル・モノは表情を変えた。

「見ろよ」と言った。「さあ、証拠を見せてやろうかな」

上着の前がすっかり開くまでチャックを下げ終えると、ポケットからゆっくりと赤いスカートを取りだした。ドン・ディエゴは真っ赤になって、スカートを奪い返そうと決然とエル・モノに飛びかかった。

「どうやって手に入れた？」と怒鳴った。

エル・モノはスカートを背後に隠して、背中をぴったりと壁につけた。エル・モノはドン・ディエゴを押してよろめかせたが、彼は残っているわずかな力をふりしぼって、もう一度エル・モノに突進した。

「この野郎、それを私によこせ」

エル・モノが力いっぱいはね返したので、ドン・ディエゴはベッドにあおむけに倒れ込んだ。マレッサが扉を開けた。

「どうした？」ピストルを掲げながら訊いた。

「なんでもない」とエル・モノが言った。「ここで旦那が強がってるだけだ」

ドン・ディエゴは立ち上がろうと試みた。エル・モノはマレッサに出ていくようにと合図した。ふたたび両手でスカートをつかみ、胸にあてて撫で始めた。ちょっと待ちなよ、ドクトール、こんなふうに撫でまわしたり抱き締めたり、匂いを嗅いだり寝床に持ち込んだりするこのスカートの代わりになにかくれるものはあるのか？　ドン・ディエゴはやっとの思いで座ることができたが、両目からは涙があふれ出ていた。俺にいくら払ってくれる？　とエル・モノは訊いた。俺がいくら払えって言うと思う？

ドン・ディエゴは顔に両手をあてて激しく泣き出した。ときどき夜明けにひそかに泣いたこともあった。自分の置かれた状況について泣いたのではなくて、思い出を懐かしんで泣いたのだった。イソルダのことを考えると、いつも涙が流れたが、こっそりと声をひそめて泣いていた。このとき初めて彼らを前に涙を流したのだった。エル・モノはスカートを口元に近づけて唇を押し当てた。「もし俺たちがあんたの城にいたとしたら」とエル・モノは言った。「あんたは財布を開けて俺の言い値を払っただろう。違うか、ドン・ディエゴ？　けど今はまったく状況が違う。ここはもちろん城ではないし、あんたは財布も持っていなければ、銀行に行く手立てもないもんな。いずれにしても」とエル・モノは言いながら、ベッドに近づいた。「あらゆるものに値段があって、支払いの方法もさまざまだ、ってことをあんたに教えてやるよ」

大げさな身振りで、何か壊れそうなものでも扱うように赤いスカートを掌に載せながら言った。「こいつは、たくさんの想いを俺たちにくれたし、あんたや俺にとってすげえ大切なものだし、あの娘を手放すような気分にさせられるから、これにつける金額なんてこの世にはないもんな」と強調しながら「こいつが欲しけりゃ、手紙一通書くだけでいいんだぞ」

エル・モノはドン・ディエゴの反応を待っていたが、ドン・ディエゴは両手で顔を覆い続けていた。

「どうだ、ドクトール？」

しばらく黙っていた後で、ドン・ディエゴはどんよりした悲しげな赤い目を見せた。そして閉じ込められていた老人にふたたび戻るかのように、落ち着いてベッドにあおむけに横たわった。

「スカートはやるよ」とエル・モノに言った。「私は君よりもっと適切な場所に、娘の思い出を持ってる」

エル・モノは見せびらかすのをやめて腕を下ろした。スカートを丸めて上着のポケットの中に入れた。

「いいだろう」とエル・モノは言った。

エル・モノは扉のところまでゆっくり歩いていき、ドアの取っ手に手をかけたまま動かずにいた。ドン・ディエゴは両目を閉じて毛布にくるまっていた。エル・モノは言った。

「好きなようにやってもらうさ。あんたの家族のどんな決定でも喜んで受けてやろうじゃないか。払いたいのなら金を受け取る。あんたに死んでもらいたいっていうんならそうしてやるぜ、あんたを殺してやるよ。それでみんな満足だ。違うか、ドン・ディエゴ？」

数秒待ち、根負けして立ち去ろうとしたときに、ドン・ディエゴが言った。

「頼みがある」

「なんだ、旦那」

「部屋から出るときに灯りを消してくれ」

エル・モノは扉を叩きつけたい気分だったが、我慢した。心の中で煮えくりかえる怒りをさとられないようにして部屋を出た。電灯のスイッチを見ながら、長いこと外の寒さに身をさらしていた。部屋から離れるときに、ドン・ディエゴが歌を口ずさみ始めたのが聞こえた。

城では、ディータが自室の窓から覗くと、外に軍隊や警察、私服だが武装した人々がいて、柵の向こうには新聞記者たちが見えた。下のサロンではドン・ディエゴの親戚が議論していた。ディータは最初の日に、一族のみんながよいと考えるように取り計らってほしい、と言ってあった。今のところまだ意見の一致をみていなかった。ある者たちは、生きている確証がないのに先を急ぐべきではないと言い、他の者たちは一味に近づくためにいくらかの前払い金を渡してもよいのではないかと言い、また他の者たちは実力行使で一気に救出する方法を選んでいた。ディータにはやっといくつかの単語を聞き取ることしかできなかった。何年も住んでいながら、まだドイツ語でものを考えていたし、それどころか、時が経つにつれて自分のスペイン語力がだんだんと衰えていっているように感じていた。

サロンでは誰かが手立てではないと言い、ある者はバカげていると言い、他の者は選択の余地はないと言っていた。彼女は、もう少しがなり立てずに話してくれたらいいのにと思っていた。それに、警官たちが庭から立ち去ってほしいとも思っていた。庭師は、警官たちが庭の茂みを踏み荒らしたり、食べ物の袋をあちこちに散らかしたままにしているし、灌木の中で用を足したりもしている、と不満を言っていた。夜の間も無線通信の音がしているし、彼女は一日に二時間以上眠っていないにしても、心身を休めるには静けさが必要だった。

電話が鳴った。ディータは時計を見た。親族の者たちは、事態が解決するまでは電話には出ないように、と彼女に求めていた。電話には録音装置を取りつけてあり、いつも専門の担当官が電話の傍に控えているのだと言っていた。彼女には、いつも大勢が家にいることがわずらわしかった。同時に怒鳴ったり、大声で笑ったりするのが繰り返し聞こえてきた。彼女はもう一度時計を見てカーテンを閉め、ベッドに戻った。両目を閉じてため息をついた。困難に耐えている夫を想像してみようとしたが、自分を納得させられるようなイメージを思い描くことができなかった。最初のうちは起こっていることが本当なのかどうか確信をもてなかった。ドン・ディエゴがずっと今まで遮蔽してくれていた現実の断片を、自分の日常に押しつけられているような気がした。

通りに面した門が閉まる音がした。おそらく親族の誰かが帰ったか、別の親族がやってきたのだろう。夢の中に溶け込んでいくまで低い話し声が続いていたが、ちょっとして、突然びっくりして目が覚めた。音楽会用サロンで誰かがピアノの鍵盤の一つを沈めたからだ。

第十三章

　エル・モノはツイッギーに背を向け、毛布で体を包んでいた。ツイッギーはベッドヘッドに寄りかかって座っており、胸を剝き出しにしたまま脚の間に両手を挟んでいた。足の指を伸ばしたり縮めたりしている。とげとげしくエル・モノに言った。

「あれこれ言い訳ばかり言ってさ」

「ちいさい声で話せよ」とエル・モノは言った。

「このことでだめって言ったと思ったら、別のこと言ってあたしから逃げてるじゃない」と苛立《いらだ》たしそうに繰り返した。

「なんのこと言ってんだよ？」

「つまり、酒のせいじゃなければ、疲れているからとか、心配ごとがあるからとか。そして今度は人がいるからだっていうわけね」

　エル・モノは体の向きを変えて彼女を見た。

「だって奴らが壁のすぐそこにいるんだから、だめだよ」

「今はできないのね」と彼女は言った。「けどあたしを部屋に入れる前には奴らに恰好つけて、あたしにいい思いさせてやるって言ったじゃないの」

「声を低くして話せよ、な？」

彼女は裸のまま起き上がって、床に脱ぎ散らした服を捜した。「モノ、あたしをコケにしないでよ」と言ってTシャツを着た。それから膝を突いてベッドの下を覗いた。

「わかってくれよ、な、モニータ。すぐそこに閉じ込めてる爺さんのことで集中できないんだ」

ツイッギーはセーターを着てしゃがんだまま捜し続けていた。そうよね、今度はジジイのせいにするのね、と彼女は言った。半分服を着終わったところで立ち上がって、エル・モノが被っている毛布を引っ張って一気に剝いだ。なにをするんだよ、バカか？　とエル・モノは文句を言った。彼女も同じ口調で返答した、服を捜しているのよ、それともこのまま出ていってほしいっていうの？　彼エル・モノは両手で体を覆い、体を縮めながら、寒いと不平をこぼし、もう一度ツイッギーに声をちいさくするように頼んだ。

やっとパンティを見つけると、ツイッギーはいくらか平静さを取り戻したように見えた。するとエル・モノが彼女に呼びかけた。

「こっち来いよ、モニータ、な、こっちへ来な」

彼女は怒ったまま彼を見ながら、ズボンをはいて身を整えていた。来なよ、な？　とエル・モノは繰り返した。それで今度はなんなのよ？　と彼女は訊いた。ちょっと俺の傍に来な。ツイッギーがベッドの上を四つん這いになっていくと、ベッドは片手を置いただけで軋《きし》んだ。エル・モノの傍に顔と顔を突き合わせて横になった。彼は指で彼女の鼻をなぞった後、剝がれていた片方のつけまつ毛を瞼《まぶた》につけようとした。

「ほっておいてよ」と彼女は言った。

「ごめんよ、モニータ」と彼は言った。「次は楽しもうな」

「次があるなんて誰が言ったのさ？」と彼女は訊いた。

エル・モノは笑って言った。

「次だけでなくて、何度でも」

「ああ、そうなんだ？」

「待てよ」と彼は言ってズボンを取ろうと手を伸ばした。ポケットから厚い札束を取り出して、その中の何枚かを彼女に手渡した。「なにか好きなものでも買いな」と彼女に言った。

「これで？」ツイッギーは札を返して、ぶ厚い札束のほうをひったくるように取り上げた。エル・モノの唇にキスをしてささやいた。「こっちのほうがいいわ」

彼女は起き上がって、踵《かかと》の高い靴の片方だけを履いた。

「ロクデナシ」とエル・モノは言った。

彼女は床の上に散らばっているエル・モノの服を踏みつけながら、部屋の中をびっこを引いて歩いた。シャツの下にもう片方の靴を見つけた。

「ツイッギー」とモノは言った。「わかってるな」

何のことを言っているのかわからない、というように彼女は肩をすくめた。

「このことは仲間にはなにも言うんじゃないぞ、わかったか？」

ツイッギーはドアのところまで歩いていき、部屋から出る前に言った。なにも起こらなかったのになにを話すのよ？　まさにそのことをだよ、とエル・モノが言ったときには、もう彼女は外に出てしまっていた。

エル・モノはベッドの中で体を伸ばして両脚を開き、いまいましく思っている突き出た腹を撫でまわして、ツイッギーとのあいだで恥の上塗りをしてしまったあそこを手で押さえた。手を当てると何か感じるものはあった。生きているな、と独り言を言った。彼女や仲間たちが馬鹿笑いしている声が聞こえた。エル・モノは悪いほうに想像をめぐらした。手の中でふくらんでくる陰茎を握りながら、クソ女、と口の中で呟いた。

外ではツイッギーがランブレッタ〔オートバイ〕のエンジンをかけるのに苦戦していた。モーターが冷えきってしまったのだ。見張りについていたエル・ペリロッホは彼女が何度もクランクを回すのを見ていたが、モーターは喘《あえ》ぎ続けるだけだった。

「やらせてみろよ」とエル・ペリロッホが言った。彼女は場所を譲り、彼はスタンドを立てたままで何度もエンジンをかけようとしたができなかった。「少し休ませよう」と彼は提案した。

「休ませるってなにを」とツイッギーが訊いた。「二時間もそこに置いてあったのに」

「きっと高度のせいだよ」とエル・ペリロッホは言った。心配そうな顔つきでつけ加えた。「ピストンの問題じゃなければいいけどな」

「エル・モノがすごく怒ってるにちがいないわ」とツイッギーは言った。

エル・モノは、音がうるさいのでツイッギーがオートバイに乗るのを嫌がっていた。周囲の注意を引くのが嫌で、さらに音楽や外での会話など騒音を立てるものすべてを嫌っていた。あるときエル・セホンが、誰か小屋に近づく者があったら知らせるように犬を飼ったらどうか、と提案したが、犬がよその農園に入り込んでしまうかもしれないし、一晩中梟《ふくろう》に吠えたてるかもしれない、それに誰かに噛みつくかもしれない、そうなればやっかいなことになる、とエル・モノは強硬に主張した。「来いよ、煙草でも吸おう」とエル・ペリロッホが言ったときには、すでにツイッギーはまだいくらか残る陽の光を利用して、小屋をひとめぐりしようと歩き出していた。

小屋は古くなった塗料が剝げかけてかさぶたのように壁に張りつき、湿気による大きな染みがあった。窓も扉もかろうじて枠にはまっていた。ツイッギーが台所の前を通ったときに、カルリートが玉ねぎを一心不乱に刻んでいるのが見えた。彼のほうはツイッギーを見なかったので、彼女は隣の窓まで近づいたが、その窓では木の板の一つが風に揺れ動いていた。中にはエル・モノがいたが、彼女は見つかりたくなかったのですぐに後ろに飛びのいた。しかしそこで見かけた光景に、思わずもう一度視線を戻してしまった。エル・モノは目をしっかり閉じて、空いている手を硬直させ、唇を開きかけた花弁のように尖らせてマスターベーションに熱中していた。ツイッギーはびっくりし、また憤慨のあまり目を大きく見開いた。

小屋の後ろまで急いで歩いてから、気持ちを落ちつけようと足を止めた。白い息を吐き、指でつけまつ毛を直した。後ろのほうで咳をする音が聞こえた。彼女が振り返ると、窓にはピカピカに光る釘で厚い木材が何枚か打ちつけられていた。ツイッギーは一つの角のほうから電灯の光が漏れているのに気づき、しゃがんで覗いてみた。最初は見たものが何だかはっきりしなかった。ベッドの一部、背筋をのばした人影、ちいさな椅子の背の部分、床に置かれた皿。やがて人影が動き、もっとはっきり見えるようになった。破れたマットレスの上に跪《ひざまず》いて、ドン・ディエゴが胸の前で手を組んで祈っていた。幽閉するだけでは苦しめ足りないかのように、昼夜を問わずつけっ放しの電球に照らされている彼の口元が動いて、何か呟いているようだったが、彼女には何を言っているのかわからなかった。ドン・ディエゴが祈りの姿勢を解くまでしばらく見つめていた。こっそり覗いていたほうの目から涙が流れ落ちた。涙をぬぐい、もう一度中を覗いた。ドン・ディエゴは先ほどと同じ状態だった。ツイッギーは彼に関するわずかな記憶を呼び起こした。金持ちで善良で情け深い。それから少なからず変人であることなど。隙間からは、額を壁に押しつけて祈り続けている一人の哀れな老人の姿しか見えなかった。ポンチョを着せられ虐待されて、裕福な男とはとても見えなかった。

ツイッギーはつけまつ毛が木材に触れたように感じて少し離れた。瞬きをしてからもう一度覗いてみようとしたとき、同じ隙間から外を見ようとしていたドン・ディエゴの視線とぶつかった。ツイッギーは頭をのけ反らしながら、心臓が口から飛び出すかと思った。続いて別の方向から聞こえてきたランブレッタのいらいらさせるモーター音で、また飛び上がった。

駆けつけると、エル・ペリロッホが雲のような排気ガスに包まれていた。また止まってしまわないように、エンジンを目いっぱい吹かしていた。焼きついちゃうじゃないの、バカ、とツイッギーは言って、降りなよ、と命じた。胸にバッグをたすき掛けにしてオートバイに跨るとライトを点け、三度ほど飛び跳ねると始動させた。ありがとうね、ハンサム坊や、とエル・ペリロッホに言うと、文句が返ってきた。

「キスの礼くらいしたっていいじゃないか？」

彼女はその言葉を聞いてもいなかった。ランブレッタが吐き出す白い煙の尾を伴って農園の門を越えており、サンタ・エレーナには夕暮れの帳《とばり》が降り始めていた。

第十四章

オープンカーに乗った六人の若者たちが、ラジオの音量を最大限に上げて通り過ぎた。ビートルズの「ゲット・バック」を熱狂的に歌いながら、曲がり角に差し掛かるとブレーキでタイヤを軋ませていた。若者たちは長髪でもみあげを下顎まで伸ばし、サングラスをかけていて、同乗している二人の女はAラインの腿半分ほどの丈、もしかするとそれより短いワンピースを着ていた。

エル・モノ・リアスコスとその仲間は、アイスクリーム店のテラス席でビールを飲んでいたが、彼は仲間に向かって、やるなら日曜日のほうがいい、交通量が少ないからな、と言った。そのときオープンカーに乗った若者たちが前を通り過ぎたので、皆の集中力が奪われた。エル・モノは話をいったん中断し、その後ふたたび説明しはじめた。

「奴らは午前中はだいたい城にいて、それからミサに行く。昼飯は一族の者のどこかの家で取り、午後からはイタグイにある図書館で過ごす」

「もし少女をミサで捕まえるのなら、俺は加わらないね」とエル・セホンは言った。

「俺も嫌だ」とエル・トンボが言って十字を切った。

「心配するな、カリタス会の修道女たちよ」とエル・モノは言い「誘拐するのはな……」若者たちがふたたびオープンカーで通り、角でタイヤを軋ませる大騒音をたてて皆を振りむかせた。「ドラ息子どもだ」とエル・モノがぶつぶつ言ったが、その一方で彼らは、「ゲット・バック、もといた場所に戻ってこい」と手や頭を振りつつ絶叫していた。「彼らが図書館を出てきたところで捕まえよう」とオープンカーが見えなくなるとエル・モノは続けて言った。

「車に乗る前にか？」とエル・ペリロッホが訊いた。

「車はリムジンか？」とエル・セホンも質問した。

「俺は乗った後のほうがいいと思う」とエル・モノが言った。

「なんでだ？」とエル・セホンが訊ねる。

エル・モノが答えようと口を開きかけたとき、先ほど二度も現れた同じ角のところで、またもやタイヤの軋む音がした。

「ゲット・バーク、ゲット・バーク！」

「クソボンどもが」車が前を通ったときに、エル・モノは怒り狂いながら言った。車が遠ざかるのを待ってから訊いた。「どこまで話したかな？」しかし、エル・セホンもエル・トンボもエル・ペリロッホもカランガも、互いに顔を見合わせたまま押し黙っていた。エル・モノはいらいらして顔と髪を手でこすっていたが、皆はビールに口をつけていた。「もっと人手が要るな」とエル・モノは続けた。「少なくともあと二人、それも度胸があって慎重な奴がいい」

「俺には心当たりがあるぜ」とカランガが言った。

「前科《マエ》はないか？」

込んだ。

「警官で他に知り合いはないか？」エル・モノが訊くと、エル・トンボは口をへの字に曲げて考え

「まあまあだ」

「たぶん」と彼は答えた。「調べてみないと」

「そうだ、思い出したぜ」とエル・セホンが言った。

「なにをだ？」

「さっきあんたが言いかけていたことだよ。少女が車に乗った後で襲うほうがいいと言ってたじゃないか？」

「もう少女じゃないぜ、セホン、ほとんど娘だよ」とエル・モノはやんわりと言った。

「なんで、娘が車に乗るまで待つんだ？　どうしてその前に連れ去らないんだよ？」とエル・セホンが訊いたが、全員が、エル・モノも含めて、ふたたびオープンカーのタイヤの軋みに気を取られた。さらにラジオの音と若者たちの歌声と叫び声。エル・モノはエル・セホンに言った。

「どうしてかって、俺がそうしたくないってことだよ」

エル・モノは椅子を後ろに引いて出ていった。通りの真ん中に少し両脚を広げて立ち、腰に手を入れて九ミリマカロフ銃を取り出すと、ふたたび見えてきたオープンカーの鼻先に狙いを定めた。アイスクリーム店のテラス席では、すでに何人かの者たちがテーブルの下に身を隠した。ギャング仲間たちは感動しながら彼を眺めていた。まるで、エル・モノが弾丸で車を仕留めようと意を決していているように見えた。

「ゲット・バーク、ゲット……！」

若者たちは、エル・モノが両腕を伸ばして五メートル先から自分たちを狙い定めているのを見ると、急ブレーキをかけた。ありえない、と思える出来事に若者たちは恐怖で凍りつき、女たちは恐怖の叫びをまるでコーラスのように響き渡らせた。運転していた若者はギアをバックに入れて、確認もせずに後方奥まで発進させた。電柱にぶつかって止まり、今度は前方へ歩道をスリップしながらエンジンを始動させた。エル・モノはそのままじっと立ち続けて、視界から若者らが消えるまで狙いを定めていた。その後、マカロフ銃をホルスターに収めて腰に戻し、何事もなかったようにテラス席に戻った。仲間たちとの傍に座ると訊いた。

「どこまで話したかな?」

第十五章

授業を終える前に、イソルダはピアノで七オクターブを弾いて小指を強くするための練習をする。音階の上りはスタッカートで、下りはレガートで弾くのだが、ウリベ先生が運指の技量を培《つちか》うために課した難しい練習だ。

最後に先生に、外までごいっしょしますと言う。彼女の唯一の目的は、先生が帰るとただちに自転車に乗ることだ。ガレージの場所から鉄柵のある門の扉のところまで、おそらく百メートルくらいのわずかな距離しか自転車に乗ることを許されていないが、イソルダにとっては自由に向かう高速道路なのだ。しかしいつも、何もかも彼女を取り締まるヘッダの警告が飛んでくる。

「なんてことをするの、ドレスのままで自転車に乗ってはいけません」

イソルダは注意されても、気にもかけずに森まで自転車を押して登っていく。森に着くとふたたび自転車にまたがり、最初の木々のあいだを進もうとするが、低い枝にぶつかり灌木の茂みの中に転んでしまう。

茂みには静けさが満ちている。葉のひとひらも動くことなく、鳥の一羽も動くことなく、最も高く聳《そび》える木々も動かず、自転車のかごに入れた五個のリンゴが転がる音も感じられない。イソルダは仰向けに寝て目を見開き、枝のあいだから洩れてくる空からの陽光を見る。下から見ると巨人の手のようだ。傍らの細長い葉の先に緑色のコオロギがいて、彼女を見ているようだ。イソルダは片方の腕に痛みを感じる。コオロギに訊いてみる。「おまえには膝小僧に耳があるって本当なの？」虫は鳴きもしなければ、警戒もせず飛び立ちもしない。葉の上でじっとしている。少女は痛いほうの腕を見る。ドレスの袖が破れていて、布に血がついており、肩の下のほうにかすり傷がある。

「イゾルデ！」遠くで彼女の名前を呼ぶ声がする。

あわてて立ちあがってドレスの汚れを払い落とし、地面に転がったリンゴを拾う。コオロギは跳ねて、知らないうちにイソルダの背中にしがみついている。少女は森の中にハミングしながら入っていく。

「ドン・ディエゴ、あのときは気が狂いそうだったよ」とエル・モノは言った。「俺には彼女がそこにいるのはわかっていた。入っていくのを見たし、歌う声も聞いたし、山の中を動き回っているのも感じられたのに、その姿を見ることができなかったんだ。あの中でなにが起きていたのか、どうして調べにいかなかったんだ？」

「グスマンは何度も見に行ったが、なにも見つからなかったそうだ」とドン・ディエゴは言った。

「じゃあ、あの髪形は？」とエル・モノが聞いた。

ドン・ディエゴは鼻にしわを寄せて反対のほうを見た。エル・モノはしだいにドン・ディエゴのそぶりがわかるようになっていたので、これはもうそれ以上話したくないということだと理解した。

エル・モノは椅子に座り、椅子を後ろに倒して壁にもたせかけた。寒気を感じ、焼酎でもひっかけたい気持ちだった。

「山の中で何時間も過ごしていたんだ」と続ける。「午後の間ずっとだよ。母親が呼んだときだけ姿を現し、それもときどき待たせていた」エル・モノは一瞬、口をつぐみ、それから言った。「ところで、昨日彼女と話したよ」

「嘘だ」

「本当だ。神経性胃炎だと言ってたぜ」

「ディータは君たちとなどぜったいに話をしない」

「だが話したんだよ。彼女は絶望していて、早く解決したがっている」

ドン・ディエゴは力を振り絞って姿勢を正した。エル・モノは笑って言った。

「あんたはもう自分の意思にばかりこだわってはいられないんだ、ドクトール。今は状況に従わなきゃ」

「そうしなかったら？」ドン・ディエゴが皮肉っぽく訊いた。

エル・モノは考えを巡らせながら、彼をまじまじと見つめた。

「あんたやあんたのような階層の人の下で働いているあらゆる人々は、なにもかも後回しにしてあんたたちの気まぐれに従っているんだ」と言った。「人生ではたびたび、誰かの意志というよりも偶然に身を委ねてしまうもんだよ」

「事情のない人間なんていない」とベッドの上にすっかり身を起こしたドン・ディエゴは言い、さらにつけ加えた。「君も私もイソルダを頼りに生きてきた。立場はまったく異なるけどな」

エル・モノは椅子といっしょに、寄りかかっていた壁から身を起こした。

「俺は彼女を生きがいになどしていないぞ。俺のケチな半生で人にふりまわされたことなど一度もない」と言った。

「じゃあなんでこっそり見ていたんだ」とドン・ディエゴは訊ね、だがすぐに手で打ち消した。「違う。訂正する。なんでこっそり見るのをやめられなかったんだ？」

エル・モノは上唇を下の歯で噛みしめ、笑って時間稼ぎをした。

「俺がしたことはすべて自分の意思だよ。だって俺が彼女を好きになるって決めたんだからな」と言った。「ドン・ディエゴ、わかるだろう、愛とは妄想なんだよ。**御しがたいあの怪物、嵐を吸い込み、上昇したり下降したり、そして大きくなる**、マエストロ・フローレスが言っていたようにな」


イソルダはクルミや栗、アーモンド、チブサ、梨やリンゴの木々の間の小道を通りながら歌う。踏みつけてできた道をすっかり記憶し、自信を持って進む。スカートの裾を少しつまみ上げて、ドレスの裾を折り曲げた中に入れた五個のリンゴを大事に運んでいる。少し前進すると、落ち葉の上から何かざわざわと物音が聞こえ始める。こんにちは、とちいさな優しい声で彼女が言う。こんにちは、こんにちは、と茂みの中に向かって心を込めて繰り返す。リンゴを一つ手に取って、森の中に投げ込む。地面に落ちる前に、果物を一突きするような音が聞こえる。イソルダは微笑む。こんにちは、こんにちは、とまた言うと山はさらなる物音にあふれる。

「シーッ」とエル・モノが言って天井を指差した。ドン・ディエゴはよくわからないまま視線を上に向けた。「なにが聞こえる？」とエル・モノが訊く。

「なにがって……？」

「シーッ」とエル・モノはまた彼を黙らせた。

遠くで音が聞こえた、何かモーターの音のようだ。急いでエル・モノは時計を見て、頭を振って否定した。音はさらにはっきりと強く聞こえてきた。ドン・ディエゴはさっと立ちあがるとエル・モノの前に立ち、無言の対話となった。だんだんと近づいてくるのがヘリコプターの音であることは言うまでもなかった。

エル・モノは走って部屋の外に出て、扉を慌ただしく閉めたが、錠前を下ろすのを忘れてしまった。ドン・ディエゴは窓のはめ板に耳をつけて聞いたが、回転翼の音はせず、自分の心臓の音しか聞こえなかった。目眩《めまい》を感じた。

家の中では、エル・モノが命令を下していた。

「セホン、その電気を消せ！　窓は全部閉めろ！」

「閉まってるよ。どうしたんだ？」

「おまえたちは耳が聞こえないのか？　間抜け」

「台所の窓が開いているぞ、カルリート」

「誰が見張りしている？」

「これはなんの音なんだ？」

「カランガとエル・ペリロッホだ」

「ヘリコプターが一機。エル・トンボはどこにいる？」

「なんだって、モノ？　なにが一つだって？」

「今、勤務中だよ」

「静かにしろ！」皆に向かってエル・モノが怒鳴り、そうするうちに彼らのすぐ頭上を行き来するモーターの振動が聞こえた。皆は震えあがりながら互いの顔を見た。

「見つかっちまったんだ」とエル・セホンが紙のように真っ白になって言った。

「黙れ」

「六時半だよ、モノ。この時間にメデジンでは誰も空を飛ばないじゃないか。ここを飛んでいるってのは俺たちを見つけたからだろ」

「黙れよ、カス！」

カランガとエル・ペリロッホはあたふたと小屋の中に入ってきた。他の仲間と同じように血の気の失せた顔をして、寒さのために鼻の先が赤かった。

「聞こえるか？　モノ」

「霧は出ているか？」とエル・モノが質問すると、二人は頭を振って否定した。「ここで待ってろ」と彼は仲間たちに言い、出て行く前に警告した。「なにかあったら奴を殺すんだぞ」

エル・セホンは、ソファーの上に崩れ落ちると泣きだした。

ヘリコプターは輪を描いて飛んでいるようで、音は一方から他方へ移動し、ときに遠くなったり、ときに近づいたりした。ドン・ディエゴは床に跪いて、両腕を胸の上で組んだ。ドアは錠前を下ろしておらず、一味の者たちが彼よりも震えあがっているのはわかっていた。彼らが、隅に追いやられたネズミのように金切り声を上げているのが聞こえた。力を振り絞って両脚で立った。体から骨格が抜けてしまったように感じたが、それでもドアのところまでゆっくり歩いていき、そっと開けた。

「もしヘリコプターが一台だけじゃなくてよ、何台もだったら？」カランガがカルリートに訊いた。二人とも汗でびっしょりだった。

「それに、もし地上からもやってきたら？」エル・ペリロッホが訊いた。エル・セホンは泣き声を押し殺そうとクッションに噛みついていた。

エル・モノはもうすでに撃ち合いが始まっているかのようにマカロフ銃をつかんで、小屋から腰を曲げて走り出し、自分の背丈ほどの灌木の茂みに隠れた。それからヘリコプターを見ようとして四つん這いになり、一つの場所から別の場所へと移動した。皮膚の毛穴の一つ一つにモーターの音が感じられるのに、何も見えなかった。両腕を広げたほどの大きさのシダの葉の間から頭を覗かせて、暗くてひっそりとし、煙も上げていない、ベゴニアの花だけがわずかに色彩を添えている小屋を見た。ふたたび葉の下に頭を隠して、バネのように顔を覗かせて小屋を見た。チックショウ！と喘ぎながら彼は言った。小屋の傍らには洗車してピカピカの空色のドッジコロネットが停まっており、その傍には自動車に被せておくべき黒のビニール製のカバーが置いてあった。エル・モノは這って小屋に戻ったが、開けた地に出る前に、ヘリコプターが今までにないほど頭上を低く騒音を立てて飛んでいるのを感じた。プロペラの起こす風が灌木の茂みを吹き払ったとき、ぼんやりとヘリコプターを見ることができた。彼は丸太のようにその場に身を固めて留まり、これから始まる最悪の結末を予想した。

イソルダは湿っぽい苔《こけ》の上で横になる。もう一角兎たちにリンゴをわけ終えたので、一角兎たちは仕事に精を出す。角を使って少女の髪を編み、器用に花々や葉っぱや種子を散りばめている。イソルダは目を閉じていて、一角兎たちは細い草で三つ編みの先を結び止める。イソルダは皆のために歌を歌ってやる。**アレ・ロイト、アレ・ロイト、ゲーン・イエット、ナーハ・ハウス（みんな、みんな、今からお家に帰ります）**。背中に飛びついていたコオロギは、今では木の枝から少女を観察している。少女はコオロギを見て、もう一度訊いてみる。「膝小僧に耳があるって、本当なの？」コオロギは触覚をほとんど動かさない。

「痛い！」と少女は訴える。

一羽の一角兎が、ヘアスタイルを仕上げようと髪の束を強く引っ張ったのだ。イソルダは座って、形とボリュームを確かめるためそっと髪を手で触れてみる。立ちあがって言う。みんな、大好きよ、愛しているわ。満足のあまり飛び上がって、自転車を置いた場所まで戻っていく。そして歌う。**グローセ・ロイト、クラウネ・ロイト、ディケ・ロイト、デュネ・ロイト（金持ちも、貧乏人も、デブも、やせっぽちも）**。

ドン・ディエゴは、薄暗い廊下を脚を引きずりながら歩いた。体が震え、一歩運ぶごとに倒れ込みそうな気がした。廊下と居間をつなぐ薄暗い敷居までたどり着くと、そこには全員がそろっていた。誰も彼には気づかなかった。背を向けて、ピストルを小屋の入口の方向に構えていた。エル・セホンは床にうずくまって泣いていた。

ヘリコプターはあちこちで音を響かせていた。ドン・ディエゴはゴミとあふれそうな灰皿、清涼飲料水の空ボトル、食べ物を入れたパック、ばらばらになった雑誌の間を進んでいった。男たちは彼がドアのほうに向かってよろよろと歩きながら、自分たちのところまで来るとびっくりした。

「なにをしているんだ？」とカルリートが聞いた。

「部屋に戻れよ」エル・ペリロッホが命じた。

けれどもドン・ディエゴは進み続けて、ドアの取っ手を握ろうと手を伸ばした。

「撃て！」とカランガが命令した。

「だめだ！」と涙でくしゃくしゃの顔のまま、エル・セホンが叫んだ。両腕を開いて、仲間とドン・ディエゴの間に立ちはだかった。「やめてくれ！」ともう一度哀願した。

ドン・ディエゴは足を止めもせず、男たちを振り返って見ることもしなかった。扉を開けて外へ出た。前方に、数メートル離れたところの草の上に、両膝をついて顔と両手を高くぴんと伸ばしているエル・モノが見えた。エル・モノと同様にドン・ディエゴも空を見上げると、上空から降ってくる紙の雨の中にいた。たいした苦労もなく、宙に舞う一枚の紙を手にすると、そこにはジャケットに蝶ネクタイ、両手にオペラグラスを持った七十六歳の男性の写真、年齢のわりに若々しく頑強な体軀で、明るい瞳の色に整った歯並び、と描写された自分自身の姿があった。ビラの最後には、救出に繫がるいかなる情報でも当局に提供すれば、二十万ペソの謝礼をする旨書かれてあった。エル・モノを見ると、四つん這いになって牧草の上にばら撒かれたビラを懸命に集めていた。その後、カランガとエル・ペリロッホがドン・ディエゴの両肩をつかんで小屋に連れ戻したが、そのうちにヘリコプターの騒音も遠ざかっていった。

昔、もう何年も前のこと、ちいさな王女さまがこんな時刻に森から出てきました。三つ編みの髪の毛を黄金の円筒のように高く結い上げて黄色や赤の花びらで飾り、両側には二本の蘭の花が下がっていて、てっぺんにはブロメリアの花が挿されていました。ドレスの裾を腿の上までたくし上げ、袖は破れたまま、ドイツ語の歌を歌いながら自転車に乗って坂道を降りてきたのでした。

第十六章

それは完璧な城だった。思い出すだけで、ロワール渓谷にあるシャンボール城はドン・ディエゴを息もつけない状態にしたものだ。正面から見ても後側から見ても、どの角度から見ても、どのような光のもとでも。城の本丸と四つの巨大な塔、そこから聳え立ついくつもの塔、白いセメントと対照的なグレーの煙突、その規模の大きさと威厳は、ドン・ディエゴの言うところによれば、童話の中の城だった。

「それで、こんな感じの建物をお望みなのですね」ドン・ディエゴが推薦を受けていたイタリア系フランス人建築家エンリコ・アルクーリは質問した。シャンボール城が夢に見る城だというのを聞いた後で、彼は皮肉を込めて訊いたのだった。

「そうですね」とドン・ディエゴは言った。「どこからか始めねばなりませんので、少なくとも、一つの考えとして」

「城ですか」とアルクーリは呟き、両手の指を組み合わせた。そして意見を述べた。「数世紀遅れてお生まれになりましたな」

「確かに」と、うっとりした表情でドン・ディエゴは言った。「だからこそ今日、城は役に立つのです、時を止めるために。現在に、かつ過去に永遠に生きるかのようにです」

建築家は目を細めながら彼を見た。

「コロンビアはフランスではありません」と彼は言った。

「言うまでもありません」とドン・ディエゴは答えた。いったんは沈黙したが、その後で反撃に出た。「だから手のうちにあるもので間に合わせねばなりません。シャンボールはダ・ヴィンチが構想した城だそうで、だから私は、私の城を彼と同じイタリアの血を家系に持つシニョーレ・アルクーリにおまかせしたいのです」

その抜け目のない老建築家は、一九三〇年代の初めに自身の絶頂期を迎えていた。特にベルリンやハンブルグ、フランクフルトにおいて重要な大邸宅や建物を建設した。「典型的な折衷主義者」と見なされており、彼の後継者の中にはアルクーリが蔑《さげす》むのでモダニズムに反対の者もいた。

「もう城は作られていませんよ」と彼は強調した。「戦争が原因なのかどうかわかりませんが、だが今建設されているものはみんな、トーチカに似ています」

「それは流行で、私は流行なんて追いかけませんよ」とドン・ディエゴは言った。「ずっと夢に見ていたようなものを建てたいのです、もちろん現実に適合したものです」

アルクーリは水を少し注ぐと、机の引き出しから錠剤の入った小瓶を出した。

「どんなお仕事をされているのでしょうか？」とドン・ディエゴに訊ね、そして答える間も与えずに大声で呼んだ。「シリーン」

ドン・ディエゴは、事務所のドアから誰が入ってくるのか見ようと振りかえった。

「失礼」とアルクーリは言った。

「バウマン氏が、私のことをあなたに話してあると思っていました」

「話してくれましたよ。けれどなにをなさっているのか、毎日、なにをして過ごしていられるのか、どんな生活をなさっているのか知りたいのです」

「最初に、まず合意にいたらなければなりません、違いますかな？」

「経済上の合意ですか？」とアルクーリが質問した。そしてもう一度呼んだ。「シリーン！」

「専門的合意と言ったほうがいいでしょう」とドン・ディエゴは説明した。

　アルクーリは震えながら小瓶を開けて、薬を一錠飲んだ。同じように震えながら水の入ったコップを持ち上げ、薬の小瓶を引き出しに戻した。事務所に二度目に訪れたときにドン・ディエゴは、目の前にいるのは人選を誤った相手ではないかと感じた。一度目は建築家が現れるまで二十五分も待たなければならなかったし、部屋に通されたときも待たされた理由をまったく説明されなかった。ミルコは建築家が年寄りだと警告していたが、ドン・ディエゴは気にしていなかった。若い建築家たちのしている仕事にはあまり好意をもっていなかったし、古典趣味という点でエンリコ・アルクーリとは一致できる、と考えていた。

「まあ」と建築家は言った。「あなたをだますわけではありませんがね。まず城を建てるという考えを忘れていただけたらと思うんです。他にも同じような伝統に則した選択肢がありますので、少なくとも……」

　言葉を探そうとして指を宙で動かした。ドン・ディエゴは身を乗り出して、両手を机につきながら言った。

「無駄です。他の選択肢などありません」

「あまり復古主義的ではないもの、とでも言えばいいのか」とアルクーリは言って考えをまとめようとした。

ドン・ディエゴはバネに弾かれたように立ちあがった。

「政治的な考えとは無関係です」と言った。「軽薄と思われるかも知れませんが、単なる私の気まぐれで、だからこそ、他の選択を考えてくれ、と言われても実際には不可能なことなのです」

建築家は初めて彼に微笑みかけた。おかけください、と言って、今ではもう震えが止まった手の動きとともに申し出を受け入れた。それから立ちあがり、ドアのところまで行って開け、もう一度、今度は怒鳴らずにシリーンと呼んだ。

「ボリビアには君主制はあるのですか？」アルクーリが訊いた。

「コロンビアです」とドン・ディエゴは訂正した「残念なことにありません」

「好奇心からお聞きしただけです」

事務所のドアが開いて、やはり年輩で小柄な女性が顔を覗かせ、フランス語でアルクーリに、なにかご用ですか、と訊いた。彼女を見るとドン・ディエゴは立ちあがり、頭を下げてお辞儀をした。あれを、と建築家が言うと、女性はふたたび出ていった。

「おそらく、私の気に入らないのはロワール渓谷なのだと思います」とアルクーリは言った。「あそこは一種のレクリエーション・パークになってしまった。デコレーションケーキがところ狭しと並べられたテーブルのように見える。誰が我々を理解してくれるのか？　我々は革命を起こしたのに、君主制下のものを崇拝している。この渓谷には教訓が生かされていないんですよ、いや、それどころか我々の中にあるちいさなブルジョア意識が渓谷を鼻にかけているんです」

女性が手に包みを持ってふたたび入ってきて、黙ってそれを机の上に置いた。アルクーリは、もう下がるように、と目で合図した。彼は包みを手に取って、ドン・ディエゴに差し出した。

「開けてみてください」と言った。「もう少しで見つけられないまま終わるところでした。今日の午前中ずっと探していたのですが、あなたが到着したときもまだ見つけられずにいたのです」

ドン・ディエゴは注意深く包みを開け、レコードのコレクションを見て驚いた。それはフリッツ・ブッシュ指揮の、一九三六年にブエノス・アイレスのコロン劇場で録音されたワーグナーの『パルジファル』だった。彼は目を輝かせたまま、ほとんど言葉さえ失っていた。

「これはまさに宝物だ」

「これは言わばあなたの城の最初の礎石となるものです」

「けれど、私がお願いに上がったのは……」ドン・ディエゴは次を続けようとした。

「まあ、いいじゃないですか」とアルクーリは言った。「我々がしようとしているのは、常識に反したことです。互いに徐々に慣れていったほうがよろしいでしょう」

二人は微笑み、その十分後にドン・ディエゴは幸せそうにプレゼントを持って、象の門でディータと落ち合うために事務所を後にした。


動物園には、かつての面影はまったく残っていなかった。戦争の爆撃で死ななかった動物は、恐れから殺された。

「何頭かは通りに逃げたのよ」とディータは言った。「飼育する場所がなかったから、銃殺しなければならなかったの」

「それ以上に危険だったからだろうよ」とドン・ディエゴは言った。

二人は動物園の周辺、ふたたび拡張されてきている庭園の中を歩き回った。

「ある夜、避難所に向かっていたんだけど、もう暗くなりかけていて通りには街灯もなくて」とディータが話した。「突然、遠くにとてもゆっくりと動くものが見えたの。犬だと思って二十メートルくらいのところまで近づいてみたら、もう少しで心臓が止まりそうになったわ。雌のライオンだったのよ」

ドン・ディエゴは立ち止まってたった一言だけ口にした。

「まさか」

「石みたいに固まっちゃったわ」とディータは続けた。「わたしとライオンは互いの目を見つめ合ったのよ。雌ライオンはすごく弱々しい唸《うな》り声を上げていて、わたしにはその牙まで見えたの。駆け出そうと思ったけど、ライオンのほうが後ずさりしていったわ。びっこをひいていたわ」

「爆撃まっただ中のベルリンで、あなたはなにをしていたんだ？　なぜご両親のところにいなかったの？」

「ヴァルトヴィンケルで両親と一緒に住んでいたのだけど、母とわたしは北部から着いた妹のアンネマリーを迎えに来ていたの」

池は空っぽのままだった。二人は鳥類を飼育していた跡まで来て、黙ったままその場所を見つめた。鳥かごの中で囀《さえず》っていた何千羽もの鳥たちが、爆撃音だけで死んでしまったことを考えていた。今では少しずつ戻りつつあった鳩たちが、残骸の中に巣をかけ始めていた。ディータは目に涙を浮かべたまま連絡板のある場所まで歩き、ドン・ディエゴは彼女につづいた。それはドイツのどこにでもある、再建を知らせる看板だった。

「熊を見にいきましょうよ」と彼女が提案した。

破損していたが、動物園には大勢の人がやってきていた。ベルリン市民にとってそこはオアシスに、駐屯する軍隊や非順応主義者や活動家、諦観した人々の間で交わされる激しい議論から離れることができる、政治色のない思い出の場所になっていた。何事もなかったかのように笑いながら、ふざけながら通る子供たちと擦れ違ったし、太陽に暖められたベンチで過去の想いにふけり、現実に耐えながら座っている老人たちをも見かけた。ドン・ディエゴは彼女の手を取った。もう一方の腕には、エンリコ・アルクーリからプレゼントされたレコードをしっかりと持っていた。

「もっとひどいことがあったことを考えてみれば」と彼は言った。

「わたしが想像した以上にひどかったわ」とディータが言った。

「ヒロシマと同じほどだろうか」

「どこもかしこも悲惨な状態だったわ」ディータは一息入れて言った。「そのことについては触れたくないの」

ドン・ディエゴは顎を引き締め、いらいらした様子だった。ディータの手を放して襟巻を外した。

「彼らは間違いをひとつ犯した」と言った。「数年のうちに連合軍はその過ちに気づくだろう」

「ディエゴ」

「今にあなたもわかるだろう」と彼は言い張った。「いつの時代も同じことだ。ここで葬り去ったものをいつか懐かしく思うだろうよ」

ディータは急に立ち止まり、語気を強めて彼に言った。お願い、そのことについては話したくないの。だが誰かが声を上げなければならないんだよ、とドン・ディエゴは言った。あなただけではないわ。どこへ行ってもみんな同じように言っている。だけどそれでなにを得られたの？　とディータが尋ね、それからつけ加えた、わたしたちは苦しみに支配されつづけているだけなのよ。ドン・ディエゴは何か言おうとしたが、彼女は彼の口に手を置いた。わたしの家族の間では、と彼女は言った。沈黙の協定を結んだの、だからあなたにとっても同じよ。彼は強く唇を結んだが、ディータの瞳の中に彼をたじろがせるほどの強さを見た。その後、ディータは彼の手を取り、後ろ足で立ち、唸り声を上げている熊を壁の背後に見つけるまで、何も言わずに歩いた。

第十七章

エル・モノ・リアスコスが支払いに手間取っているあいだ、少年は幸せにはちきれんばかりの表情でオートバイに跨っていた。エンジンを掛けてアクセルを回すと、騒音が居合わせたすべての人々の足元から伝わり、神経系統に侵入した。ブルタコに乗った少年は、しかるべき修理工場の入り口ではなく、机が並び販売員のいる代理店の展示販売場のあいだを横切って出ていった。心臓まひを起こしそうなくらい驚いて耳をふさぎ、轢《ひ》かれないようにと脇に飛びのく販売員もいた。正面入り口に着くと、歩道を突っ切り、車が来るかどうかの確認もせずに通りに出た。大音響と驚きが収まると、エル・モノは少年がどこへ行ったのか見ようと走って外に出た。まだモーターの音は聞こえていたが、少年の姿はなかった。

しばらくすると、子供のようににこにこしながら角を曲がって戻ってくる少年の姿が見えた。止まるどころか、エル・モノの前で片手を上げたものの、そのまま通り過ぎ、ふたたび加速していった。「おい、どこへ行くんだ!」との言葉を爆音の中に消しながら、エル・モノを置き去りにした。「戻ってこいよ」とエル・モノが繰り返したときには、もう角を曲がって見えなくなっていた。

販売員の女性は通りに出てきて、エル・モノにオートバイの売却書類を渡した。

「本当になんて子かしら」と、青ざめたままびっくりした様子で言った。「まだ心臓が体から飛び出たままだわ」とつけ加えた。

エル・モノは書類を尻のポケットに入れた。

「これで一生感謝よね」と販売員は言った。

「なんだって？」

「しばらくはあの美少年を手元に置けるわね」と彼女は言った。「あんなすてきな贈り物もらったんだもん」

エル・モノは遠慮がちに頭を掻いた。

「贈り物じゃないんだ」と弁明した。

「えっ、そうじゃないの？」と女店員は言って、彼に微笑みかけた。

遠くに、猛スピードで近づいてくる少年の姿がまた見えてきた。

「わたしはもう店に戻りますね」と彼女は言った。「これ以上肝を冷やすのはごめんだわ」そして入り口からエル・モノに忠告した。「ヘルメットを買ってあげたほうがいいんじゃないの」

少年はオートバイを止めた。エンジン音を轟《とどろ》かせるためにアクセルをいっぱいに回した。すげえよ、モノ、チョーすげえ！　と言った。あまりに喜んでいる少年を見て、エル・モノは表情を崩した。

「乗ってみなよ」と少年が言った。

「どこへ行こうか？」とエル・モノが尋ねた。

「そのへんをぐるっと」

「だが、ゆっくりやれよ」

「ゆっくりだと？　それじゃあ、羽があるのに歩くようなもんじゃないか」

「アクセルをふかすのはやめろ。モーターが焼けつくからな」

少年が笑ったので、口の両端に二つのえくぼができた。エル・モノは、心臓から胃に降りてゆく冷たい風のようなものを感じた。オートバイに乗って、シートのサイドに手をかける場所を探した。女店員が、自分の席からいつものように微笑みを浮かべ、さよなら、と手を振って挨拶した。

稲妻のようにメデジン川を渡った。橋のインターチェンジから高速道路に出て、南に向かって走っている車両の間を縫って走った。傍を通る車のバンパーに接触しそうになるたびに「おい、気をつけろよ」とエル・モノは何度も注意したが、まったく無駄だった。蒸留酒製造工場の橋の下を通ったときには、トレーラーにめり込みそうになった。エル・モノは本気で怒り、少年に拳固を喰らわせた。

「スピードを落として運転しろ、でなければ俺はここで降りる」と脅かした。チーズパンを買うために停めた次の橋の下までは、比較的おとなしく運転していた。少年は、ブルタコから降りようともしなかった。じっとオートバイを見つめて、タンクやハンドルを手で撫で、何度も給油口のふたを開けたり閉めたりしていた。温まったシートの上に手を滑らせ、シャツの端でバックミラーを拭いた。エル・モノはビールを二瓶と、釜から出たばかりの焼きたてチーズパンの入った袋を手に戻ってきた。

「おまえに我慢できる奴なんかいるか」と少年に言った。

「あんただろ、なんでも大目に見てくれてるじゃないか」

エル・モノは紙袋を差し出してチーズパンを一つ取るように勧めたが、少年はビールをつかんで一気に飲んだ。

「どうだ」とエル・モノが言った。

少年は、半分ほど瓶が空いたところで一息ついた。エル・モノに近づいて、瞬きもせずにじっと彼を見つめてから言った。

「ありがとう」

「忘れていたかと思ったぞ」どう答えていいか言葉につまり、とりあえず取りつくろってエル・モノはこう言った。少年がこんなふうに彼を見ると、思考が中断した。動揺をごまかすために、チーズパンを一口かじった。

「どこまで送っていく？」と少年が聞いた。

「じゃあ家まで頼む。仕事に行くのに車が必要なんだ。もう夜になってしまったからな」

「そんなら仕事先まで送っていこうか？」

エル・モノは舌を鳴らし、頭を振って断った。

「いまはよそう」と言い、「後でまた会おうぜ」

少年はまじめな表情になり、ビールを飲み終えようとオートバイに寄り掛かった。

「今夜祝いをしようや」とエル・モノは提案したが、少年は答えなかった。空き地まで歩いていって、空瓶を投げ捨てた。それから背を向けて立ち小便をした。

その後ろ姿を見ながら、エル・モノは罪の意識とためらいに苛《さいな》まれた。状況は、贈り物をしたり祝いをするにはかけ離れていた。このひと月、何の進展もないまま過ぎており、サンタ・エレーナでは一味の男たちが苛立ちを見せ始めていた。ドン・ディエゴは譲らず、彼の家族も歩み寄らなかった、そしてエル・モノにはよくわかっていたのだ。最後に譲歩しなければならないのは自分だと。

「ここに来ないとき、エル・モノは一日じゅうなにをしているんだ？」とマレッサは山の上の小屋でカランガに訊いた。

「そうだな、仕事だろうよ、たぶん」

「なんの？」

白いポンチョにすっぽり包まれたカランガは考えこんでいた。電話をしなければならないし、あちこち出かける用があるかもしれないし、解決しなければならない問題があるかもしれないし、わからないけど、と言った。さらに少し考えて、それから情報収集の仕事もあるだろうし、とつけ加えた。マレッサは彼を見て考え込んでいた。

「だけど、この件はどうなるんだろう？」と質問した。

「俺たちみんなが期待しているとおりに終わるだろ」

「もしそうならなかったら？」

カランガは立ち上がり、照明をつけた。センターテーブルにリボルバーを置き、灰皿から煙草の吸いさしを拾った。火をつけてから言った。

「もしうまくいかなければ、それだけのことだ」

「エル・モノはジジイに対して態度が弱すぎる」とマレッサは言った。「のさばらせてる。俺にまかせてくれれば、あっというまにその手紙を書かせてやるのに」

「どうやって？」

「そうだな、タマを締めつけてやるんだよ。そんなふうに教えてもらったぞ。最初のうちは我慢できるが、痛みには限界ってものがあるんだとよ」

カランガは二口続けて煙草を吸い、煙をもうもうと吐いた。ほとんど指を火傷《やけど》しそうだったが、ふたたび吸いさしの火を消した。そして言った。

「じゃあ今度は、俺がおまえに訊くけどよ。もし言うことを聞かなかったら？」

「だめならもっと強くやるんだ」とマレッサは答えた。

部屋のほうから、ドン・ディエゴが誰も聞いたことのない歌を口ずさみ始めるのが聞こえた。マレッサはうんざりしたような表情をした。なっ？　余裕こいて歌さえ歌えるんだぜ、と言った。カランガも、最近は朝起きると青い鳥の歌を歌ってるんだよ、と取り沙汰した。そりゃそうだ、とマレッサが言った、ここでの暮らしに慣れたからな。奴に必要なのはまさにあそこ、ペニスを締めつけることだ。カランガは笑ったが、咳《せ》き込み始めたので背を曲げた。部屋からドン・ディエゴが彼らを呼んだ。

「トイレ！」と叫んでいる。

カランガは咳が止まらないので、マレッサに行くようにと身振りで伝えた。

「トイレ！」と、もう一度ドン・ディエゴが叫んだ。

マレッサはぶつぶつ言いながら立ち上がった。ションベン垂れのジジイ、と言った。部屋で用が足せるようにバケツを持ってってやればいいじゃないか。気をつけろよ、マレッサ、とやっと口が利けるようになったカランガが、バカなことをするんじゃないぞ、と注意した。彼はリボルバーをふたたび腰に挟んでから座った。錠前を外す音と、ドン・ディエゴの足を引きずる音が聞こえた。マレッサが老人にあれこれといやがらせを言っているのや、長々と終わらない放尿の音まで聞こえてきた。カランガはポケットから、ヘリコプターが落としていったビラの一枚を取り出した。エル・モノはビラを捨てるように命じていたが、カランガは一枚隠し持っていて、それを読むたびに報酬として与えられる二十万ペソのことを考えていた。それに、情報を受けつける電話番号も暗記していた。マレッサが戻ってきたので、カランガはビラをポンチョの中に隠した。

「どうかしたのか？」とカランガが質問した。

マレッサは答えようともしなかった。時計を見てから言った。

「午後の時間はまったくよ、クソ長いな」

少年とオートバイに乗ってあちこち回っているうちに、エル・モノにとって時間はたちまち過ぎてしまった。時計を見たときに、後悔に襲われて急に機嫌が悪くなった。

「家まで送ってくれ」と少年に命じた。

「あれ、急いでいるのか？」

答えを待つことなく少年はアクセルをいっぱいに回して、車の間を縫うように通り抜け、道路標識も信号も無視して、ロデオ競技のカウボーイみたいな叫び声を上げた。

「ゆっくりやれ！」とエル・モノは言ったが、少年はすでに恍惚状態だった。こうなると、エル・モノはしてはならないことをしなければならなかった。ずっとそうしたいと思っていたのだが、男としての面子《めんつ》からしていなかったのだ。少年の腰に手を回してしっかりつかまり、急カーブを曲がるとき飛び出さないようにした。そんなふうに少年に抱きついているうちに家に着いた。髪の毛は逆立ち、風と埃《ほこり》で目は炎症を起こしていた。その姿をリダが二階の窓から見ていた。エル・モノは母親に気づかなかったが、少年は見ていた。ちょうどエンジンを始動させる直前に、モーター音を轟かせながらリダに向かってウインクした。リダはさっとカーテンを閉めた。

「モノ、どこへ行っていたんだよ？」彼が家に入るやいなや、彼女は尋ねた。

「仕事だよ」

「あの子とかい？」

「違う。奴は俺を送ってきただけだ」

「あのオートバイはあの子のものなの？」

「そうだよ」

「あんな贅沢品をものにするなんて、どこでその金を手に入れたんだよ？」とリダは訊いた。

「ふん」とエル・モノは大声で言い、肩をすくめた。

リダは台所に入ってそこからエル・モノに、何が食べたいかと尋ねた。何も、出かけなきゃならないんだ、と彼は言った。彼女は台所から顔を出して、彼に訊いた、また出かけるの、今帰ってきたばかりじゃないか。ちょっと行くところがあるんだ、とエル・モノは言った。だけどこの時間じゃあ、もうどこも閉まっているだろうに、とリダは言った。エル・モノは、自室で脇の臭いをかいでワイシャツを変えた。セーターを出して洗面所に入った。リダは外から話しかけた。

「女の子が来てたよ」

「どんな？」

「ミニスカートをはいた娘。髪の毛が男の子みたいな」

「なにか言ってた？」

「おまえのことを訊いてたよ。トラックに乗ってきてたけど、他の人もいっしょに」

「わかった」

エル・モノはしばらく何も話さず、リダはその場でじっと待っていた。

「ママ、まだそこにいるの？」とエル・モノが訊いた。

「そうよ」

「行ってくれよ」

「なんだって？」

「行ってくれよ、そこにいられると出るものも出ないじゃないか」

するとリダが台所に戻ったので、エル・モノは少年といっしょに飲んだ半ダース分のビールを放尿した。

第十八章

イソルダはビートルズに夢中でコンサートに行くことを夢見ていて、シャワーを浴びるときには彼らの歌を口ずさんでいる。同じようにピアノでメロディーを奏でようと音を拾い、ちいさな声で歌う。**僕たちはみんないっしょに黄色い潜水艦で生活しています、黄色い潜水艦で、黄色い潜水艦で**、と。部屋に閉じこもって髪をほどき顔にかかるほど振り乱して、母親のハイヒールをのけ反るように履き、買ってもらえないミニスカートの代わりにスカートを腿までたくし上げてロックを踊っている。

ベトナムという国で戦争があり、そこでは僕らにはよくわからない理由で毎日人々が死んでいる。食卓では大人たちがしょっちゅう恐ろしそうに、その戦争について話しているのを耳にする。僕は大人たちに訊く、その戦争のとても近くで僕らは暮らしているのか、それともそこで僕たちが、それが原因で死ぬ可能性はあるのか、と。ベトナムが地球の反対側にあると説明をしてもらってほっとする。けれども第三次世界大戦の始まりや、世界の終わりを告げる意見もある。そんなこんなの状況の中でも、僕は友人たちと毎日午後になると遊びに出かける。

リムジンが止まる。通りが自分たちの所有物だとでもいうように、僕らの仲間の一人が、道を遮断するみたいに自転車を丘に放置したせいだ。運転手がクラクションを鳴らしたので、僕らは灌木の茂みから出ていって自転車をどかす。そのとき僕らはイソルダを見る。たった一人で後ろの座席に背をまっすぐにして腰掛けている。僕らはバツが悪そうに、またうっとりしながら黙ったまま顔を見合わせる。僕はあそこで彼女に会えるとは思っていなかった。けれど一番驚いたのは、彼女が僕らをまるで無視したことだ。身じろぎもせずお人形みたいに髪をきれいに結ってドレスを着て、僕らなんか存在しないかのごとくまっすぐ前を見ている。僕はまぶしい反射光を遮ろうと額に手をかざして車の窓に近づいたが、道が空けられるとリムジンは発車する。

イソルダはユニオンクラブへ水泳のクラスに行く。出発前ヘッダが発作を起こしたせいで遅れている。留守をしていたディータが電話で、イソルダに一人で行くようにと命じたのだ。ヘラルドは慣れているので、いつもの道を行く。クラブはもうすぐなのだが、コルテヘールのビル建設工事のため迂回しなければならない。

「いい加減にこのありがたいビルの工事を終わらせてくれないものか……」とヘラルドが取り沙汰する。

「パパはビルの最上階まで連れてってくれるって約束してくれたのよ」とイソルダが言う。

「私は縛りつけられても登るのはごめんですよ。今工事中のあの妙な形のてっぺんまで、お嬢さまを登らせてくれるのですか？」

「旗が立っているところまで行くのよ」とイソルダは窓ガラスに顔をすり寄せて、上のほうを見ながら言う。

中心街の通りは狭くてひどい交通渋滞だ。人々は昼食から仕事場に戻ってくるし、商店はふたたび店を開けている。マトゥリン通りのほうへ曲がろうとして中心街の通りから少し離れようとするが、誰かが対向車線から入ってきて交通が滞ってしまう。バーや露店がひしめく区画で、車はじっと待機していなければならなくなってしまった。昼食を終えた売春婦たちも酒場に戻ってきているところだ。イソルダは好奇心いっぱいで彼女たちを見ている。ヘラルドはドアが閉まっていることを確認したが、それでもイソルダは、ぴちぴちの短いスカートをはき、初めての聖体拝受の日にパーティを盛り上げるために呼ばれてきた、ピエロのように厚化粧をした商売女を目にすることができる。ヘラルドはイソルダの関心を他に向けようと試みる。

「もうプールの端から端まで泳げるようになったのですか？」

「うーん」イソルダは外から目を離さずに答える。

「あのプールはかなり大きいですよね。なんていう泳ぎ方ですか？」

「自由形よ」

ヘラルドはクラクションを鳴らしたが、それでも何とか数メートル進んだだけに過ぎない。長髪と大きなアフロヘアーの二人の男が入っていこうとしているバーのちょうど前で、車は動かなくなってしまった。イソルダは笑っている。

「あの男を見てよ、ヘラルド」

「もう一人のほうも見てください。最近じゃあ、どれが男でどれが女かわからないですね」

イソルダはもう一度笑うが、そのとき酒場の中から金切り声が聞こえてくる。入っていった男二人が走って出てくる。二人は手にナイフを持っており、その後を追って一人の男が出てくる。

「二人を捕まえてくれ、捕まえてくれ！」と人々にそう頼んでいる。

「お嬢さま、かがんでください、床にしゃがんでください！」ヘラルドはイソルダに指示する。

「どうしたの？」とびっくりして彼女は尋ねる。

ヘラルドは何が起こっているのかわからない。スリップも身につけていない、両の乳房を刺された女が酒場から出てくる。何か身を支えるものを探すように、両腕を前方に差し出して歩いている。ヘラルドは叩くようにふたたびクラクションを鳴らして、お嬢さまかがんで、見てはいけません、見てはいけません！　と懸命に繰り返している。しかし少女は、自分に助けを求めているように見える女の視線に目を釘づけにされている。イソルダはとてつもない恐怖を感じて、力の限り叫んだ後は口がきけなくなっている。ヘラルドは後ろを振りむいて床に伏せさせようとする。イソルダは動かない、恐怖の表情のままガチガチにこわばっている。他の車も同様にクラクションを鳴らしている。女がイソルダの座っている側の窓に上体をもたせかけたので、ガラス窓には乳房から流れ出る血がついている。女はドアの取っ手を握り、最後に崩れ落ちる前にイソルダを見る。ヘラルドは少女の両肩を引っ張って、もう一度しゃがませようとする。イソルダはされるままになったが、それは引っ張られたからでなく失神したからだ。

「ごらんなさい、両目を開いてきましたよ」とエル・ロサリオ病院で少女を取り巻いている尼僧の一人が言う。

ドン・ディエゴとディータは彼女の名を呼んでいる。それぞれがイソルダ、イソルダと声をかけている。医師が一人つき添っている。少女は四方をぐるりと見渡す。ディータは娘の手を取り、ドイツ語で具合はどうかと尋ねる。グート、と少女が答えると、一人の尼僧が感心して両手を胸に置き、感嘆の声を上げる。

「こんなにちいさいのにもう英語を話すのね」

「休ませてあげたほうがよいでしょう」と医師が言った。

「わたしは残ります」とディータが言うと医者が頷く。

ドン・ディエゴは、医者とやたらににこにこしている尼僧につき添われて出ていく。外ではヘラルドが座っている。ドン・ディエゴを見ると立ち上がるが、主人はその肩に手を置いて落ち着かせる。

「目を覚ましたよ、大丈夫だそうだ」

ヘラルドはほっとしてため息をつく。

「さっきは怒鳴りつけて悪かった」とドン・ディエゴは運転手に言う。

「とんでもない、ドン・ディエゴ、あなたのおっしゃるとおりです。あの通りにお嬢さまをお連れした私が悪かったのです。急いでいたものですから」

「車を洗ってきなさい。その後で私を迎えにきてくれないか」

ドン・ディエゴは部屋に戻ると、ディータがイソルダの腕を撫でている。ディータはちいさな声でドイツ語の歌を歌っている。イソルダは目を閉じており、まつ毛の間には今にもこぼれそうな涙が浮かんでいる。ドン・ディエゴは何か言おうとするが、ディータは唇に指をあてて黙らせる。ディータは娘の髪の毛に手を絡ませ、また子守歌を口ずさんでいる。

第十九章

ツイッギーにとって、髪にカーラーを巻いて美容院の釜型ドライヤーの下に座り、大声で話している奥さま連中は実にこっけいだった。ある人は汗をかいていて、ある人は眠っていた。ツイッギーはハンドドライヤーさえ使わない。ただ髪を脱色し、後ろの長さを少し揃えて、まだ濡れているうちに片側に向けて撫でつけた。一度ならず釜型ドライヤーの下で誰かが言っているのが聞こえた。

「あの娘、男の子みたいね」

首から下は、体を伸ばして何かを取ろうとするとパンティさえ見えそうなほどとても短いミニスカートをはいているので、たぶん髪型のことを言っているのだろう。それに、どこかの奥さまが一度ならず言っているのが彼女の後ろで聞こえた。

「なんて破廉恥なの」

今、美容師がポニーテールにするためのヘアピースをつけようとしていた。

「ねえ、髪留めの櫛がうまくくっつかないのよ」と美容師が言った。「短い上に、まっすぐな毛だからね」

ツイッギーはポニーテールを鏡で見ようとして頭をくるくると動かした。じっとしていてよ、と美容師が文句を言った。見たいのよ、とツイッギーは言った。まだよ、終わったら合わせ鏡で見せてあげるから。髪の色はいいわ、とツイッギー。もちろんよ、と美容師は言い、待って、もう少しヘアピースを高くしてみるから、そのほうがしゃれてるわよ。ヘアピンを二本使って頭のてっぺんに髪留めの櫛を固定するのに成功した。

「後ろのほうに整髪料をつけるともっときちんと収まるんじゃないかな」と美容師が提案した。

「やってよ」とツイッギーは言った。

美容師は髪を濡らしてポマードを塗り、髪とヘアピースが一つにまとまるまで髪を梳《と》かしつけた。最後の仕上げにかかっていると、外で誰かが煽《あお》るようにクラクションを鳴らした。客の全員がそちらを見た。ツイッギーはガラス窓越しにそれがエル・モノ・リアスコスのドッジコロネットであるとわかった。覗いてみると、エル・モノは近くにこいと合図をした。

「なんの奇跡？」

「乗れよ。話があるんだ」

「待って、払ってくるから」とツイッギーは言ってふたたび美容院に入っていった。

彼女は客がバッグを掛けておくコート掛けがある奥まで、まっすぐ進んでいった。途中で美容師に、今払うわね、と声をかけた。たくさんのバッグが並んでいる場所に来ると、他の人のバッグを移動させて自分のバッグをコート掛けから外した。その動作の最中、魔術師のような素早さで他人のバッグを探った。現金の他に、口紅を三本、ちいさな香水瓶を一つ、コンパクトを一つ、カセットテープを一本、ミントガムを一箱抜き取った。もっと抜き取らなかったのは、外で待っていたエル・モノが狂ったようにクラクションを鳴らしたからだった。

「この騒ぎはなんなのよ？」車に乗ると、すぐに彼女は不平を言った。

「いったいその髪はどうしたんだ？」とエル・モノが訊いた。

ツイッギーは頭を振ってポニーテールを揺らした。何年もの間、髪が肩に触れるほどの長さだったことはなかった。

「あまりあんたに待たされたからここまで伸びたのよ」と言った。

「忙しかったんだよ」エル・モノは言い訳をし、どこに行くともなく発車させた。

「急ぎの話って、なんなのよ？」

「交渉がもつれたんだ、モニータ。もう八日も前から電話に出ない」

「つまり、人生がもつれたってことね」

ツイッギーはラジオをつけてダイヤルを回し、ラジオ15の放送を探した。

「消せよ」とエル・モノが命じた。

彼女は気にもかけず、ニコラ・ディ・バリが「心はジプシー」を歌っている放送局でダイヤルを止めた。エル・モノは腕を伸ばしてラジオを消した。

「俺に力を貸してくれないか」

「いやよ、モノ。あたしは加わらないって何度も言ったじゃないの」

「おまえは一味にならなくていいんだよ。ただ見てきてほしいんだ」

「見るって、なにを？」

彼女はまた彼を見た。何日か会ってなかったので、エル・モノの憔悴した顔つきに驚いた。その上嫌な臭いがしたので、車の窓を開けた。

「城でなにが起こっているのか見てきてほしいんだ」とエル・モノは言った。

「ごめんだわ」

「怖いのか？」

「違うわ」とツイッギーは言ってポニーテールに手をやり、ゆっくりと撫でた。「あたしがひるんだりしないってこと、知ってるじゃない。それに、自分の専門以外のものに首を突っ込まないってこともね」

「目を使うのはおまえの専門だろ」と彼は言った。

「あたしなりに充分注意してるのよ」とツイッギーは強調した。

「それで？」

「そんなことに首を突っ込むなって何度も忠告したわよね」

エル・モノはハンドルを叩いて叫んだ。そんなこと言ったってもう首突っ込んでんだからよ、だからおまえの助けが必要だって言ってるんじゃないか！　ツイッギーはミニスカートの折り返しをつかんで窓の外を見ようとした。すぐにエル・モノが彼女の手を力なく取ったのを感じた。俺の力になってくれよ、な、モニータ、と喘ぐように言った。

ツイッギーはどこを通って車が進んでいるのかよく注意していなかったが、すぐにエル・モノが城の方向に向かっているのに気づいた。ツイッギーはハンドバッグから煙草を取り出し、エル・モノに勧めた。エル・モノは頭を振って断った。あたしは煙草をやめることができないの、と彼に言った。ツイッギーは一本を手に取り、火をつけて煙をゆっくりと吐いた。また指をヘアピースの中に入れて滑らせた。

「それでどうするのよ？」彼女が尋ねた。

「やってくれるのか？」とエル・モノが訊いた。

「場合によるけど」

エル・モノは頭を掻いて、ハンドルの上をコツコツと叩いた。それから言った。

「城への道は一つしかないし、軍隊が出ている」

「まあ、それは素敵ね」とツイッギーは言った。

「おまえならたぶん、隣の敷地から覗いて見られるんだろう、だが……」エル・モノは口をつぐんだ。

「だが、なに？」

エル・モノは片手で髪を掻きむしった。

「心配しないで」とツイッギーは彼に言った。

「おそらく、どこかの木から」とエル・モノは言った。

「そうね、木登りならあたしの専門よ」

「それが、俺にはあまり確信がもてないんだが。エル・トンボが言うには、周辺にも警察がいるらしい」

ツイッギーはパチンと指を鳴らした。

「こうすればいいんだわ」と彼女は言った。「エル・トンボは警官だから、彼なら入れるんじゃない」

「だめだ。彼は指示された場所に行くだけなんだ。あそこに行けとは言われなかった」とエル・モノは言った。

二人とも黙り込んでしまった。彼はまたハンドルをコツコツ叩き、彼女は煙草を吸い終えた。奥にサン・ホセ教会のレンガ造りの塔が見えた。最後の一服のあいだ、彼女は教会の塔をしばらく眺めていた。

「神さま、ご加護を」と彼女は呟いた。


半時間ほど後、ツイッギーは糸杉の並木道を通って城の門をめざし、一直線に歩いていた。エル・モノは、ツイッギーがどんどん進んでいくのを見た。神経が高ぶっていたので、彼女の着ているものまで配慮が行き届かなかった。袖なしのシャツと踵の高いブーツに、体にぴったり張りついたミニスカートを身につけていた。彼は注意しようとクラクションを鳴らしたが、彼女にとってはまだエル・モノの車がその場にとどまっていることのほうが癇《かん》に障った。戻ってこい、と彼は合図を送ったが、彼女はさっさと立ち去るようにと合図をした。来いよ！　とエル・モノは怒鳴ったが、彼女は背を向けて進み、四人の警官がいる鉄柵のところまで行った。

「主《セニョール》に扉を開けてください」とツイッギーは言った。

「どこのご主人《セニョール》のことだ？」と警官の一人が訊いた。

彼女は、サン・ホセ教会の香部屋で数分前にくすねてきた聖書をバッグから取り出して、警官の顔の前に突き出した。

「天の主です」と言った。「この家に降りかかった苦しみを和らげるために、神がわたしをお遣わしになられたのです」

警官たちは、あざけるようなしかめ面をして互いを見た。

「今は訪問客を受けていない」と別の警官が言った。

ツイッギーが城のほうに目をやると、警官がさらに数名おり、車も何台か停まっていた。ちょっと窓越しに何かを見るには、ずいぶん離れていた。

「神からのメッセージを、ベネディクタ夫人に預かってまいりました」と言って、バッグに手を入れ、そこから同じようにこっそりいただいてきた太い大ろうそくを差し出した。「ご主人さまが奥さまの元へ戻ってくる奇跡を起こす大ろうそくです」

警官たちはふたたび顔を見合わせたが、今度はもう少しまじめな顔をしていた。

「あなたはどなたですか?」

「神のいやしい使者です」

「ですが、お名前は?」

「わたし一人ではありません」とツイッギーは言った。「わたしたち十人の女は、ドン・ディエゴがお戻りになるまで祈り続けようと決めております」

「十人の方々のお名前を教えてください。他の方はどこにいるのですか?」

ツイッギーはとまどいながら、大ろうそくを見つめ、聖書を胸に押し当てた。

「わたしたちは苦しみのあるところならば、どこにでもいるのです」と言った。

警官たちはどうしていいかわからないまま、ずっと顔を見合わせていた。

「お願いです」とツイッギーが言った。「皆さまにお願いしたい唯一のことは、わたしのメッセージをディータ夫人にお渡しいただくというものです」

「夫人をご存じなのですか？」

「もちろん存じ上げております」

「待っていてください」と一人が言い、城に向かって歩いていった。

ツイッギーはその場に残った警官たちに微笑みかけ、警官たちは彼女の両足をじろじろ見ていた。

ツイッギーは体を半回転させて道路のほうを見た。エル・モノはもういなかった。

「なんてきつい丘なんだろう」と彼女は言った。「おまけにこんなに太陽が照りつけてるし」

十五分すると、別の警官が遠くから現れた。ひどくまじめな顔をして、ゆっくりとやってくるのが見えた。ほっとした。その警官は近くまで来ると、同僚の警官の耳元に何かをささやいた。鉄柵の閂《かんぬき》が外されたので、彼女は驚きをこらえねばならなかった。

「どうぞ」と警官たちは彼女に言った。「テラスまで行ってください、そこでお待ちしていますから」

ポーチでは、召使いのウーゴと別の警官が彼女を待ち受けていた。彼女は階段を上がっていって、彼らと正面から向かい合った。ウーゴに対しては、警官に対するよりもさらに緊張した。ツイッギーは警官をどのようにあしらうか心得ていたし、はぐらかす方法も知っていたので怖くなかったが、それにひきかえウーゴには動揺した。彼は足の先から首まで真っ黒な装いで白い手袋をはめており、ドン・ディエゴの不在によって憔悴し、悲しみに沈んでいる様子が見て取れた。また、疑いの目を向けられて尋問されていたので、意気消沈していた。背が高くポマードで髪を固め、姿勢正しく城を背に立っている姿はツイッギーを震え上がらせた。

「ドラキュラみたいだったよ。モノ。ほんとうよ、吸血鬼みたいだった」後でエル・モノと落ち合ったときにツイッギーは言った。

警官は外に残り、彼女はウーゴと一緒に玄関ホールまで入った。少しお待ちください、と彼は言い、階下では二股に分かれているが、中央では一つに繋がっている木の階段を上っていった。天井からは、八灯以上のガラスのシャンデリアが吊り下げられていた。右側の壁には微笑んだ女性の肖像が掛けられているが、ベネディクタであろうと想像された。絵の中の女性が首にかけている、金ときれいな貴石の十字架がツイッギーの目を釘づけにした。同時にこの十字架は実在するものだろう、と推測した。左の壁には、さらに凝った作りの額縁にはめ込まれた、威厳のある円熟期の男性の肖像があった。きっと彼だわ、とツイッギーは思った。彼女は数歩進んで、庭に面した別のホールに足を踏み入れた。部屋の中央には、前のホールよりもさらにたくさんの電球をつけ、ガラスの垂れ飾りも多いシャンデリアが吊られていた。ツイッギーの目の前には丸いステンドグラスがあり、逆光の中にドン・ディエゴと一緒に赤やピンク、黄色のバラを摘む少女の姿があった。

「それは彼女だ」とエル・モノは言った。「俺はそのステンドグラスを見たことがある」

「彼女って？」とツイッギーは尋ねた。

「イソルダだよ」とエル・モノはイソルダが目の前にいるかのように、ぼうっとなりながら言った。

ホールのそれぞれの側面は廊下に通じていて、誰の姿も見えなかったがひそひそ声が聞こえ、そして突然咳が聞こえた。ウーゴの声をふたたび耳にしたときには、思わず飛び上がってしまった。

「こちらへどうぞ」

この男はあたしよりはるかに音を立てない、とツイッギーは思いながら、彼の後についていくために体の向きを変えた。

「彼こそ泥棒にピッタリよ、モノ、気配がしないんだもの」

通りがかりに、とてつもなく広い食堂に昼食を終えた親戚筋の人々がいるのが見えた。この上なくエレガントで近寄りがたい雰囲気をかもし出しながら、小声で話していた。彼らには階級の高い警官がつき添っていた。

「階級が高い？」と気がかりそうにエル・モノが尋ねた。

「わからないわ」と彼女は言った。「あたしにはぶら下がっているバッジの区別がつかないんだもの」

ウーゴに従ってサロンの一つに入っていくツイッギーを、皆が振り返って見ていた。ウーゴは言った、お座りください、すぐに奥さまが参りますから。彼が出ていくと、ツイッギーは一族の人々が食堂からずっと自分を観察しているのを横目で見た。おそらく、スカートの奥を見せずにどのようにうまく脚を組むのかとの好奇心で、彼女が腰掛けるのを待っていたのだろう。けれどもその意図を見抜かれているのがわかったので、咳払いをし、ふたたびひそひそ声で話し始めた。

少しすると、不眠と心痛にもかかわらず、ホールにあった肖像画のように感じのよい微笑みを浮かべたディータが入ってきた。ツイッギーは聖書を胸に立ち上がった。お待たせしてすみません、午前中ずっと身づくろいをしておりませんでしたので、とディータは言った。普段着だったが、胸には装飾品を一つ、ダイヤモンドをはめ込んだアンティークな鍵型の銀のブローチを着けていた。ツイッギーはすばやく瞬きをした。どうぞお座りください。ありがとうございます、とツイッギーは言ったが、ディータの深いまなざしに見とれてしまい、何を言っていいかわからなかった。

グラスを目の前に置いたまま、エル・モノはエンビガード地区の酒場で焼酎と恋愛詩で神経をなだめていた。衝撃を受けたときに祈りの言葉を口にするように、自分すらよくわからないままぶつぶつと詩を朗読するために朗読していた。**それ故に、凍てつく最果ての地の夜のようにこんなにも黒い、私の黒い花々よ。**ウエイトレスを呼ぼうと、テーブルの上を空になったグラスで二度叩いた。ダブルでもう一杯頼む、とやってきたウエイトレスに言った。**ならば受け取ってくれないか、このさびしそうで弱々しいひとにぎりの花を、あの陰鬱な花々を君に捧げよう。**エル・モノは時計を見て、ズボンのポケットの中を探った。硬貨が一枚あったはずだが、何も見つからなかった。ちぇっ、ついてねぇ、と独り言を言った。一ペソ紙幣を取り出してテーブルに置いた。カウンターで仲間とおしゃべりに夢中のウエイトレスを見た。彼の頼んだ焼酎が盆の上で気化していた。

城で酒を一口もらえたら、ツイッギーは元気づけられただろう。神の使者だと名乗った後で、それに続く言葉が浮かばなかった。ディータはツイッギーに礼を言い、何かを期待するように彼女をじっと見ていた。ツイッギーは食堂の紳士たちが話していることに聞き耳を立てられるように、ディータに話させようとした。ディータは黙ったままだったし、ほかの人々のあまり理解できないひそひそ声にあきらめの境地となって、なりゆきまかせに聖書を開き、エゼキエルの書を声に出して読み始めた。**火の中に四つの生きものがいた。それらは同じ形姿をしていた。それぞれ四つの顔と四つの翼をもっていた。その足はまっすぐで、その先には牛の足のような蹄がついていた。**ツイッギーが目を上げると、ディータの柔和な表情があった。

エル・モノは、まだ仲間とおしゃべりしているウエイトレスの注意を引こうと両手を叩いた。彼女は彼を見て額に片手を持っていき、ゲラゲラ笑った。盆の上に置いたグラスを揺らしながら急いで歩いてきた。お客さま、申し訳ありません、と言ってエル・モノに謝った。彼は、電話を掛けなければならないのでこの札を細かくしてくれ、とウエイトレスに頼んだ。彼女は盆をテーブルに置き、前掛けのポケットから二十センターボ硬貨を一枚取り出した。エル・モノに硬貨を渡して愛想よく、どうぞ、後で精算してください、と言った。エル・モノは焼酎を一気に飲むと、顔をしかめて立ち上がった。電話までたどり着く前に、もう一杯焼酎をテーブルに持ってくるように、とウエイトレスに頼んだ。

生きものは霊の欲するところに行き、輪もそこへ赴いた、なぜなら生きものの中にある霊は、輪の中にもあるからだ。ツイッギーは自分が言葉を口にしつつ、一族の者たちが何を話しているのか聞こうとしていた。ときどき目を上げると、ディータの視線とぶつかった。ディータは最初座ったときと同じ姿勢で聞いていた。**生きものの頭の上には、水晶のように輝く大空のような形があった。**ごめんなさい、とディータが止めた。なにもお持ちしませんでしたか？　と、いつまでも滑らかにならないドイツ語のアクセントが残るスペイン語で聞いた。ツイッギーは頭を振って否定した。ウーゴ！　とディータが呼ぶと、召使いはすぐに現れた。お水を一杯いただければ結構です、とツイッギーは言った。ディータはウーゴに下がるようにと合図し、ツイッギーにも続けるようにうながした。ツイッギーはどこまで読み終えたかわからなくなってしまったので、指の当たったところから始めた。**彼の回りにある輝きのさまは、虹のようであった……**

電話が鳴ったので、皆は石のように固まった。ツイッギーも同様で、聖書さえ手で支えられなくなり、両脚のあいだから床に滑り落としてしまった。ディータは振り返って親族一同を見たが、親族は親族で電話が気になって振り返った。警部補が立ち上がり、動かず静かにしているようにと合図した。警部補は黒い電話機の傍に立ったが、その電話機はケーブルで二台のテープレコーダーとつながっていた。電話機は呼び出し音が鳴るたびに、だんだんと音量を増してくるように思えた。各々は呼び出し音が骨の中で震えているのを感じ、着信を知らせるというよりも、何か別の機能を有してでもいるかのように電話機を見つめていた。

ツイッギーは暑くなったり寒くなったりして、呼び出し音が鳴るたびに、体の力が抜けていくように思えた。これはあたしのすることではない、とそのたびに思った。ディータを見ると、言葉を発しないように自分を抑制しているようで、親族の者たちは攻撃に備えており、警部補は無表情に膝の高さにある電話機を見つめていた。やっと呼び出し音がやみ、皆はほっとして息をついた。もしかして電話してきたのは彼だったのでは？　テーブルに座っている者の一人が訊いた。誰だったにせよ、ここに電話をするのは思慮に欠けているとわかるべきだ、と警部補は言った。ディータがすすり泣きながらツイッギーに抱きついたので、それにつけこんで胸のブローチを外した。親族の者たちは立ち上がり、その中の一人がこう言った、ディータ、気の毒だけど、こうしなければならないんだ。彼女はそれに答えずに、急ぎ足でサロンを出た。皆さん、と別の親族が言ったが、警部補はそれを黙らせて、コロニアル様式のサロンで化石のように動けなくなっているツイッギーを横目で見た。皆の目がもう一度ツイッギーに注がれたので、彼女はにっこりとした。メッセージはお伝えしましたので、と言って、正面玄関までたどりつく道を思い出しながらサロンを出た。ウーゴは水など持ってこなかった。

「これはあたしのすることじゃないわ、モノ」

「それで？」

「なにが？」

「なにがあったんだよ？」とエル・モノが訊いた。

「もうなにもかも話したわよ」とツイッギーは言った。

「ふざけるなよ」

「だってすごくちいさい声でひそひそ話してたし、あたしの理解できないことばっかりだったのよ」

「でもなにかおまえの気になることがあっただろう、言葉とか。その警官がいたんなら、俺たちのことを話していただろう、違うか？」

「そうね」とツイッギーは言った。「行動を起こさなきゃとか、県知事とか、報奨金だとか、そういうようなことを話していた」

「だとか、だと？　俺に《だとか》が通用すると思っているのか？」

「くそくらえ、よ、モノ」とツイッギーは言って焼酎を飲み込んだ。少し考えてから言った。「ベルギー人のことについて話していたよ」

「ベルギー人《ベルガ》か、それとも動物のペニス《ヴエルガ》か？」

「ベルギー人よ。来週ベルギー人がやってくる、と言っていたような気がする」

エル・モノは心配そうに顔をなで回した。上唇を噛み、それから煙草に火をつけた。

「外国人の探偵かな？」

ツイッギーは肩をすくめた。

「おまえはどうでもいいんだろ、そうだろ？」エル・モノは彼女をののしった。

「もう帰る」とツイッギーが言って立ち上がりながら、ちいさな包みをテーブルに置いた。

「いろよ」とエル・モノが命じたので彼女は座った。「それはなんだ？」口で包みを指し示しながら訊いた。

「証拠をほしくなかったの？　感謝してよね。あたし、これいらないから」

いらいらしながら互いを見た。エル・モノは大きな音を立てて椅子を後ろに引き、立ち上がった。頭を掻きながら、ジュークボックスまでポケットに両手を入れながら歩いた。ちょうど今かかっているレコードが終わり、次のレコードに変わるところだった。テーブルでツイッギーが、動物のような唸り声を上げるのが聞こえた。彼女はポニーテールのつけ毛を取って、ハンドバッグに入れるところだった。エル・モノは彼女に近づいた。

「どうしたんだよ？」と彼は訊いた。

「なんでもないわ」と彼女は答えて、焼酎のグラスを空にした。「長い髪もやっぱりあたしっぽくないのよ」

第二十章

エンリコ・アルクーリは、ドン・ディエゴがその中から一番気に入った城を選べるようにと、いくつもの城の写真を仕事机の上に並べた。主にドイツ、オーストリア、イタリアの城で、フランスの城は二つだけだった。ロワール渓谷にある城はなく、シャンボール城ほどの規模の城もなかった。城の様式とか大きさについておおよその考えを知る必要がある、とアルクーリは言った。これらはだめだ、とドン・ディエゴは言って形のもっとも大きい部類の城を除いた。まるで記念建造物のようですが、現実的になり地形に合わせて考えなければなりません。大きなことをするためには歩み寄る必要があります、と建築家ははっきり言った。傾斜を利用することもできますし、さまざまな階層を利用することもできます。

「知っていただかねばなりません」

「なにをです？」

「土地をです。私と一緒にメデジンに来ていただきたいのですが」

アルクーリは何か話そうと口を開けたが、おかしさよりも信じがたさに大笑いした。私が飛行機に乗るなんて、そんな可能性は微塵もありません、と言った。健康上の問題ですか？　とドン・ディエゴは訊いた。そのとおり、恐怖とは健康上の問題、それも深刻な問題です。ドン・ディエゴは微笑んだ。

「船で行くこともできますよ」

「あなたの町まで船で行けるのですか？」

ドン・ディエゴは頭を振って否定した。忘れてください、とエンリコ・アルクーリが言った。今まで話し合ってきたようにしませんか。こちらには私が、あちらにはあなたの建築士たちがいます。ドン・ディエゴは降参しましたとばかりに両腕を開き、アルクーリは筒状に巻いた平面図の山の中に何かを探し始めた。写真のほうはどうですか、と彼は尋ねた。ドン・ディエゴはテーブルの上のさまざまな城をもう一度見て、その一つ、ラ・ロシュフーコー城にとりわけ目を留めた。写真を取り上げて、さらに明るい光の中でよく見てみようと窓際に行った。

「あった」とアルクーリが引き散らかした中から声を上げた。

平面図を机の上に広げ、四隅にノートを置いて留めた。

「これがあなたの土地です」

「そしてこれが、私の気に入った城です」

ドン・ディエゴは近づいて彼に写真を見せた。

「ラ・ロシュフーコー城」と建築家は言った。「私はこの城をよく知っています」

「例の文筆家となにか関係があるのでしょうか？」とドン・ディエゴは尋ねた。

「たいそうあります。とくに彼の甥姪たちと、またリシュリューから生き延びたラ・ロシュフーコー家の一族全員と」

「ああ、リシュリューですか」とドン・ディエゴが言った。

「そう、悪魔です」とアルクーリは言った。

建築家は城の写真を手に取り、地形測量図の上に置いた。

「これでいくらか考えが固まりましたね」と彼は言った。「川があったほうがよいですかな、それとも川は抜きにしますかね？」

ドン・ディエゴは爆笑した。

「境界線に近いところにほんの小川があるだけです」と彼は答えた。「使えますか？」

シリーンがドアから頭を覗かせて、話を中断させたことを詫びた。こちらにバウマン氏がお見えですが、とフランス語で告げた。建築家は失礼、と言い、彼女について出ていった。ドン・ディエゴはミルコとここで会えるとは思っていなかったので、偶然かと思ったのだが、実はうまく仕組まれた約束だったのだ。

三人はカフェ・クランツァーで何か飲もうと出かけた。カフェでは復興後、午後に室内楽の演奏が行なわれていた。ドン・ディエゴにとって、クラシック音楽を生で聞きながら、コーヒーを飲み一切れのケーキを味わうのは至福の時だった。ミルコとアルクーリはジンを注文した。ドン・ディエゴは演奏される曲に静かに耳を傾けていた。オーケストラの演奏の休憩時にミルコは言った。

「君を我々の計画の一員に加えたい」

「ドイツをもう一度一つにしたいのです」とアルクーリが単刀直入に言った。

「あなたたち二人で、ですか？」とドン・ディエゴは訊いた。

「おい、冗談はよしてくれよ」とミルコは言った。

「メンバーは大勢いますよ。何千人も。みんな一般市民で、私のようなフランス人もいるし、イタリア人もイギリス人もいます、もちろん、かなり大勢のドイツ人も」とアルクーリが説明した。

「そして今度は、コロンビア人も加えたいというわけだ」とドン・ディエゴはコメントした。

「僕らは大勢の人々の支援を必要としています。今のところ、政党は迫害を受けて手錠をかけられているような現状なんです……」

「なんという名の政党ですか？」ドン・ディエゴは質問した。

ミルコとアルクーリは顔を見合わせた。オーケストラはふたたび演奏を始めた。国家社会主義に土台を置いていることははっきりしています、とアルクーリは続けた。けれども、ドン・ディエゴは身振りで止めた。モーツァルトだよ、と小声で言った。ディエゴ、理念は死んでいない、とミルコが言おうとしたが、ドン・ディエゴは強い身振りで黙らせた。彼が両目をつぶると、ミルコと建築家はアンダンテの演奏に彼がどのように身をゆだねているかをじっと見つめていた。


八時に夕食に行くためにディータを住まいの玄関で待った。彼女はとてもエレガントな装いで香水に包まれて出てきたが、バッグも持たずコートも着ていなかった。

「支度は済んでないのか？」

「済んでるわよ」とディータが言った。「どうぞお上がりになって」

エレベーターの中で彼女は彼にキスをした。数日前、映画館でしたように、長く潤《うるお》いのあるキスだった。ディエゴはアパートの部屋の戸口で立ち止まった。部屋まで上がるのは初めてだったが、彼女は手を取って彼を招き入れた。

　室内は、何か胡椒をたくさん使った料理を準備しているような匂いがした。ラジオつきレコードプレイヤーから、ドン・ディエゴの知らないかん高いドイツの女性歌手の声が聞こえた。

「誰だかわからない？」とディータが訊いた。

　ドン・ディエゴは否定した。

「ロシータ・セラーノよ」

「ヒトラーが大好きだったチリ女性よ」

　ディータは彼の唇に指を当てた。あなたのために流れてるのよ、いくつかの曲をスペイン語で歌うから、と言った。上着をちょうだい。このままで待ってるから、と彼は言った。上着をちょうだい、とディータが繰り返した。ドン・ディエゴはちらりと室内を見渡した。

「友だちは？」

「いないのよ」とディータはドン・ディエゴの上着を来客用のクローゼットに掛けながら答えた。彼の正面に立ってちいさな声で言った。「今日はみんなずっといないの」そしてもう一度キスをした。今度はもっと落ちついた、唾液の多い激しい口づけだった。

　しばらくたってドン・ディエゴは、絨毯《じゆうたん》の上に転がっているカフスボタンの片方を見つけた。起き上がって拾おうとしたが、裸だったので恥ずかしくなった。ディータは彼の傍で眠っているようだった。居間ではロシータ・セラーノがラ・パロマを歌い終わっていた。ナイトテーブルの上にはシャンパンのグラスが二つ、半分飲みかけのまま置いてあった。ドン・ディエゴは水を飲み、洋服を着て、顔を濡らしたくなった。ディータは目を開けずに、頭を彼の肩にもたせかけて片手を胸に、別の手を毛布の下に伸ばし、ドン・ディエゴの弛緩した器官に置いた。彼女は微笑みかけた。彼は少し前に、ズボンの間に彼女の手が入ってきたときと同じように戸惑っていた。このようなことはラス・トゥルカスの売春宿で、ルーマニア人やエジプト人の女たちだけがするもの、と思っていたからだ。教会の牧師の娘である教養のあるドイツ女性が、このようなことをするとは想像もしていなかった。ディータは手の中のものを離して指を彼の腰まで滑らせた。彼はまだ居心地が悪かった。愛撫にも慣れていなかったし、セックスの後のうたた寝にも慣れていなかった。動きたかったが彼女の腕が腹の上にあり、身動きがとれなかった。

「愛してるわ」とディータがささやいた。「でもわたし、結婚はしたくないの」

「なんだって?」

ドン・ディエゴは身体を起こした。彼女は目を見開き、頭を枕にもたせかけた。

「とても愛してる」と彼女は繰り返した。「あなたはわたしのこれからの人生をわかち合える人だと心から信じているわ。でもわたし、結婚したくないの」

彼は落ち着きのない視線で取り乱しながら洋服を探すと、ズボンだけが部屋と居間のあいだに見つかった。なにを言っているんだ、ディータ? 酔っているんだな。そんなことないわ、と彼女は言った。もう何年も前に決心したことで、あなたとは関係がないことなのよ。女性がそんなことを言ってはいけないよ、と彼はズボンに目をやりながら言った。そんなことを君のような女性が言うべきではない、と繰り返した。お願いだから説明させて、とディータは頼んだ。だめだ、今、このようなことをしたばっかりで、どうしてそんなふうに言えるんだ? と彼が言った。あなたと一緒にアメリカに行きたいし、あなたとのあいだに子供も欲しいわ。けれども、わたしの愛情に媒介はいらないの。

「黙れ！」

「ディエゴ、お願い」

「黙ってくれ！」

「だめよ、ディエゴ、わたしの言うことを聞いて」

彼は毛布をさっと払いのけてベッドの縁に腰を掛け、両手で頭を抱えた。

「愛は」と彼女は言った。「形式を整えるようなものではないでしょ……」

「もういい、ディータ！」と彼は怒鳴って、裸に靴下だけをはいたまま扉のところまで行ってズボンを拾い、残りの衣類が置いてある居間まで直進した。

彼女はバスルームに行き、掛けてあったバスローブを取った。バスローブの紐を結びながら、洗面台の下のほうを見てスリッパを捜した。そこにスリッパはなかった。便器に座って小水をした。膝に肘《ひじ》を突いて、両手に顔を埋めた。しばらくすると怒鳴り声を上げた。

「頑固な人ね」

拭き終わってからまた怒鳴った。

「どうしようもないラテンのマッチョね！　わたしの話を聞くのにどれだけ時間がかかるっていうのよ？　そうでしょう？」

ディータは便器の水を流すと、鏡に映った自分を眺めた。髪はくしゃくしゃで怒りのために、青い色の瞳はさらに明るい色になっていた。髪を手で整えようとしたが、あきらめてバスルームから出た。

「ディエゴ」部屋から彼の名を呼んだ。

居間に行ったが彼はいなかった。ディエゴ、ともう一度言ってほかの部屋を見にいった。台所に入ってみたがいなかった。アパートのドアを開け、階段の誰もいない空間を下に向かって叫んだ。

「ディエゴ！」

居間に戻り腰かけた。何か音がしていたが、何だかわからなかった。シーシーという音だ。ラジオつきレコードプレイヤーのところまで行くと、針を運び終えたロシータ・セラーノのレコードが回っていた。プレイヤーを消して自分の部屋に戻った。さっきまで彼とセックスしていたベッドの上に身を投げた。枕をつかんで抱き締め、体を半回転させるとシャンパングラスが目に入った。絨毯の上には、ドン・ディエゴのカフスボタンが星のようにひとつだけ輝いていた。

第二十一章

「だめだ」とエル・モノが言って繰り返した。「だめだ、だめだ、だめだ」

「ふざけるなよ」カルリートは言った。

「みんなわかっていたじゃないか、違うか？」エル・モノは仲間に尋ねたが、誰も返事をしなかった。「おまえたちはわかっていただろ、そしてそれよりもっと待たねばならないかもしれないと覚悟していた、違うか？　六カ月は待とうと話していたのに、まだ一カ月しか経っていない」

「わかるよ、モノ。けどプレッシャーがきつい」とエル・ペリロッホが言った。

外には小屋の屋根を持ち上げそうな嵐がやってきていた。割れたガラス窓からは、風と雨が吹き込んでいた。エル・モノは暖炉の火をつけさせなかったので、寒さが土壁を通して忍び込んでいた。

「エル・トンボと話したのか？」とカルリートは訊いた。

「彼とは毎日話している」とエル・モノは言った。

「でも、あんたに話したか？」

「俺に話すって、なにをだ？　カルリート。意味深な言い方はやめろよ」

「つまり、警察内でなにが起こっているかということだよ」

「わかってるよ、完璧にな、警察内で起きていることは。だからどうした？　俺たちが起こり得ると想定していたこととなにか違いでもあるのか？　警察なら前にはもっと近くに現れたことがあっただろ、撃ち合いになったこともあるし、今はヘリコプターが俺たちの頭上を飛んでるからって、おまえたちはビビりまくってる」

全員が居間にいて、古いマットレスを敷いた床の上や、錆《さ》びたスプリングが覗いているソファーに座っていた。

「ヘリコプターのことを言ってるんじゃないよ、モノ」

「なんだと？　聞こえなかったぞ」

「ヘリコプターのことじゃない」ともっと大きな声でマレッサが繰り返した。「下水道の中まで俺たちを探しているし、報奨金を用意して、軍隊や警察をさらに投入している……」

「誰のことも探してなんぞいない」とエル・モノは途中で口を挟んだ。「あの男を連れ去った者たちの後を追ってはいるが、誰かはわかっていない。名前もわかっていないし、写真もなければ、手がかりも持ってない。奴らは不特定の人間を探しているんだ」

「その不特定の人間って俺たちのことじゃないか、モノ」

雷鳴が小屋を揺るがし、照明がちらちら点滅した。エル・セホンはうめき声を上げたが、その声は雷の音の中に消えた。何キロも痩せ、眉毛は以前に増して縮れて濃くなり、額に二匹の黒い毛虫が張りついているようだった。その上、深い隈《くま》ができて目の表情を悲しげにさせていた。

「しかも、奴らはジープを見つけたぞ」とエル・ペリロッホは言った。

「ジープは手放した」とエル・モノは言って立ち上がった。「あのな、俺にはわからない。これらすべてのことは前に何回も話し合ったじゃないか。今、おまえらが俺に言っていることは一つ一つ確認してきただろ。俺が聞いていないことを言ってくれ」

「もし金を払わなかったら？」

「奴らは払うとも。他には？」

「金額を少し引き下げたら？」

「引き下げない、他には？」

「俺は軍隊も警官も心配していない」とそれまで黙っていたカランガが言った。

エル・モノはカランガを指して非常に自慢げに言った。

「カランガ氏は、そう言いました」

「心配なのは」カランガが続けた。「金がなくなっていることだ」

「わからん」とエル・ペリロッホが言った。

「コメルシアル銀行のあれはどうした？　全部このための資金だったんじゃないか？」とマレッサが訊いた。

「もちろんだよ」とエル・モノは言った。

「ツイッギーが言うには五万ペソしか残ってないって」とカランガが話した。

「ありえん」とエル・ペリロッホが言った。

「ツイッギーはなにも知らないんだ」とエル・モノは強調した。「あの金は俺が預かっていて、長くもつように注意している。出費はたくさんあるが、それについては俺が管理している」

男たちが互いに顔を見合わせたので、それがエル・モノの気に障った。

「なんだよ？」と仲間に挑みかかった。

「俺は今、金が必要なんだ」とカランガが言った。「家では金が必要なんだ。わかっているだろう」

「一人一人が分け前の金を受け取れる」とエル・モノは声を荒らげて言った。

「いつだ？」とカランガが引かずに主張した。

エル・モノは仲間の背後を、その足取りと怒気で囲い込むようにゆっくり歩いた。

「どいつもこいつも情けない野郎だ」と言った。「俺はおまえらを金持ちにしてやろうとしているんだぞ。それなのに俺に施しの金を要求する始末だ」

エル・モノの目をまっすぐ見ていたカランガを除き、皆がエル・モノのほうを振り向いた。

「ここにいないときはなにをしているんだ？」とカランガが尋ねた。

「なにをしているって？」エル・モノはカランガに近づいた。「なにをしていると思っているんだ？　ちんぽこでも掻いていると思っているのか？」

「だから訊いているんじゃないか」カランガは言って立ち上がった。「俺たちは、あんたが外でなにをしているのか知らないからな」

「しているのは」とエル・モノは答え、カランガを指さした。「おまえにはわからない、おまえたちの誰も思いつきもしないことだよ。諜報活動だ」

「ああ」とカランガが言い、少し間をおいて「諜報活動をしているのか。それってどんなことをするんだ？」

「つまり頭を使うんだ」とエル・モノは言って、カランガから目を離さずに腕を下ろした。もう一度雷が鳴って、皆はまた飛び上がった。エル・モノは笑った。「他に苦情はありませんかな？　お嬢さんたち」と仲間に尋ねた。

「エル・セホンを帰してやれよ」とエル・ペリロッホが言った。

「だめだ」

「ヘリコプターの一件以来とても動揺しているんだ。休ませる必要がある」

「だからこそ帰すわけにはいかないんだ」とエル・モノは説明した。「動揺したまま出ていくと面倒を起こす。ここにいるほうがいい」

　エル・セホンはうつむいて自分の体を抱いたまま寒さに震えていた。エル・モノはそれを見て皆に言った。眠れるようになにかやれ。なにを？　薬か？　違う、飲み物だ。なにか薬草がいい。だって、俺らにマリファナは禁止したじゃないか、モノ。おまえたちは俺の言っていることがわかっているだろ、マレッサ、バカなことをするなよ。ドアを三度強く叩く音が聞こえたので、話は打ちきりになった。

「今度はなんだ？」カルリートが言った。

「行ってみろよ」とカランガが言った。「小便でもしたいんだろう」

ドン・ディエゴは続いて二度ドアを平手打ちした。カルリートが立ち上がったが、エル・モノが彼を制した。

「大丈夫だ。俺が行ってみる」と言って廊下の奥へ向かっていった。

「こんにちは、ドン・ディエゴ。どしゃぶりはどうだったかね」

老人は彼を見もしなかった。エル・モノがドアから離れるのを待つと、彼の前を横切ってトイレに行った。エル・モノは部屋の外に残った。話し合う必要がある、と老人に言った。トイレの中から小水が弱々しく切れ切れに流れる音が聞こえた。続いて歌が——**その青い鳥はわたしがおまえに抱く愛情、だが驚かないでくれないか、子供のころ、一番のあこがれだった。**エル・モノがドアを開けると、ドン・ディエゴは驚いて背を向け、ズボンの前を閉めた。

「どういう取り決めだった？」とドン・ディエゴは文句をつけた。

「小便をしながら歌うほど、なにがあんたを満足させているのか知りたかったんだよ」

ドン・ディエゴは手を洗って、顔を水で濡らすために腰をかがめた。シャツの袖で顔を拭いてから、エル・モノに言った。

「タオル一枚と石鹼一個を持ってくるのがそれほど面倒か？」

「あんたが家族に手紙を書くのと同じくらいだ」

「じゃあかなり面倒なんだな」とドン・ディエゴは言ってベッドに戻った。靴を脱いで毛布にくるまった。

「あんたに話して聞かせることがある」とエル・モノは言った。「俺たちは城にいたんだ」ドン・ディエゴはエル・モノを見た。「俺は中には入らなかったけどもよ」とエル・モノは説明した。「俺の声は知られているかもしれない、けど仲間の一人が、神父たちが酒を飲み交わしている絵がかけてある、まさにそのサロンまで入ったんだよ」

ドン・ディエゴの顔がゆがんだ。エル・モノが言及したのは、コロニアル様式のサロンの壁に掛けられたルネサンス様式の絵だった。臆病なおまえたちがそこに近づけるものか、とドン・ディエゴは言った。信じろよ、ドクトール、ほかにやりようがなかったんだ。俺にしてみれば、どうなっているのか知りたかったしな。なにも起こっていないし、これからも起こらないだろう、とドン・ディエゴは言った。そんなことはないだろうよ、とエル・モノは主張した。あそこにはあんたの親族と警察署長——調べたところサルセード署長らしい——がいて、交渉の準備が整っている。家族の者たちが賊の一味と話をしただと？　とドン・ディエゴはいぶかしげに質問した。まあ正確ではないが、とエル・モノが返事した。けどそんなふうに俺の仲間のことを言わないでくれよ。彼は丸椅子をベッドの傍に引き寄せて座った。

「話をしたのはドーニャ・ディータだ」

「嘘だ」とドン・ディエゴが言ったとき、小屋のかなり近くに雷が落ちて電気が消えてしまった。部屋は箱の中のように真っ暗闇になった。

エル・モノはドアのほうへ手探りしながら歩いていった。廊下にはまだ夕方の薄い光が届いていた。

「ろうそくを持ってきてくれ！」とエル・モノは叫び、部屋の出入り口でじっと待っていた。

「ディータがおまえたち一味などと話なんかするものか」とドン・ディエゴは闇の中から言った。

「だが話したし、とても親切だったそうだ。召使いは水を持ってきてくれまでしたそうだ」

「嘘だ」

「奥さんはクリーム色の上着を着て、茶色とブルーのチェックのズボンを履いていたそうだ」

カルリートがろうそくを持ってきたが、エル・モノは殺してやろうかといわんばかりの目で彼を見た。

「火のついてないろうそくなんか役に立つと思ってんのか？」

カルリートは走って台所に引き返した。

「それに、銀製の鍵の形をしたブローチをしてたってよ」

ドン・ディエゴは目をきつく閉じて、暗闇の中の暗闇で我を失っていた。毛布にしがみついて、ちいさな声で嘘だ、と繰り返した。ふたたび目を開くと、エル・モノの顔がろうそくに照らし出されており、その炎によって陰影が強調されていた。不気味な顔に見えた。彼は炎が消えないように片手で覆いながら、ゆっくりと歩いてろうそくを床の上に置いた。丸椅子に腰を落ち着けてから質問した。

「ベルギー人って誰なんだ？」

「どのベルギー人だ？」

「あんたの家にやってくる男だってよ」

ドン・ディエゴが何かぶつぶつ言っていたので、エル・モノは何を言っているのかと訊いたが、それは老人の呟《つぶや》きに過ぎなかった。

「誰なんだ？」とエル・モノは固執して聞いたが、老人は黙ったままだった。

ろうそくの芯がなくなってしまったように光が弱くなった。エル・モノは溜まったろうを流そうとしてろうそくを少し傾けた。

「一つ言っておくけどもよ」と彼はつけ加えた。「状況は、あんたの状況は外国の警察が首を突っ込むほど十二分に面倒なものになった、ということだ」

「私の国籍はドイツだ」とドン・ディエゴは言った。「私はヨーロッパ市民だ。この残忍な行為はヨーロッパ市民に敵対するものだ」

「変な言葉を話す奴らが来ようが俺にはなんてことない。俺の弾丸はどんな国の奴の体も貫くんだ」とエル・モノは言った。

「向こうの弾丸も同様だろう」とドン・ディエゴは彼を挑発した。「君の肉体は不死じゃないからな」

「それなら、決まりだな、サツだ」

ドン・ディエゴは軽い微笑《ほほえ》みで応じた。その後、天井の消えた電球を見て言った。

「ああ、ほっとする」

「なんだと？」

「暗闇だ」

「ああ」とエル・モノは言った。「いずれ電気はつく」

エル・モノは床のろうそくを手にして立ち上がった。これからは、俺たちにあんたの城に入るだけの力はないなどとぬかさないようにしな、ここに証拠を置いていくぞ、と言ってポンチョの下をまさぐった。紙に包まれたものを取り出すと、ドン・ディエゴに向かって差し出した。

「訪問中に貸してもらったものだ」とエル・モノは言った。「帰ったら、すぐにそれをディータ夫人に返してくれよな、わかったか？」

ドン・ディエゴは震えながらそれを受け取って開けてみた。ろうそくの弱い光でブローチは輝いていた。動揺していたので、ブローチは指の間をすり抜けて床に落ちた。雨が天井を強く打ちつけており、金属が床に落ちる音はほとんど聞こえなかった。ドン・ディエゴはあわてて床にしゃがみ込んで探したが、エル・モノがろうそくを強く吹いて消したので部屋は真っ暗になった。

「ではごゆっくり、ドン・ディエゴ」

第二十二章

　イソルダの目の前で、ナイフで刺され胸を切り裂かれ、目で助けを求めていた女は、少女が寝ているあいだいく夜もその部屋に入り込んできて、ベッドで恐怖のあまり死にそうになる前に、イソルダをその悪夢から目覚めさせた。恐怖の叫び声が城じゅうに響き渡り、ディータとドン・ディエゴをそれぞれの寝室から駆けつけさせた。ヘッダもウーゴも家政婦たちも同様だった。グスマンさえ庭師の家でその声を聞いた。何人かは、離れた場所でもその声を聞いたと言っており、彼らはナイフに刺された売春婦の話を知らなかったので、家に閉じ込められていたことが原因で、イソルダが正気を失ってしまった、と確信していた。他の何人かは、近隣の牧場の飼育人たちが吹く口笛の音が、彼女を錯乱させたと言っていた。今確かなことは、叫び声は何か悪い思い出が原因になっている、ということだ。

「みんな、もう寝てくれ」と最初のころ、娘が悪夢にうなされて目覚め、家で働く使用人たちがガウンを引っかけて飛び出してきて主人の指示を待っているときに、ドン・ディエゴは言った。

　彼とディータだけがイソルダとともに残った。ヘッダも何度かその場に残ったが、それもある晩、イソルダの叫び声に感染し、我を忘れて彼女自身も叫び声を上げてしまうまでのことだった。ドン・ディエゴはヘッダの体を揺さぶり、叱責してベッドに戻さなければならなかった。その後で彼はディータに言った。

「この状態が収まるまでイソルダは君といっしょに寝たほうがいい」

イソルダは死んだ女の一件以来、ほとんどしゃべらなくなっていた。さらに悪いことに、ドン・ディエゴはその事件について、彼女のまわりで口にすることを禁止した。ディータはその反対のことを考えていた。少女は感じたままに話すべきで、もしかすると混乱していて何が起きたのかを理解していないかもしれない。ドン・ディエゴは、衝撃を受けているだけで時とともに消えていく、と主張した。そこでディータは、絵の中に恐怖心を浮かび上がらせて窮地を脱することができるかもしれないと考えて、イソルダに絵を描くように勧めた。しかしイソルダはやっと何本かの線や、形にならない殴り描きをするだけで、何かの形になる前にくしゃくしゃに丸めてゴミ箱に投げ捨てるのだった。ディータが彼女に読み聞かせるおとぎ話に着想した、色彩に富んだ絵とはかけ離れていた。部屋の壁に貼ってある一角兎を描いた絵とも、似ても似つかなかった。ディータはただこう言った。

「話したいことがあるなら、なんでもわたしに話してちょうだいね」

けれどそれから数週間のあいだ、彼女は何も言わなかった。その事件については、まったく一言も触れないままだった。夜中に飛び起きることもなくなってきていた。少なくとも、悪夢にうなされて目覚めることは。

僕らは想像の世界をふくらませ続けていた。もう庭を走り回る少女が相手ではなく、ドイツ人の遺伝子を継いでひょろっとした背の高い少女が相手だったけれども。だが僕らが成長するのには時間がかかる。僕らはまだ棒の刀を身につけ、指のピストルで襲ったり空き地の探検をしたり、音を立てずに逃げるスパイごっこを続けるガキのギャング団だ。僕らは父親の名前が電話帳に載っているというだけの理由で、自分も重要な人物だと思っているし、ウッドストックを扱った雑誌ですっ裸の参加者の写真を見て面白がっている。大人たちはベトナムでの戦争を引き続き話題にし、状況がひどく悪化していると心配している。自分の国に起きているのでもない戦争について、なんで心配しなければならないのか、と僕が質問すると、世界じゅうのすべての戦争は僕たちに関係があるとパパは言う。

イソルダは庭にまた出てくるようになったが、もうリスを追いかけたり自分の上を飛んでいく飛行機に向かって挨拶をしたりすることはない。ラ・タランテラに閉じこもって人形たちとの新しい遊びにふける。今では人形たちは、彼女が目を閉じ胸に手を当てて歌う「イエスタディ」を聴く観客だ。

そして久しく行かずにいた森にも戻っていく。いつもと同じように安心して鼻歌交じりに森に入っていく。太陽の光がわずかに木々の枝から注ぎ込む。太い木の根っこに座って歌うのをやめる。すると蟬や蚊、蛾、コオロギ、コガネムシの羽音、湿地の蛙の鳴き声、木に集まるゾウムシ、頭の上を飛ぶ黒い蝶の羽ばたきが聞こえる。その後で、彼らが灌木の茂みの中からしばらくぶりで少女に再会して感激し、うれしそうに挨拶しているのを聞く。円錐形の棒つきキャンデーのような角が、葉の間から見える。イソルダに近づき彼女を取り巻く。

「みなさん、こんにちは、こんにちは、こんにちは」一角兎に挨拶し、彼らが舐められるように両手を差し出す。

ヘッダは時計を見て、イソルダが家に戻って夕食のために入浴するのに必要な時間を計算する。その夜、ドン・ディエゴは二つのコンサートで演奏するためにメデジンを訪れているスペイン人のピアニスト、アリシア・デ・ラローチャに敬意を表してもてなそうとしている。ヘッダは少女が庭で遊んでいる間を利用して、まず自分が先に身づくろいしようと考えている。風呂に入って香水をつけ、ナンキンムシに刺された跡にクリームをつけ、髪をシニョンに結い上げようと奮闘している。部屋を出たところでウーゴとすれ違うと、彼は一通の封筒を彼女に手渡す。ドイツからの手紙です、と告げられると、彼女は不安でいっぱいになる。手紙を受け取り、手さぐりしてみる。薄い。ウーゴにありがとうと言って部屋にふたたび閉じこもる。

ディータもおめかしをしている。髪を結うために美容師のロシーオが来ている。櫛を入れて最後の仕上げをしながらディータに訊く。

「どなたがお見えになるのですか？」

「ピアニスト、交響楽団の指揮者、ディエゴのいとこが二人、ウリベ先生、それにロペス猊下よ」

「猊下もいらっしゃるのですか？」

「そう」

「素晴らしいですね」と美容師は感想を述べ、ディータの髪にスプレーをふんだんに振りかける。

図書室では、ドン・ディエゴが早めに着いたルデシンドとウィスキーを飲んでいる。

「つまりそういう話だ」とルデシンドが言う。

「じゃあ、なにも新しいことはないじゃないか」とドン・ディエゴは言う。

「そうだ、けれども口から口へと伝わっている」

「まったくの噂じゃないか、ルデ」

「いくらかは当たっていることもあるだろう」

「微塵もないよ」

二人はグラスを手に取って飲む。それで今、なにを読んでいるんだ？　とドン・ディエゴが訊く。それを言ったら僕は君に殺されるよ、とルデシンドは言う。ブレヒトよりもひどいのか？　とドン・ディエゴが尋ねる。なんてこと言うんだ、とルデシンドが応じる、ブレヒトは異なる視点で読まなければだめだよ。白状しろ、とドン・ディエゴは追及する。どんなペテン師作家の本を読んでいるんだ？

「ゴンサロ・アランゴだよ」

「やめてくれ！」

「面白いぞ」

「ルデ、あんな奴らがいるから、この国はこんななんだ。いったい何機の飛行機が乗っ取られてキューバに向かったことか」

「ゴンサロ・アランゴは共産主義者ではないよ。ジェラス・レストレポを支持すらしているじゃないか」

「待てよ」ドン・ディエゴは話を遮り、片手を上げて黙ってくれと頼む。「なんだか叫び声が聞こえたようなんだ」

　二人は立ち上がって図書室から出ていく。廊下で、夕食のための支度が整ったディータと出会う。道具入れを持った美容師が後ろにいる。

「聞きました？」とディータが質問する。

「娘かな？　娘はどこにいる？」と心配そうにドン・ディエゴが訊く。

「ヘッダだと思うわ」

　彼らは階段を降りていく。ディータとロシーオは一方の階段から、ドン・ディエゴとルデシンドはもう一方の階段から。ウーゴと行き合うと、ヘッダだ、と言う。ディータはほかの人たちより先に行って、彼女の部屋のドアをノックする。何度か声をかけるがヘッダの返事はない。

「大丈夫なの、ヘッダ？」

「はい」と中から答える。

「どうしたの？　なぜ大声を出したの？」

「なんでもありません」とヘッダは言い張る。

　ディータはもう一度ドアを叩く。

「入れてちょうだい」

　ヘッダは少しだけドアを開けて、腫れぼったい顔を覗かせた。両目は腫れて、シニョンに結った髪の毛がほどけ落ちていた。

「入っていい？」ディータが訊く。

　ヘッダは男たちのほうから目を離さないまま頷く。

「上に戻ろう」とドン・ディエゴはルデシンドに言う。

「わたしはこれで失礼します」とロシーオは言う。

ディータがドアを閉めると、その瞬間リムジンのクラクションの音がする。マエストラたちがやってきた、とドン・ディエゴが言い、そして尋ねる。しかしイソルダはどこにいるんだ？　ウーゴは肩をすくめて言う。お部屋にいるはずです。呼んできてくれないか。ルデ、ご婦人たちをお迎えするから一緒に来てくれ。わたしは失礼します、ともう一度美容師は言う。はい、はい、どうぞ、もうお客さまがきたので裏口から出てください、とドン・ディエゴは言う。猊下は遅れていらっしゃるのですか？　とロシーオが訊いてもドン・ディエゴは返事をしない。ウーゴの後ろから玄関に向かう。途中で家政婦の一人と出会ったので頼む、すまないが、部屋に行ってイソルダに降りてくるように言ってくれないか。

アリシア・デ・ラローチャは、ウリベ先生につき添われて到着する。十分後に、オーケストラの指揮者がもう一人の招待客とともにやってくる。まだロペス猊下が着かないので、ルデシンドがドン・ディエゴの耳もとで取り沙汰する。きっとフォルクスワーゲンではこの丘を登ってこられないのだろう。

廊下では飲み物とおつまみを載せた盆が飛び交っている。ときおりヘッダの嘆き声が漏れてくる。ディータがまだヘッダの部屋に閉じこもったままなので、ドン・ディエゴはもういらいらしている。ディータもイソルダも、彼といっしょに来客のもてなしをするはずなのに出てこない。

「イソルダはどうした？」とウーゴに聞く。

「いらっしゃいません」と返事がある。

「いないとはどういうことだ？　どこに行った？」

「まだお庭のようです」

ドン・ディエゴは失礼を詫びてヘッダの部屋に行く。ドアを叩くとディータが開ける。どうしたんだ？　今、行きます。イソルダはどこにいる？　部屋にいるはずですが。いや、まだ庭にいると言っている。ヘッダになにがあったんだ？　なんでもありません、個人的なことです。もう客人たちはおこしだよ、ディータ。猊下はお着きになりましたか？　まだだ、だが他の客人たちは皆おそろいだ。早く来てくれないか。あと一分だけください、とディータは言いドアを閉める。ドアの外でドン・ディエゴは、フォルクスワーゲンのクラクションの音を聞く。外ではグスマンと二人の家政婦が、大声でイソルダを呼んでいる。

「坊やたち、坊やたち、あたしはもう行かなければならないの」とイソルダは一角兎たちに言う。

蟬はその羽音をさらに高く震わせ、フクロウはホーホーと鳴き、蛙は甲高い声で騒ぎ立て、蛍は一列になって森の出口までその明かりで道を示している。一角兎たちは、枝葉に囲まれた巣穴に悲しそうに戻っていく。

司教は若者を伴ってきており、大神学校の経理助手をしていると紹介する。背が高く容姿端麗で目のぱっちりした青年だ。神父ではないが、神父のように微笑みを浮かべて手を組み合わせている。招待はされていなかったので、ドン・ディエゴはテーブルの席をもう一つ増やすように、とウーゴに小声で言う。

ディータがやっと姿を現して、猊下に向けられるべき挨拶と会釈を彼女が集めている。

「どうぞお許しください。思いがけないことが起こりましたもので。いずれにしてもディエゴのほうがわたしよりおもてなしが上手でして」とディータは言い、そして身振りでドン・ディエゴにイソルダのことを尋ねる。彼は口をゆがめている。

「今日の集いに、またこの場にいらっしゃる皆さま方に祝福を」と猊下はにこやかに言う。「またこのような素晴らしいご招待をしてくださった主催者に感謝いたします」

皆はグラスを上げて乾杯する。ディータは、美容師のロシーオが廊下から顔を覗かせたのを見てびっくりする。ロシーオは、見つかったのに気づいたのでまた隠れる。イソルダを呼んできます、とディータは失礼を詫びる。ドン・ディエゴは、場を盛り上げるために、マエストラ・デ・ラローチャにピアノでなにか弾いていただけないでしょうか、と提案する。音楽演奏用サロンに移動しましょう、と誘う。

ディータは階段を上る。玄関のチャイムが鳴るが、足を止めずにイソルダの部屋まで行く。誰だろう？　とドン・ディエゴは思い、ひょっとして誰か欠けているのか、と招待客を一人一人確認する。ウーゴが扉を開けると、彼の腕の下を突風のように抜けてイソルダが入りこみ、広間に駆け込む。ちょうど皆は立ち上がって、ピアノの置いてあるサロンに行くところだ。

「イソルダ」と二階からディータが呼ぶ声が聞こえた。

招待客たちは微笑みを凍りつかせており、ドン・ディエゴは顎が外れたような顔つきをしている。ハーイ、パパ、とイソルダが言う。家の静寂がふたたび階下に降りてくるディータの足音で破られる。

「なんてかわいいんだろう」と猊下が緊張感を和《やわ》らげようと言った。

イソルダの姿はかわいいというより、常軌を逸したものだった。土で汚れたドレスを着て、リボンは解けており、肩の上には草の切れ端がいっぱいついていた。頭には自分の髪の毛を三つ編みにして作ったカチューシャがあり、そこにはマーガレットや月桂樹の葉が飾られていて、カチューシャからは後頭部に向かって、七つに分けられたサンホアキンの花の雌しべが飾られた、縮れ髪の房が飛び出していた。

「とても独創的だね」と猊下が感想を述べる。「誰に結ってもらったの?」

イソルダが、一角兎たちよ、と答える前にディータがその手を取って促す、さあ、わたしと一緒に来なさい。そしてイソルダを引っ張るが、イソルダの視線は大神学校の経理助手の野心的なまなざしに釘づけになっている。

第二十三章

少年は部屋からすっ裸で飛び出して、口をゆすごうと洗面所に駆け込んだ。水を含んでぶくぶくと口を動かし、キャビネットにあった歯磨き粉を指につけて歯を磨いた。鏡に映った自分に微笑みかけ、濡れた手を胸のあたりに持っていった。部屋に戻ると、エル・モノ・リアスコスはまだ両足を広げたままベッドに身を投げ出していた。赤いスカートを抱き締めたままだった。

「なあ、おまえ」部屋に戻ってくる気配を感じると、エル・モノが大声で言った。

少年はモノの傍に横たわって煙草に火をつけた。エル・モノは傍から取り上げて一服吸った。俺がなにを考えていたかわかるか？　と尋ねると、モノ、俺は占い師じゃないんだぜ、と少年は答えた。つまりだな、この件がすべて片づいたら、とエル・モノは言った、俺たちはこの国を出てアメリカへ飛ぼうってことだ。で、《この件すべて》ってなんのことなんだ？　と聞きながら、少年は煙を輪にして吐き出した。おまえ知っているだろう、とエル・モノは言った。今、首を突っ込んでいる仕事のことだよ。ああ、と少年は自分の口から出る言葉より、煙で輪を作ることに集中しながら言った。

「もうこの国には帰ってきたくないんだ」とエル・モノが言った。

「なにが気に入らないんだよ」と少年は口を挟み、「かなりうまくいっているじゃないか」

「手に入る予定の金はたくさんあるし、面倒が起きる前に出ていったほうがいいだろ」

少年は数本の吸い殻が入った灰皿をナイトテーブルから取り、自分の腹の上に置いた。エル・モノは、少年が呼吸をするたびに灰皿が腹の上で上下するのを見ていた。

「それで、ここから出ていくっていうのは、なにもかも置いて出ていくってことなのか？」

「そうだよ」

「俺のバイクは？」

「売れよ。行った先でもっといいのを買ってやるよ」

少年はちらっと彼の顔を見た。エル・モノはふたたび煙草を取り上げて一口吸った。わからないよ、と少年が言った。休暇で行くのはいいけどもよ、ここでの生活がすごく気に入っているんだ。あちらではそうじゃないって誰が言っている？　とエル・モノが尋ねた。そんなこと誰も言ってないよ、と少年は答えた。だけど俺はここにいたいんだ。しらけさせるなよ、とエル・モノは言って片手を少年の腹の上の灰皿の近くに置いた。少年はまたエル・モノをちらっと見た。

「もう映画が終わっているはずだ」とエル・モノが時計を見ながら言った。

「なにを見にいくように勧めたんだ？」

「覚えていない。たしかクリント・イーストウッドの出てるやつだ」

「あいつは屈強な男だ」と少年は言い、尋ねた。「ママはそういうのが好みなのか？」

エル・モノはヒューと口笛を鳴らしてから笑った。

「気晴らしできればなんでもいいんだ」と言った。「かわいそうに、ママはこの家から出ようとしない。ミサにだけはどうにか出かけるけどな」

「彼女は俺のことを気に入ってない」

「わかってるよ」

「なにか言ってる？」

「なにも。ただおまえが嫌いなだけだよ」

少年は灰皿に吸いさしを押しつけた。

「俺がおまえに惚れてるからだろ」

エル・モノは少し手を下のほうに、少年の陰毛が始まるあたりまでずらした。

「わかってるだろ」と言った。

少年が座ろうとして不意に体を動かしたので、灰皿が傾いて毛布の上に中身が散らばってしまった。

「なんてこった」とエル・モノが言った。

「ドジっちまった」と少年は言った。

エル・モノは立ち上がって、こぼれた灰を集めようとした。あーあ、誰がドーニャ・リダさんののしりに耐えなけりゃならないんだ。あんただよ、と少年は応じながら床に落ちたトランクスを拾った。エル・モノがベッドの灰を払っているうちに、身づくろいを済ませた。

「ガソリン代がいるんだよ、モノ」

「なんだと？　三日前にやっただろ」

「あのバイクはすごくガソリンを喰うんだ。それに俺はサンタ・フェ・デ・アンティオキアに行くから」

「なんだ？　誰だ？」

階下の通りに面した入り口のほうで音がした。エル・モノは口に指を一本当てた。ママだ、と小声で言った。大慌てで服を着て、少年の耳元でささやいた。まだ出るなよ、俺が合図するからな。彼は部屋を出てドアを閉めた。

「モノ！　びっくりするじゃないの」とリダが外で言った。「いないと思っていたのよ。車はどこへ置いてきたの？」

少年はベッドに腰を下ろし、会話を聞いた。

「だけどママはどうしてこんなに早く帰ってきたの？　映画は何時に終わったんだ？」

「出てきてしまったの。あまりに暴力的だったからね、モノ。銃弾、銃弾、撃ち合いばっかり。なんであんな映画を見にいくように勧めたのさ？　なにか食べた？　作ってあげようか？」

「昼寝してたんだ」

「待ってて、靴を替えたらなにか作るから」

エル・モノは部屋に戻って、俺が知らせるからな、まだ出てくるなよ、と少年に言った。もう一度ドアを閉めて、その近くで母親が台所に入るのを待った。

「そんなところに立ってなにをしているの？　こっちにおいで」

母親が鍋を動かし始めたのがわかると、少年と階段を降りながら大きな声で言った。

「ママ、ちょっとガレージに行ってくるからな」

階下に降りると少年は金をせびった。いいかげんにしろ、とエル・モノは言いながらも、札入れを取り出して数ペソ渡した。今度出かけるときの金は？　と少年は言った。これだけじゃソペトランにも行けないよ。エル・モノはガレージの錆びたドアを開けた。

「モノ」台所からリダが彼を呼んだ。

少年は掌《てのひら》を開いてエル・モノの前へ差し出した。エル・モノは札入れに残っていた札を全部彼に渡し、エンジンを掛けずにガレージからオートバイを出すように急かせた。少年が指でエル・モノを呼んだので、なんだ？　と緊張した面持ちで訊いた。少年は口をエル・モノの耳許にぴったりつけて言った。母さんと一緒に住み続けるなんて、もうそんな年じゃないだろう。

「モノ！」

少年は通りまでオートバイを押していき、エル・モノはガレージを急いで閉めた。モノ、とリダがまた階段の上からモノを呼んだ。モノ、どうして返事しないの？　彼は返事をしようと思ったが、オートバイの発進音に度肝を抜かれてしまった。どうしようもない奴だ、とエル・モノは呟いた。どうしてブルタコのエンジンが日ごと、爆音を増してゆくのか理解できなかった。

「誰が来てたの？」とリダが尋ねた。「あの子なの？」

「そのへんの奴だ」階段を上りながら彼は言った。

「あんたひどく変よ、モノ。どうしたの？」

「なんでもない」

エル・モノがサイドテーブルに座ると、母親はチョコレートを攪拌し始めた。モノ、聞きたいことがあるんだけど。あの子とマリファナを吸っているの？　ママ、まさか。でもあんたはこのごろ変じゃない、外をうろついてばかりで、寝に帰ってこないこともあるし。誰もなにをしているか知らないし。ママ、そのことについて俺は話したくないんだよ。話したくないんなら話さなくてもいいけど、でもわたしの言うことには耳を貸してちょうだい。姉さんのところにあんたについての話が届いているようだよ。なんだよ、とエル・モノは文句を言いながら立ち上がった。

「それにひどく下卑てしまって。どこに行くの？　これ、もうできあがるのに。モノ！」

エル・モノは部屋に閉じこもり、乱れたベッドに突っ伏して顔を枕に埋めた。シーツには少年の匂いが残っており、灰があちこちに飛び散っていた。ちいさなベッドだったが、エル・モノには抱えきれないような気がした。

「モノ！　モノ！」

彼は誘拐に手を染めて以来、初めて泣きたい気持ちになった。

第二十四章

居酒屋はラ・エスキナという名前でオブレロ公園の中にあった。斜向《はすむ》かいにはドン・ディエゴがイタグイ市に寄付した図書館があった。居酒屋はエル・モノ・リアスコスが作戦を練る場所となっていた。そのあたりに住むビール好きの常連客のように装って、俺の事務所と呼ぶほどひんぱんに集まって、仲間たちと打ち合わせをしていた。

エル・モノはつばつきの帽子をかぶり眼鏡をかけて、カムフラージュしていた。居酒屋の奥のテーブル席をいつも選んで座り、そこからドン・ディエゴとその家族が図書館に出たり入ったりする様子を観察していた。テーブルの上には通る経路、四つ辻、道路を線で書き込むための紙類や地図が広げられていた。仲間たちは一般の人々が集っているこのような場所で、その種の話をすることを不安がっていた。

「セホン、言ってみろよ、ネズミを見つけるにはどこを探す？」

「ネズミ穴だろ」

「それから隙間とか穴蔵だよな」とエル・モノが続けた。「ネズミの巣とか下水道とか、ゴミ箱の中とかな。そのあたりには猫がうろちょろしているだろう、違うか？」

　彼の仲間たちはあまり納得していないように互いを見た。このときは手下の臆病さを笑い飛ばしていたが、手下が怖気《おじけ》づいているときには正面から対決した。エル・モノの冷血ぶりは手下らにはほとんど気づかれていなかったが、例えば映画の中のように、誰も動くな、これは強盗だ！　と彼が怒鳴ると、その卑下た言葉がまさに手下どもを奮い立たせるのだった。

「ここに男同士で集まっているのを見られても」とエル・モノは言った。「周りの奴らはホモの集まりぐらいに思うだけだろうよ」

　彼は笑って、すぐにまじめな顔になった。

「あれだ、着いたぞ」とエル・モノは小声で言って、口先でまっすぐ前を示した。「みんないっせいに見るなよ」

　パッカードのリムジンが図書館の前に停まった。ヘラルドが急いで車から降り、後ろの扉を開けると、イソルダとディータが降りた。ドン・ディエゴは反対側の扉から降りた。エル・モノは時計を見て言った。時間の誤差範囲はだいたい半時間くらいだ。今日は少し早く着いた。マレッサ、カランガ、エル・ペリロッホはちらちらと見ていた。

「いっせいに見るなよ」とエル・モノはもう一度繰り返した。

「誰と誰が来たんだ？」とカランガが訊いた。

「三人だ。夫人は一緒に来ないこともある」

「女の子はいつも来るのか？」エル・ペリロッホが訊いた。

「いつも来る」

「見てもいいかな？」とエル・セホンが尋ねた。

「一人ずつだぞ」とエル・モノが言った。

リムジンは彼らの視界を、図書館の入り口から少しふさいでいた。二人の女性が彼らを待ち受けているのがかろうじて見えた。ドン・ディエゴが最後に入った。ヘラルドは外で車の傍に待機していた。

「旦那が何冊かの本を持ってくるときは、だいたい一時間ほどかかる。手ぶらで出てくる場合は四十分以上はかからない」

「運転手は武器を持っているのか？」

「わからない」とエル・モノは言った。

「それで、もし武器を持ってたら？」

「奴にとってはより不幸なことだ」

「中でなにをしているんだろう？」とエル・セホンが訊いた。

「わからん。見にいってきてもいいぞ」

エル・ペリロッホは笑った。まじめな話だ、セホン、行って見てこい、とエル・モノは言った。エル・セホンは眉毛を上げたり下げたりしはじめた。せっかくだからおまえの好奇心を満たしてやろうじゃないか、そうすれば俺たちみんなの疑問がすぐ解けるだろう。でもどうやって中に入るんだ、モノ？　簡単だろう？　公共図書館だからな。中に入って、少し本を読んでこい。おまえは無知だからちょうどいい機会だぞ。エル・セホンは、誰か味方してくれないかと仲間の顔を見た。

「それが諜報活動というものなんだ、セホン」とマレッサは言って大声で笑った。

「本気で言っているのか？」とエル・セホンはエル・モノに尋ねた。他の仲間たちは笑いをこらえようとしていた。エル・セホンは躊躇した。「だけど……なにを読もうかな？」

「フリオ・フローレスの詩の本があるかどうか訊いてみろ。あれはすごくきれいだからな」

エル・セホンは笑ってこの状況を冗談で済ませようとしたが、誰も乗ってこなかった。

「準備はいいか、さあ出発」とエル・モノは言いながら、面前で指を鳴らした。

エル・セホンはゆっくり立ち上がると、他の仲間たちは別の方角を見ていた。

「出るときにウエイトレスに、ここのテーブルで呼んでるって言ってくれよな、頼むぞ」とエル・モノは彼に頼んだ。

彼はゆっくりとした足取りで進み、ウエイトレスにテーブルを示していた。公園を横切って角に着く前に、居酒屋のほうを振り返った。ひょっとして、戻ってくるようにと誰かが合図してくれているのではないか、と思ったのだろう。道を渡って、リムジンの中で上半身をもたせかけているへラルドの傍を通り、まるで自分の通夜にでも向かうような面持ちで図書館に入った。

「よし、これで決まりだ」とエル・モノは言った。「もう一人の奴はどうなった？」

「しっかりした奴です」とカランガが言った。

「信用できるか？」

「百パーセント」

「誰だ？」

「カルロスだ」

「カルロス、どこの？」

カランガは、知らないというジェスチャーをした。ああそうか、それでおまえはそいつのことをよく知っていると言えるんだ、とエル・モノが言った。カルリートという名で知られているよ、とカランガが言った。じゃあ連れてこい。面接しよう。ついでにカルリートの苗字を尋ねておけ、とエル・モノが言った。

「モノ」とエル・ペリロッホが言った。

「なんだ」

「今、奴らが図書館に入るのを見て考えたんだけど……」

エル・ペリロッホは口ごもったが、エル・モノは話の続きを言うように促した。

「奥さんを見たときに考えたんだけど……」

「おまえは考えすぎだ、ペリロッホ」

「モノ、女の子の世話をするのはやっかいだぜ。すぐに病気になるし、母親を恋しがるし、手がつけられなくなる。体も弱いから、俺たちの生活をめちゃくちゃにしてしまうんじゃないか」

「どういう意味だ？」

「つまり奥さんを連れ去るべきってことだけど」

「お呼びですか？」ウエイトレスが、エル・ペリロッホの提案と相まって皆をうろたえさせ、びっくりさせた。

「チョリソあるか？」とエル・モノが口ごもりながら言った。いくつお持ちしますか？　とウエイトレスは尋ねた。六本くらいかな、とエル・モノは言った。六本くらいって六本ですか？　と彼女は訊いた。六本、それにビールをもう四本。エル・モノは彼女が立ち去るのを待つと、テーブルの上で拳を固く握りしめたが、叩きはしなかった。

「おい、ペリロッホのクソ野郎、俺たちは計画を変えないぞ。一週間しかないんだからな」

「なにも変えなくてもいいんじゃないか」とエル・ペリロッホは言った。「娘の代わりに夫人を連れていくだけだろ」

「おまえにはどっちがつらい？」エル・モノは彼に訊いた。「奥さんを連れ去られるほうか、娘か？」

「そんなの決まってるよ、モノ。けど……」

「おまえは黙ってろ」とエル・モノはさえぎって皆に訊いた。「くだらんことを言いたい奴は他にいるか？」

　誰も返事をしなかったし、顔も見合わせなかった。ただ丸椅子の上で姿勢を正しただけだった。話し声やカリレラ〔アンティオキア地方の音楽〕、コップや瓶のぶつかる音に混じって、奥のほうからソーセージが油の上ではじける音が聞こえてきたようだ。エル・モノはポケットから折った数枚の紙を取り出した。テーブルの上を手で触れて、濡れていないことを確かめた。折ってあった紙を開いて言った。いいか、注意して聞けよ、次のようにことを進める。

第二十五章

二月はベルリンでは死の季節だ。気温は下がり、冬が根を張ったように動かない。厳しく長い寒さは、重くのしかかる凍てつく数カ月の疲労を際立たせ、春の到来を果てしなく待ち焦がれさせる。通りでは吹き抜ける風が荒々しさを増し、人々は戦時中に抱いていた思い――冬の季節はいつの時代も敵たちの重要な同盟者であった――をふたたびよみがえらせていた。それを追認するように、戦後のベルリン市民たちには一九四八年の封鎖中のあの冬が最悪の時期として記憶されていた。

ドン・ディエゴにとって寒さの続く月々は四季の一つではなく、メデジンの型で押したように続く暖かい日々と決別する手段だった。青空の凍りつくような日々は、散歩をしながら考えごとをするのに好都合だった。この二週間、かなりの時間をディータとの感情面における状況について歩きながら考えることに割いていた。一緒に生活するにしても結婚はしないという彼女の提案をミルコにさえ伝えたくなくて、その困惑にひたすら耐えていた。ミルコは、二十世紀も半ばにいながら、と彼の純粋さをからかうかもしれないし、彼女が社会規範から外れていると国家社会主義者的熱弁をふるうかもしれない。ドン・ディエゴはまた、ミルコは決して彼を完全に対等な存在と見ていないことも感じていた。《民族の純潔》について一席ぶったときに、そのことをほのめかしていると感じずにはいられなかったし、ラテンアメリカが彼らの定めた差別的な地図の中にあるともわかっていた。友人ではあったけれど、それはドン・ディエゴがヨーロッパ人の容貌をしていて、またそのようにふるまっており、さらに音楽や生活を楽しむ上で、共通の趣味を持っていたからだ。実際のところ、ミルコでさえドン・ディエゴが内面に秘めている穏やかでない感情を知らなかった。

一方、ディータはドン・ディエゴがすっかり怖気づいて逃げてしまったと考えて、いつものように美術工房に通っていた。もうドン・ディエゴのことは家族に話してあったが、まだ紹介はしていなかった。ドン・ディエゴが家族に会っていたならば、きっと父親とよく似たディータの自由な考え方を理解できたのだろうが。

よくよく考えた末に、ドン・ディエゴはまた彼女に会いにいった。訪問することを知らせずに、ある日の午後、零下十度の気温の中、建物の入り口で彼女を待った。たくさん重ね着していたので、ディータは彼と気づかなかった。お上がりになって、まあ、なんということかしら、どうして前もって電話をくれなかったの？　と彼に言った。アルクーリの事務所に行かなければならない用事があって、そこを出たときにふと思い立って君を訪ねたんだ。あらまあ、ふと思い立ってね、と彼女が言った。ディータ、僕は一時間の間、凍りつきながら待っていたんだよ。単なる思いつきではこんなに待っていられないよ、とドン・ディエゴは言って、彼女について階段を上り、アパートに行った。

ディータはガスストーブに火をつけ、彼にコニャックを出した。彼はまだ手袋をはめ、コートを着てマフラーと帽子を身に着けたまま、彼女の手を取って言った。

「君に考えを変えさせようとするほど、僕は君を過小評価していない。もしかして僕らは過ちを犯しているのかもしれないが、これから起こることを二人で一緒に受け止めていきたいんだ」

「過ちなんかじゃないわ」ディータが反駁《はんばく》したので、彼は唇に指を一本あてて黙らせた。

「あれこれ言わなくてもいいんだよ」

コートのポケットから、金色の紙に包んだちいさなプレゼントの包みを取り出して手渡した。彼女が注意深く包みを解くと、包み紙の間からビロード張りの小箱が出てきた。

「結婚するんじゃないなら、指輪を贈るのは変だと思って」

ディータが箱を開けた。中にはダイヤモンドを散りばめた、鍵の形をした銀製のブローチがあった。

「これは永久に僕たちの心を開いたり閉めたりする鍵だよ」とドン・ディエゴが言った。「君のほうが注意深いから、君に持っていてほしい」

ディータはブラウスにブローチを差してみたが、留めることができなかった。

「手伝ってくれない」とドン・ディエゴに頼んだ。

「無理だよ。まだ指がかじかんでいる」

彼女は彼の皮手袋を取り外して自分の両手で挟みこみ、その手を温めた。彼の目をじっと見つめたまま、手に自分の口を近づけて暖かい息を吹きかけた。冷たい手の指をマッサージし、それから五本の指に口づけして一本一本の指を撫でた。

ロドリーゲス兄弟の指揮のもとに、城の建設用地では土地の地ならしが始まった。ドン・ディエゴは兄弟に、エンリコ・アルクーリの助言をすべて書き込んだ図面を送ってあった。ロドリーゲス建築士兄弟は土地の形状、ドン・ディエゴの嗜好《しこう》、要求に応じてそれらを適合させねばならなかった。このアルクーリというのは、とドン・ディエゴは彼らに説明した。獣が敷地に入らないように堀まで設計している。それから私の図書室を一番高い場所に、できればいくつかある塔の中に作ってほしい。アルクーリは、丘からの眺めを知らないから図書室を階下に置いたのだ、とドン・ディエゴは言った。

《H・M・ロドリーゲスと息子たち》はメデジンで最も名声のある建築士の会社だ。もっとも有名な別荘や、パスツール研究所がある立派な建物を建てていた。しかし、持って生まれた資質の上に現代建築学を身につけて、アメリカから帰ったばかりの息子たちは、ベルリンからドン・ディエゴが送ってきた設計図を広げて大笑いした。さあ笑うのはやめなさい、と父親は息子たちに言った。この土地で最後となる城を作る準備をしなさい。

建物の支柱を再検討することから始めた。交差リブのアーチはやめて代わりに頑丈なレンガの壁にし、中二階を鉄筋コンクリートで作り上げよう。アールデコ様式を多く取り入れ、最大限陽光を利用するためカラーのステンドグラスの窓にして、幾何学的に仕上げたプールの天井はセメントから上質な木材の実矧《さねは》ぎ造りに変え、そして当然、城を取り囲む堀に代わって庭園を設けることにしよう。

「このアルクーリって奴はいったいなにを考えているのだろう？　我々がよっぽど未開の土地で暮らしているとでも思っているのか」

しばらくすると切り立ったバルソスの丘は土や砂、建築用材を積んで登ったり下ったりするトラックであふれるようになった。ドン・ディエゴはヨーロッパから電話をかけて指図した。食糧貯蔵庫、衣装部屋、アイロン部屋、薪を保管する部屋、ああ、それから庭師のための家、この家をアルクーリは忘れていた。そしていくつかある塔の一つに図書室を、これは忘れないように。

その一方で、彼はディータとコロンビアに戻る計画を立てていた。二人で装飾品の店や美術品や骨董を扱う店を訪れていた。いくつかのトランクに照明や布地、絵画、陶器や食器をいっぱいに詰めた。しかしある日、ドン・ディエゴにはベルリンは狭い、と感じられてディータに提案した。

「パリに行かないか」

「お買い物に？」

「買い物、パーティ、暮らしを楽しんだり、歩いたり、なんでもいいだろう」

ドン・ディエゴは、彼女と仲直りしてから幸福感に満ちていた。コロンビアでは、彼が帰国する予定であることを誰も知らなかったし、まして伴侶を連れてなどとは、このように幸せに帰国できるとは彼自身かつては考えてもみなかった。

「まず初めにヘルシャイトに行きましょうよ。まだわたしの家族に会ってないから」

ドン・ディエゴは少し熱気が冷めた。

「君の考えをもう知っているのか？」と彼は尋ねた。

「旅行のこと？」

「違う、別のこと」

「ああ」

ディータは両手つきのローマ時代の壺を、発泡緩衝材で包むのに一生懸命だった。ドン・ディエゴのほうを見もしなかった。

「その知らせを僕のいる前で、ご両親にするつもりじゃないだろうね」と彼が言った。

彼女は彼に微笑みかけた。両手つきの壺を立てて彼に言った。

「これを手伝ってね」


汽車の中で、ドン・ディエゴは緊張してこの上なくのどかな車窓の風景にもかかわらず、落ち着かなかった。ディータは窓から山々を眺めていた。この旅行は、三カ月ごとに両親を訪ねる旅とは異なっていた。それに、おそらく最後になるだろう。乗っているあいだ、彼女はほとんど話さなかった。彼女がときどき微笑み、またときどき、目を潤《うる》ませているのに彼は気づいた。

「なにもかも物語の世界から抜け出してきたように見えるね」と彼は、彼女の心を和《なご》ませようと言った。

「そう、これは物語ね」とディータが言った。

まだかなり広い地域が雪に覆われていたが、牧草が濃い緑を覗かせているところもあった。

「空を見てごらん」と彼は言った。

彼女は曇り空のような表情で、涙を拭くことも思いつかないまま空を眺めた。おそらくこの列車の中で、ドン・ディエゴは、戦闘機で覆い尽くされた空を思い出さずに空を見上げることができた唯一の乗客であった。

彼女の家族は愛情をこめ、またたくさんの食べ物を用意して迎えてくれた。家にいたのはアルノルトとコンスタンツァだけだった。アンネマリーは一九四九年に勉強のために行ったケルンに引き続きいた。最初のうちは風景についてのみ話題にし、ドン・ディエゴはコロンビアのいくつかの場所と対比した。昼食の後、ディータは両親と話をする、と言った。ドン・ディエゴは走ってその場を離れたかった。両親には、歩きながら少しそのあたりを見てきたい、と伝えた。牧童のように微笑んでいる彼らをテーブルに残して出た。

ロドリーゲス一族はアルクーリの不恰好な線を判読しようと、何度も図面をあれこれ検討してきた。ガレージがないぞ、と一人が言った。この男はガレージの図面を引くのを忘れている。別の一人が言った。少なくともガレージが二つ必要だろう。ドン・ディエゴは写真を撮って送ってほしがっている、と父親が言った。なんの写真を送るのですか？　じゃあ、空洞の写真だろう、現在ある唯一のものだ。ドン・ディエゴに、空洞の写真とガレージをつけ加えた新しい設計図を送ってやってくれ。父親が出ていきかけたときに、二人の兄弟は不満を言い出した。この城は中世様式でもゴシック様式でもないよね、いったいなんなんだ？　これはすべての寄せ集めだろう、他のすべての城と同様に、少しずついろいろなものを取り入れているんだ。

ドン・ディエゴが散歩から戻ると、ディータとアルノルトは居間にいた。二人は暖炉の正面では黙ったまま火を見つめていた。コンスタンツァは台所で食器を洗っているようだった。アルノルトは目を赤くしていた。ドン・ディエゴは、居間に漂っている煙のせいではないかと思った。ディータは手招きして彼を呼び、傍に座らせた。

「コーヒーはどう?」

彼はいらないと言った。黙ったまま暖炉の火をじっと見つめているアルノルトと二人だけになるのを恐れたからだ。赤く燃えさかる薪の音と台所で水が流れる音だけが、周囲何キロかのうちで唯一の音だった。

「このあたりの外の景色はなにもかも美しいですね」何か話題を見つけようとしてドン・ディエゴは言った。ディータは頷いて同意したが、アルノルトは瞬きすらしなかった。

暖炉から火の粉が飛び出して羊の皮の敷物に落ちた。まあ、とディータは大きな声を出し、アルノルトが足で踏み消した。ドン・ディエゴはもっと何か言いたかったが、何を言っていいかわからなかった。台所の水の音がやんで、食器を拭く音に変わった。

かなり長い沈黙が続いた後で、暖炉から目を離さずにアルノルトが言った。

「わしの植えたポロネギの畑をかならず見ていってくれよ」

第二十六章

エル・セホンはひどい癇癪《かんしゃく》を起こして、歩いてでもメデジンに帰ると告げた。大股で歩き出して石につまずいた。マレッサとカランガは何度も小屋から呼び止めたが、エル・セホンは耳を貸さなかった。彼が門のところまで着いたときに、カランガはリボルバーを取り出して空に向けて撃ったので、エル・セホンは足を止めた。

「次はおまえの頭に一発喰らわせるぞ」カランガが警告した。

「そんなに乱暴するなよ」とマレッサが言った。「なんで撃ったりしたんだ？」

カルリートがびっくりしてピストルを手に出てきた。

「どうした？」

「奴を連れ戻せ」とカランガが命令した。

「なんで撃ったんだ？」とカルリートが尋ねた。

「奴を連れ戻すんだ、畜生、あいつは飛んでいった弾より危ない」

マレッサとカルリートは門のところまで歩いていった。エル・セホンは二人が近づいてくるのを見て走り出した。

「奴を捕まえろ！」とカランガが叫んだ。

二人が後ろから追いかけると、エル・セホンは転んで、立ち上がり、そしてまた転んだ。二人が追いつくと、エル・セホンは溝に飛び込んで地団駄を踏んだ。マレッサは腰のベルトを抜き取ると、空中で回して何度かエル・セホンを打ちつけた。カルリートはエル・セホンが動けないように押さえつけ、同じベルトで両手を縛り上げた。

ドン・ディエゴは耳を窓板につけて、かろうじて銃声を聞き取った。理解できたのは「奴を捕まえろ」とのどなり声だけだった。その一時間ほど前、口論しているのが聞こえた。ただの言い争いだと思っていた。銃の音が聞こえたので、自分を救出に来たのだと思ったが、しばらくして錠が開けられてドアが開いた。カランガが、両手を縛られたままのエル・セホンを突き飛ばしながら、部屋に入ってきた。

「ほらよ、二人になったぞ」とカランガが言って、二人を閉じ込めた。

エル・セホンは、床の上に身を投げ出して泣いた。ドン・ディエゴはベッドの上に座った。エル・セホンは怒り狂いながら起き上がって二度ほどドアを蹴ったが、よろめいてまたひっくり返ってしまった。壁際まで這っていって横になった。ドン・ディエゴが彼に近づいて両手を自由にしてやるまで、しばらく泣いていた。ほとんど口もきけない状態だったが、エル・セホンは言った。

「切り株畑にひそんでいる。何日もあそこにいる。百人以上だ」

「誰がだ？」

「兵隊だよ。百人以上いる。傍の丘にヘリコプターから縄を伝って降りてきたんだ。だんだん近づいてきている。俺たち全員を殺すつもりだ。あんたもな」

「移動しているのか？　近づいてくるのを見たのか？」

エル・セホンは頷いて、ふたたび泣き出した。俺たちを襲撃しようとしているのに、奴らは信じようとしないんだ。ドン・ディエゴはナイトテーブルからコップを取り上げ、水を飲ませようとした。コップは空だった。落ち着けよ、君、とエル・セホンに言った。ドン・ディエゴはドアまで行き、二度ノックした。開けてくれ、と部屋の外に向かって叫んだ。俺には三人の子供がいるんだ、と泣きながらエル・セホンは言った。ドン・ディエゴはもう一度ドアを叩いたが、誰も来なかった。

エル・セホンの前に立って質問した。

「兵隊だというのは確かなのか？」


メデジンでは雨が強く降り始めていた。南のほうから土砂降りが近づいて、水路の水位は上がっていた。空には雲が垂れ込めてすぐに真っ暗になった。ディータはリムジンの音にも、ドアのベルの音にも、親族の人々がやってきたのにも気づかなかった。ウーゴが部屋まで彼女を呼びにいくと、彼女はカシミヤの肩掛けにくるまってベッドに横たわっていた。下でお待ちになっています、とウーゴは言った。何時にお着きになったの、とぼんやりしたまま彼女が尋ねた。たった今お着きになられたばかりです。こんなひどい土砂降りの中を？　ウーゴが出ていくと、ディータは鏡台の前で少し身を整えた。

ディータがサロンに入っていくと皆は立ち上がった。ベルギー人の背の高さが目を引いた。他の人々よりも頭一つ飛び抜けていた。彼が紹介された。マルセル・ヴァンデルノートと申します、と彼は言い、フランス語で挨拶した。

ディータは、この男を連れてくることにまったく賛成してなかった。そのようなものを信じていなかったのだ。親戚の者たちはあらゆる策を試す必要があると力説したが、もっとも嫌だったのは、城に泊まらせなければならないことだった。責任をまっとうするためだ、とベルギー人が要求したのだ。庭師がちいさなトランクを一つ持って入ってくるのを見て、彼女はほっとした。トランクを階上に上げるように指示し、客たちに、なにか飲み物はいかがですか、と尋ねた。


サンタ・エレーナではどんよりした曇り空だったが、まだ雨は降っていなかった。少年たちは近くでオートバイのエンジン音がしたので警戒した。聞きなれない音だった。まだいくぶん陽光が残っていたので、マレッサは様子を見ようと出ていった。門のところで、歩いて上がってくるエル・モノと出会った。

「あの音はツイッギーのオートバイだったのか？」とマレッサは尋ねた。

「銃声はどういうことだ？　誰が撃った？」とエル・モノが訊いた。

「なんでわかった？」

「誰が撃ったんだ？　バカだな」

「カランガだよ」

エル・モノが怒り狂った様子で小屋に入ってきた。カルリートとカランガはトランプをしており、マレッサはトランプの札を伏せてテーブルに置いていた。エル・セホンがずらかろうとしたんだよ、とマレッサが言ったが、エル・モノはすでにカランガの前に立っていた。クソ野郎、なんてことしたんだ？　逃げ出そうとしたからだよ、モノ。だが、撃つよりもっとマシな手はなかったのか？　奴に向けては撃たなかった。ああ、そうかよ、とエル・モノは言った。それはありがたいことで。ドン・ディエゴが閉じ込められている部屋から、ドアを蹴る音が聞こえた。あいつだ、とマレッサが言った。ドン・ディエゴか？　違うよ、エル・セホンだ。おまえたちはなんてバカなでき損ないなんだ、とエル・モノは言って、部屋のほうに歩いていった。

「おまえなにか話したのか？」とカランガがマレッサに訊いた。

「挨拶も抜きだ」とマレッサが言った。「出会いがしらに訊いたのは発砲についてだ」

「誰が奴を連れてきたんだ？　あのオートバイは誰のだ？」とカルリートが聞いた。

「俺もそう訊いたけど答えてくれなかった」

悲鳴が聞こえた。そのあとエル・モノが廊下からカランガを呼んだ。エル・セホンの首根っこをつかんでいて、その体を前に押し出した。別の部屋に入れておけ、とカランガに言った。エル・セホンは口から血を流しており、焦点の定まらない目をしていた。

「お恥ずかしいところをお見せしましたね、ドン・ディエゴ」エル・モノはそう言うと、入ったばかりの部屋のドアを後ろ手に閉めた。

城ではマルセル・ヴァンデルノートが、ディータや親戚たちとともに夕食を取ることを辞退していた。長旅の後なので、一休みして少し汚れを落としたい、と言った。

「こちらにいらして、洗面所にご案内します」とディータが言った。

「つまり、体を洗いたいのです」とマルセルは説明した。両手の掌をこめかみに当ててひらひらさせた。

「そうですか」と親族の一人が大きな声で言った。

「それではいらしてください。お部屋にご案内します」とディータは言い、つけ加えた。「後でおなかが空かれるかも知れませんので、果物をお部屋に持たせますね」

「それからコップ一杯のミルクもお願いします」

二階に上がり、彼女は説明した。

「客室は警察が使っております。機械やケーブルでいっぱいです。この家は少し変わってますの。サロンはたくさんあるのに寝室があまりないのです」

廊下を横切ると、扉が閉じられたままの部屋の前で彼女は立ち止まった。

「娘の部屋です」と言ってそっと開けた。

部屋は完璧だった。天蓋つきのベッドが備えられており、その上には動物のぬいぐるみが二つ載っていた。ナイトテーブルには花が飾られていた。ディータはカーテンを閉めた。タンスの右側をお使いになってください。あまりたくさんのお召し物をお持ちになられていないようですが、短いご滞在ですか？　マルセルは壁の縁飾りのように貼られた絵画に見とれていた。画用紙の一枚一枚には、額の中央に一本の角を持つ兎が、花々や茂みの中に愛らしい姿で優美に彩色されて描かれていた。

「これはなんですか？」マルセルが質問した。

「一角兎です」

「誰が描いたのでしょう？」

「イソルダです」

マルセルはゆっくり巡りながら、もう一度それらの絵を眺めた。浴室はあちらです、とディータは扉のほうを指した。タオルと石鹸は置いてありますが、他になにか入り用な品がありましたらウーゴにおっしゃってください。もう彼をご存じですね。ええ、とマルセルは言い、目を閉じて深呼吸した。ディータは不思議そうに彼を見ていた。彼はふたたび息を吸い込んで両手を高く上げ、それから頭の上に空気を押しつけるようにゆっくりと下ろした。そして、目を開いて笑いかけた。

「エネルギーとはすばらしいものです」と彼は言った。

「ゆっくりお休みください」とディータは言った。

ディータは出ていこうとして立ち止まった。もう一つお伝えしなければ、ヴァンデルノートさん、時計は毎朝六時半に鳴ります。マルセルは見回して時計を捜した。あそこです、ナイトテーブルの上です、と彼女が言った。どうか電源を外さずに、ボタンを押してくだされば止まります。必要ありませんが、と彼が言った。かまいません、とディータは言った。そのままにしておいてくださいますか、ディエゴはその音を聞くのが好きなのです。今、ミルクをお持ちするように言います。

エル・モノは部屋の中を丸く輪を描くように歩いた。壁の前で立ち止まり、指で壁の割れ目をなぞった。

「彼女だったらここへは連れてこなかっただろう」とゆっくり言った。「彼女になら、清潔な洗面所つきの居心地のいい部屋のある湿気のないきれいな家を手に入れて、退屈しないようにテレビも置いたのによ」

「それで、同じようにいつも明かりをつけっぱなしにしておくのか?」ドン・ディエゴが訊いた。

「ドクトール、俺の言葉を理解できないようだな。彼女だったらぜんぜん違っていた、と言っているのに。あんたと同じように扱うなんてどうしてできる? 俺はずっと彼女に惚れてたのによ」エル・モノは物思いにふけるようにして壁に寄り掛かった。「数えたことなんかなかったけど、俺は十年間も彼女のことを思ってたんだ」

ドン・ディエゴも立ち上がって、背中を少し後ろに反らせた。

「いいかな」と彼に言った。「ここで、このような状況の下で私はまさに確認したよ。人生とはよくしたものだ、とな」

「ここにいるのがあんたで、彼女ではないからそう言うのか?」

「そういう解釈もあるかもしれないが」とドン・ディエゴは言った。

エル・モノが残した足跡をたどるかのように、丸く輪を描いて歩いた。そして彼の目の前を通るときに皮肉っぽくエル・モノを見つめた。

「事態はうまく運んでいないんだろう、そうだろ?」とドン・ディエゴが尋ねた。

「すべてうまくいっている」

「じゃあ、先ほどの銃声は?」

「職務上の手続きだ」

「射撃の練習か?」とドン・ディエゴは言って、さらに愉快そうに笑った。

「俺の射撃の腕はいいんだよ、ドクトール」とエル・モノは答えた。「披露しないで済んでほしいところだ」

「頼みを聞いてくれないか?」ドン・ディエゴはエル・モノの前、ほんの一歩の隔たりというところで立ち止まった。「狙いをつける必要はない」と言って手を心臓のあたりに置いた。「君の拳銃をここに当てればいい、それだけだ」

「それだけだ」とエル・モノは繰り返した。

ドン・ディエゴはエル・モノから焼酎の悪臭がするのを感じたが、充血した目とその周囲の眼窩からも焼酎の影響が認められた。そして自分と同じようなしんどそうな息遣いをも感じた。

「おそらく我々二人はいつかそうなるだろう」とドン・ディエゴは言った。「私は君の犠牲者として、そして君は私の加害者として」少し間をおいてつけ加えた。「どう見ても、君は負けて私が勝つことになる」

「いや、ドン・ディエゴ、俺は多くの時間を失うことになるだろうが、そうはならない。俺にとってはもう一人余計に死んでも一人少なくても、人生は変わらない」

「そう達観したのか?」

エル・モノは見下したように彼を見てから言った。

「ああ、ドン・ディエゴ。あんたはなんてわずかしか人生について知らないんだ」

外でエル・セホンの泣き声がしていたが、何かわけのわからないことを哀願しているようだった。他の男たちは、彼を黙らせようと怒鳴っていた。

「悪いな、どうも俺を必要としているようだ」とエル・モノが言った。

「頼むから電気を消してくれ」とドン・ディエゴが頼んだ。

エル・モノはドアに向かって後ずさりした。部屋から出る間際になって言った。

「目を閉じればいいだろ?」

閂《かんぬき》をかけて廊下の電気のスイッチをしばらく見つめていた。突然、ガラスの割れる音が聞こえた。エル・セホンを閉じ込めている部屋から聞こえたのではないか、と思ったが、ドアに開いている暗い穴を見て疑いが解けた。ドン・ディエゴが電球を割ったのだった。

第二十七章

ゆっくりと流れる雲が谷間を通り過ぎ、時間とともに色を変えていく。夕暮れになるともっと強烈なオレンジになることもある。雲は真っ青な空の下、ふわふわといくつもの群れになって浮かんでいる。僕らは草原の上に寝ころんで、雲の形に名前をつけて遊ぶ。楽しくてやっているのではなく、くすねてきた一本の煙草を吸いながら暇つぶしをしているのだ。

僕らはもう渓谷を飛び越えたり、丘の排水溝で水を堰《せ》き止めたりすることもしなくなった。以前とは違う音楽を聴き、話題も変わっていたが、相変わらず自転車を乗り回している。僕らは声変わりの時期を迎え、まだ見たことのないエロ映画について話をしている。理髪店は大嫌いだ。ヒッピーたちがずっとしているような長髪にしたいのだ。今では女の子たちをそれまでと違った見方で見ている。いろんな子がいるが、僕らの関心を引いているのは相変わらず城に住む女の子だ。

僕が彼女を好きなのはお姫さまだからではなくて、ちょっと変わっているからだ。人形の家で大きな声で歌ったり、庭でベールをかぶって一人で踊ったり、何時間ものあいだ森に入り込んだりしている。人々は、あの子が風変わりな行動をするのは孤独だからだ、と言っている。

ディータは服を試着するために洋裁師の店へ娘を連れていこうとしている。いつもなら洋裁師が城に出向くのだが、ちょうど他にも用事があったので、ディータは娘を洋服の仮縫いに連れてゆくことにした。生地によってイソルダは違って見える。三点ほど着てみなければならない。少女期を過ぎようとしているので、試着室で着替えたい。すると、試着室の中にお針子がハンガーにかけたまま忘れたのか、赤いミニスカートがある。

イソルダは最初のドレスを試そうとして、そのスカートを見つける。それは目が覚めるほどの赤だ。ただスカートを見つめる。次に二番目のドレスを着るために入り、思わずスカートに手を伸ばして触る。脇にファスナーがついていて、厚い生地でできている。お針子に補正してもらうために出ていくが、すっかりスカートに心を奪われていて、ドレスに関する母親の意見も耳に入らない。プリーツを取った膝丈のパステルカラーのドレスを着ている自分が鏡に写っている。ウエストにリボン飾り、胸には刺繍、袖はマクラメ編みで仕上げてある。イソルダは横目でスカートを見ながら、皮膚の下がぞくぞくしている。

「イソルダ、イソルダ」

「なあに？」とうわの空で答える。

「返事をしてちょうだい」

「なんのこと？」

「リボンは前がいい、それとも後ろ？」

ふたたび鏡の中を見るが、そこに映っている姿は気に入らない。気に入らないのはドレスだけでない。靴も、靴下も、髪型も、自分の青白い肌も気に入らない。

「イソルダ」

「リボンは嫌だわ」と言う。

ディータとお針子は顔を見合わす。なしにできますか？　とディータが訊くと、お針子は頷く。

今度はこっちを着てみて。お針子が三番目のドレスを手渡すと、イソルダは試着室に入りカーテンを閉めて洋服を脱ぐ。ドレスが足から床にすべり落ちると、身軽になったような気がする。鏡を正面から見つめ、成長しはじめている胸の二つのふくらみに手をやる。片側のリラ色でケーキのようにふわふわしたお姫さま用ユニフォームを見ていると、反対側の下品なミニスカートがハンガーからウインクする。

リラ色のドレスを着てホックも途中のまま外に出る。どうしたの？　とディータが尋ねる。なんでもないわ、とピン止めで補正を受けながら、素っ気なくイソルダが言う。気に入った？　とディータが訊く。イソルダは肩をすくませる。どうしたの？　と母親が尋ねる。お人形みたい、とイソルダは言う。それってどういう意味？　お人形みたいに見えるってことよ。それじゃやいけないの？　つまらない、とイソルダは言う。

「済みました」とお針子が言う。「もう着替えていいですよ」

イソルダは自分の服を受け取って試着室に閉じこもる。外では母親とお針子が、細部と仕上げについて話しているのが聞こえる。少女はリラ色のドレスを脱ぐと、ミニスカートを手にとってはいてみる。スカートを脚にそって一センチ上げるごとに興奮が増す。片脇のファスナーを上げると、スカートはウエストがぶかぶかしている。二サイズほど大きい。両手で押さえ、ぴったりさせて鏡を見る。うっとりして微笑む。震えながらウエストでスカートを折り返してよりぴったりさせ、そしてその上から着てきた洋服を身につける。

「行きましょう、イソルダ」

横を向いて姿を映し、気づかれないか確かめる。ウエストが少しごろごろしているので、ドレスを両サイドに引っ張って平らにする。突然、ディータがカーテンを開けて質問する。

「なぜそんなに時間がかかってるの？」

イソルダの心臓はどきどきしている。

「もういい？」母親が催促する。

イソルダは頷いて、試着室を出る前に鏡で上から下まで点検する。

車の中ではまったく口をきかない。体中から汗が噴き出ている。帰りの車中、窓から外を眺めながら、風が入ってくるように車の窓を開けたくてたまらない。

城に着くとすぐにイソルダはリムジンから飛び出す。階段を上り、自分の部屋に駆け込む。鍵をかけてドアを閉め、洋服を脱がずにミニスカートを下げる。ベッドの上に広げて手で平らに伸ばす。顔にくっつけて匂いを嗅ぎ、スカートの内側や外側をまじまじと見る。ベッドカバーの上に横になってミニスカートを抱き締め、目を閉じて夢想にふける。

第二十八章

カーテンは閉じられ照明は消されており、中央にはマルセルがベルギーから持参したガラス製のちいさなランプの中に火が灯された黒いろうそくが置かれていた。ランプの下にはメデジンの地図が広げられていた。ろうそくの火は、参加者たちの信じがたいという表情を照らし出していた。ルデシンドの他に四人いた。二人の親族とサルセード署長、それにディータだった。ディータはメンバーの一員となるのを嫌がったものの、そのほうがいい結果が出るからとベルギー人が強く求めた。

「さて、皆さん互いに手をつないでください」とマルセル・ヴァンデルノートが言った。フランス語で話したので、ルデシンドが通訳した。「握り方は強すぎても弱すぎてもいけません。エネルギーをつなぎ合わせるためです。鼻から息を吸って、口から吐いてください。そして目を閉じてくださるようお願いします」

外では木々の枝のあいだを交差する風の音がし、鳥たちが正午の日射しの下で騒がしく囀《さえず》り続けており、城を取り囲む警官たちのひそひそ声が聞こえた。サルセード署長は静かにするように、だがいかなる命令にも備えておくように、と彼らに言ってあった。突然、マルセルが居所を探し当てることができるかもしれなかった。本当のところ、何を期待していいのか誰にも見当がつかなかったが、家族は力を合わせようと決めていたし、ヴァンデルノートには失《な》くし物や行方不明者を探し当てる才能がある、と確かな情報源から聞かされていた。

「行方不明のケースとドン・ディエゴのケースはまったく違います」とディータは機会を見て申し立てた。

「同じですよ」との返事が皆からあった。

彼女は疲れていたので、それ以上は反論できなかった。

「あまりにいろいろなことが起こりました」と彼女は言った。「お好きなようになさってください」

前日、マルセルはドン・ディエゴのいつもいた場所に閉じこもって過ごした。まず初めに彼の部屋へ行った。彼の所持品のすべてを手に取っていじり回した。ドン・ディエゴが見ていた鏡に自分の姿を映し、髭剃り用の刷毛《はけ》で顔を撫で、櫛を髪にあて、オーデコロンを塗りたくり、ドン・ディエゴが便秘と戦っていた便座にも座り込んだ。それから彼の衣服を着て、ベッドに臥せった。

午後には図書室に閉じこもって、書物や外国の雑誌のページをめくった。ラジオをつけてボンから放送されるドイッチェ・ヴェレの番組を聞き、スペインの海外放送も聞いた。収集したレコードコレクションをひっかき回して、ドン・ディエゴが大好きなオペラの曲の一部も聴いた。ドン・ディエゴが考えごとをしながら窓から眺めていたメデジンの同じ風景を見た。工場から立ちのぼる煙、川、ヒメコンドル、飛行場、地平線を阻《はば》んでいる緑の高い山々を見た。

夜にはドン・ディエゴの席について夕食を取った。ディータはそれを見ると、自室に戻ってしまった。食事を自室に運ぶように頼んだ。寝る前にマルセルは彼女の部屋に寄って、ドン・ディエゴのベッドで寝ても差し支えないだろうか、と尋ねた。

「大いに差し支えます」と彼女は返事をした。「娘のベッドを使うことをお許ししただけでも感謝してください」そう言うと鼻先でドアを閉めた。

その翌日、集まりの前にふたたび彼女はルデシンドに嘆き訴えた。ディエゴの衣類を着てあらゆる物に触り、何もかも動かしてどこへでも入っている。それは彼の仕事だからです、ディエゴが見つかったらこんなことすぐに忘れますよ、とルデシンドは言った。けれど迷っているのは彼自身じゃないの、家じゅうを夢遊病者のようにうろつき、隅々にまで入り込んでいる、とディータは主張した。ルデシンドは彼女を説き伏せた。ずいぶん遠くからマルセルを連れてきたのですから、彼のやり方で仕事をさせないわけにはいきません。ディータは思いとどまってその場に加わり、今、ろうそくの周囲に座って他の者たちと手をつないでマルセルの指示を待っているのだった。

「ディエゴの魂」とマルセルがテーブルで言うと、ルデシンドが通訳しようとする前に、ディータはつないだ両手を離して怒り狂いながら立ち上がった。

「どの魂なの？」彼女は質問した。

マルセルは目を開いた。他の者たちもつないだ手を離した。

「あなたのご主人がまだ私たちとともにいるかどうか、知る必要があります」とマルセルが言った。

「死人を探しにきたの？　それとも生きている人？」

「ディータ」とルデシンドが口を挟んだ。

「どうしたのですか？」とフランス語を解さない親族の一人が質問した。

ディータは椅子を後ろに引いて、失礼します、と言った。どうしたんだ？　と親族の男がふたたび尋ねた。彼女はとても神経質になっていますが、それも仕方のないことです、とルデシンドが説明した。サークルが破れた、とマルセルが言った。ルデシンドには理解できなかった。もう一人必要です、とマルセルが説明した。もう他に誰もいません、とルデシンドは言った。「どうしたのだ?」と親族の者が尋ねた。もう一人必要です。どうしてですか? 輪がなんとかと言ってます、とルデシンドはいらいらしながら言った。これは本当にまともなことなのか? と別の親族の男が訊いた。「アロール《それでは》」とマルセルが言った。一人の親族の男が別の親族の男を肘《ひじ》で小突いた、気をつけろ、彼はなにもかもわかっているんだ。他に誰もおりません、とルデシンドがマルセルに言った、まさにそのとき、銀製品を磨くために取りに来たウーゴが皆の前を横切った。誰でもかまいませんか? ルデシンドはマルセルに訊いた。もしこのまま続けたいのなら……と彼は答えた。

ツイッギーは、ベッドの中で爪を噛んでいるエル・モノの前で踊っていた。両腕を高く上げてラジオに合わせ、**太陽の光線が、オー、オー、オー、**と歌い腰を振りジグザグを描きながら周囲を回っていた。**あなたの愛を届けてくれた、オー、オー、オー、**つけまつ毛のおかげで大きく見える目でエル・モノを誘うように、膝を曲げて両腿をなでながらもの欲し気に彼を見つめていた。一度部屋を回ってドアのほうに二歩ほど行き、ドアを閉めようとした。閉めないでくれ、と強い口調でエル・モノが言った。ツイッギーは動きを変えて、黄色いミニドレスにぴったり包まれた腰を始終くねくねさせながら、エル・モノに背を向けて踊り続けた。

「ここへ来い、静かにしててくれ」とエル・モノが言った。

「踊らないなんてやる気がないのね」ツイッギーが言った。

「今俺たちが踊るような状況だと思うか？」

ツイッギーが肩を揺すりながら近づいてきて、少し両脚を広げたのでスカートがずり上がった。エル・モノにはスカートの下に何も着けていないのが見てとれた。ツイッギーは踊り続けながら彼の手を取り、両腿に挟んで締めつけた。立派な一人前の男なら、あたしのあそこをつかんでよ、とツイッギーは言った。しゃがむとエル・モノの口にキスをして舌を入れ、彼の唇を噛んだ。彼女が目を開けると、パッチリと見開いた彼の目があった。

「なんで目を閉じないのよ？」ツイッギーが尋ねた。

「なにもかも見ていたいからだ」と彼は言った。

「怖いんじゃないの？」

「怖いって、なにが？」

「予感していることがよ」

「聞こえるぞ」

ツイッギーはまた彼の口に吸いついて、ふくらみをつかもうと手を滑らせた。まったく固くなかったので、力いっぱい握り締めた。エル・モノは悲鳴を上げた。

「どうしたの？　モノ」と台所からリダが訊いた。

ツイッギーは喘《あえ》ぎながら、立ち上がって踊り続けた。

「ボリュームを落としなさいよ、うるさすぎるわ」とリダがふたたび大声で言った。

エル・モノが言う通りにしたので、ツイッギーは腕組みをした。モニータ、そんな顔するなよ。じゃあ、どうするのよ？　あたしはあんたのママの怒鳴り声に合わせて踊るの？　そう文句を言うなよ、一生踊り続けるだけの金も時間もできるからよ。あんた、あたしの家に来てくれないじゃないのよ、モノ。おまえはなにが起こっているか知っているだろう、と彼は言った。あたしと一緒にいるためにここへ来させたんだと思っていたわ、と彼女が言った。

「俺は奴らが連れてきたあの探偵の件で頭がいっぱいなんだ」

「探偵って誰よ」

「あのフランス人だ」

「ああ、ベルギー人ね」と彼女は言った。「だってなんのために連れてきたか、誰だって知っているじゃないの。あのお爺ちゃんを探すためよ」

「シーッ」とエル・モノは彼女を黙らせた。

「じゃあ、そのドアを閉めてよ。そうすれば少しは落ち着いて話ができるじゃない」

「わかった」うろたえながらエル・モノが言った。

二人は一息ついて、数秒のあいだ目を合わさずにいた。

「あたし、あそこにはもう行かないわよ」とツイッギーが言った「そうするためにあたしを呼んだんだったらね」

「そのために呼び出したんじゃない」

「じゃあ？」

「エル・トンボによると、あの男は来てから一度も外に出ていないらしい。ほんのわずかな時間、少し庭を散歩しているのを見かけただけだ、ということだ。そのうえ、城には大勢の人々が出入りしているって言ってる」

ツイッギーはベッドの角に腰かけて、エル・モノの片足をつかんだ。なんでうまく片づけようとしないの、と彼女は言った。「奴を解放するってか？」ツイッギーは頷いた。だめだ、モニータ、それはできない。彼女がエル・モノの足の裏をくすぐると、彼は足をひっこめた。有り金すべてをこの計画につぎ込んだんだ、とエル・モノは言った。もし今手を引いたらすってんてんだ。それに、仲間の奴らがどんな目で俺を見ると思う？　仲間の皆もくたびれてんじゃないの、と彼女が言った。

「おまえ、なにか飲むかい？」ドアの傍に立ってリダが聞いた。

「ああ、ママ、びっくりしたよ」とエル・モノが言って、ツイッギーに訊いた。「なにか飲みたいか？」

「わたしはおまえに訊いたんだよ、モノ」とリダが言った。

「いらないわ、モニート、ありがとう」とツイッギーは言って、エル・モノの両足の上に頭をもたせかけた。リダはツイッギーが両脚のあいだにいるのを見て目をまん丸くした。

「今はいらないよ、ママ、どうもありがとう」とエル・モノが言った。

リダが出ていくと、すぐにエル・モノはツイッギーに言った。あのベルギー人が妨害している。始末しなきゃ。もうこれ以上バカなことやめなよ、と言ってズボンの上から膨らみに嚙みついた。エル・モノは脇に飛びのいた。彼女はベッドの上を這って彼の傍まで行き、もう一度キスをした。仲間たちはお金のことで文句を言ってるわ、と彼女は言った。知ってるよ、と彼は言った。その上おまえは、あまり金が残っていないと奴らに言っただろう。だってあたしを巻きこもうとしたからよ、とツイッギーは弁解した。彼らはあたしが勝手に使ってるって言ってたわ。いろいろたくさん出費があるんだ、とエル・モノが言った。どんな出費よ？　と彼女は訊いた。あの山の上で必要なのは日用品だけじゃない？　それから武器と弾も必要だ、とエル・モノがつけ足した。それはもう予算に入ってたじゃない。そうだけども、ほかにもたくさんの奴に払わなければならなくてよ。いったい誰にさ、と彼女が訊いた。

「モノ！」とリダが台所から呼んだ。

おまえはこの件に巻き込まれたくないって言っただろう、だからあまり立ち入らないでくれよ、とエル・モノは言った。あんたがあたしを引きずりこんでるんじゃないの、とツイッギーが言った。あたしには質問する正当な権利があるわ。

「モノ、ちょっと来なさい」

おまえを引きずりこんでなんかないよ、とエル・モノは言った。たった一つ頼んだのは、おまえにお馴染《なじ》みの仕事じゃないか。そうよ、と彼女は言った。けどあんたはこの件のためにさせてるじゃないのさ。

「モノ、お願いだから」

「今行くよ、ママ」

バカにしやがって、とツイッギーは言った。やめろよ、モニータ、とエル・モノは少しばかり母親に配慮してほしくて注意した。俺の母親だってこと忘れないでくれよ。エル・モノはベッドから起きて出ていった。台所に入ると、怒り狂った顔をして両腕を組み、腰かけにもたれているリダがいた。

「どうしたんだ？」と彼は訊いた。

「モノ」

リダは鼻から思いっきり息を吸って、頭を振った。

「どうしたんだよ、ママ？」

「モノ」とリダは言った。「あの女は下着をはいていないよ」

「なんだって？」

「知らなかったなんて言わせないよ。わたしにはすっかり見えたんだから」

「俺は彼女のそこは見てないけど」

「あの女を今すぐこの家から追い出してよ、モノ」

「ママ」

「この家では下品な振る舞いをしないで」

「俺の恋人だよ」

「それなら別の場所で会いなさい。彼女を追い出して、そしてもう二度と家に入れないでおくれ」

エル・モノは母親を見つめたまま、後ずさりしながら出ていった。部屋に戻ってツイッギーに言った、別の場所に行こうぜ。あんたのママが命令したのね、とツイッギーは言った。俺と母親との問題なんだからおまえは首を突っ込むな、とエル・モノが言った。ツイッギーは立ち上がって、洋服を整えるとバッグをつかんだ。部屋を出る前に言った。

「モノ、あんたはママと一緒に暮らすには歳を取り過ぎているんじゃない？」

生きています、とマルセル・ヴァンデルノートは言った。ルデシンドがそれを通訳すると、皆はほっとして喜びの声を上げた。でも、確かなのですか？　どうしてわかるのだ？　と別の親族が言った。そのことについて彼に問いただすつもりはない、とルデシンドが言った。そう言うのなら、彼がそうだと確信したからだ。どこにいるのか教えてもらえるのか？　とサルセード署長が質問すると、今度はそれをルデシンドがマルセルに尋ねた。今日、あの世の入り口まで行ってきました、と彼は言った。彼の魂を探しましたが、彼の肉体を探したわけではありません。わかりました、少なくとも最悪の事態は避けられましたね、とルデシンドが言った。奥さまにこのことを話してきてもよろしいでしょうか、と二人の親族のあいだに座っていたウーゴが訊いた。私が行きましょう、と親族の一人が言い、立ち上がった。ウーゴ、もう仕事に戻ってくれたまえ、とルデシンドが言った。少し休みたい、とマルセルは言って同じく立ち上がった。

通りがかりにマルセルは、ディータの部屋のドアを軽くノックしている先ほどの親族の男と会った。どうか開けてください、ディエゴは生きていますから。彼とマルセルは目を合わせた。親族の者は諦めたという仕草をし、マルセルはそのまま自分の部屋まで歩いていった。

ディータはドアのノックにも親族の喜びにも関心を示さないまま、開け放った窓から外を眺めていた。彼女の目の前には、イソルダが楽しく過ごした森が広がっていた。以前よりもさびれて静まりかえっているように見えた。警察がいなかったら、ドン・ディエゴが誘拐される前にしていたように、森まで登っていったのに、と思った。彼は一度も彼女といっしょに行こうとしなかった。ディータはいつも森がこんもり生い茂りはじめる場所まで行き、そこに立ち止まっていた。よくわからない何かが、彼女が森に入るのを阻んでいたのだ。娘が大切にしていた世界への入り口が、この森のどこにあるのか、と自問していた。行くたびにディータは、衣服に髪の毛を絡ませて帰ってきた。それは長い金色の毛で、イソルダのものに違いなかった。

ドン・ディエゴに話すと、彼はまったくの偶然に過ぎないと言って、イソルダのものであることを否定した。このあたりに住む誰がこんな髪の毛をしていると思うの？　とディータは言い張りながら、見つけた髪の毛の一本一本を鍵のかかる宝石箱にしまっていた。

その同じ森が、彼女を数々の思い出へと運んでいってくれる。ほどなくあらゆる木々の葉が激しく揺れたので、ディータは嵐が来るのではないかと空を見上げたが、空は澄み渡っていて庭のほかの場所は静かだった。森はぎしぎしと音を立てて揺れ、木々からは彼女の部屋の窓まで枯れ葉が飛んできた。彼女を呼ぶかのように木々がディータに向かってその枝を伸ばしており、吹き込んでくる風は、彼女には嘆き悲しむ声のように響いた。

第二十九章

二人はドイツを後にして、買い物のために六カ月間滞在する予定でパリに出かけた。それに、人生を楽しむため、ドン・ディエゴが二十五歳で父親に願い出て、生涯の遺産を相続したときから口にしていたように、できるうちに日々を楽しく過ごすためでもあった。すでにそのときまでと同じ長さの年月、同じことを言い続けながら、思ったように生きてきた。けれどパリにさえ飽きてしまい、建設中の城を整えるのに必要な主だった買い物を終えたと判断したので、二人はコロンビアに向けて出発することに決めた。

衣類の入った大型トランクと三十個のさまざまな大きさの木箱を持って、北ドイツ・ロイド海運の客船に乗った。ディータは自分の家族や環境からゆっくり離れていけるように、飛行機よりも船で行くことを望んだ。

「すこしずつ空気も変化してゆくわ、空も気候もね」と彼女はドン・ディエゴに言った。「飛行機だとノスタルジーに浸る暇もないわ。ものすごいスピードで運んでしまうから、着いた瞬間から新しい生活に取り組まなければならないし。でも船は違うのよ……一日中、思い出したり懐かしんだりできる。船の航跡や海の色に距離を感じることができるの。すべての海は本当に一つなのよね。その海水が北海と同じ水だとわかれば、手すりにもたれて涙を流すこともできるわ」

「船旅の途中で君は後悔するかも知れないよ」とドン・ディエゴは遮った。

「そんなことないわ」と彼女は言い切った。

「船旅は気に入っている」と彼は言った。「君が聞かせてくれるような映画の話に、さらに似てきたね」

ディータは微笑んだ。悪くなることばかりではないわ、よくなることもあるのよ、と言った。寒さから遠ざかって、熱帯の気候に適応するのよ。熱帯の気候に馴染むことができる人などはいないよ、とドン・ディエゴは主張した。君には想像できないだろうが、幸いそこは通り過ぎるだけだ。メデジンではもっと快適な気候に出会えるよ。わかったわ、とディータは言った。じゃあこの旅は、わたしがあなたにもっと馴染むために役立つことでしょう。

出発の日が来たが、二人はヨーロッパの冬の寒さのために厚着して乗船した。驚いたのは、いまだに大勢の人が大西洋を渡って、アメリカ大陸へ旅行するのを望んでいることだった。その海路はまもなく終了すると予想されていた。しかしながら何十年ものあいだ提供してきた、快適さと豪華なサービスを保っていた。

「この旅が僕たちの緊張も解いてくれるといいね」一等船室に落ち着いたときに、ドン・ディエゴはディータに言った。「もしその意見がわたしのことを考えてのものだったら、忘れてちょうだい。恐れなんてこれっぽちも持ち合わせていないわ」と彼女が言った。「僕は君に対して責任を負っているんだ、ディータ」

彼女は笑った。

「その反対だってこと、今にわかるわよ」と彼女は言った。「ある日、思いもかけないときに、わたしがあなたに対して責任を負っているってわかるでしょう」

地中海を航行しているあいだ、彼は自分の気がかりをごまかすことができたが、ジブラルタル海峡を通り過ぎると、ドン・ディエゴは船首に赴《おもむ》いて、灰色の午後の中に溶け込んでいく、果てしなく広大な大西洋の前方を見つめていた。一人だった。ディータは大勢の船客とともに、後にしていく陸地を見ようと船尾に残ることを選んだ。船は長くかすれた汽笛を鳴らして、旧大陸に別れを告げた。ドン・ディエゴは行く手に、ディータの人生と同様に、彼自身にも不確かな人生が待ち受けていることを感じていた。手摺りにつかまって寄せる高波に揺られながら、生涯で初めて、自分がすでに熟年に達していることを感じた。もう青春の不安を引きずっているような年齢ではないのだろう、と思った。今日までに終えた人生のページの中には、軽薄な行為や度を越した行動、飲酒、さらに女たちとの関係もあった。しかし本当のところ悩まされているのは、独身生活に終止符を打ったものの法的には独身のまま、という矛盾だった。

その晩、食堂で三杯目のシャンパンを飲み干した後、そのことをディータに打ち明けた。

「結婚式の写真を見たいと思う人もいるよ」

ディータは黙ったまま食べつづけていた。海は早くから荒れてきており、ウエイターたちは盆を持ってよろめいていた。ドン・ディエゴは固執した。

「招待状、あいさつ状、結ばれるにいたった話を聞きたい人もいるだろうし」

船が揺れたので、ピアニストは間違った鍵盤に手を触れた。彼女は近くのテーブルに座っている乗客たちを見た。彼女が笑いかけたので、ディータを見ていた乗客たちも彼女に微笑んだ。

「僕に嘘をつかせるのか、ディータ」

「どうして本当のことを言わないの？」と彼女は尋ねた。

「だって普通ならば君は僕の妻だ」

「そうよ」

「君は妻ではない」

「あら、違うの？」彼女は抗議しながら、決然と彼の目を見た。

彼は彼女から目をそらして、ほとんど手をつけていない皿を見た。

「僕が言いたいことはわかっているだろう」

何人かの乗客は、コーヒーとデザートが出てくるのを待たずに引き上げた。

「もう一杯ついでくれない」と彼女は彼に頼んだ。「気分が悪くなるのなら、シャンパンでなったほうがいいわ」

ドン・ディエゴは二人のグラスを満たした。

「わたしとの約束の一つを果たしていないのよね」

「僕がしたたくさんの約束のうちのどれのこと？」

「その話題には触れないってこと」

ウエイターがバランスを失って、お盆の上に載せたものといっしょに床に倒れた。その大きな音が皆を驚かせた。ピアニストは演奏をやめた。ディータはグラスを一息に空けて言った。

「心配しないで。他の約束は守ってくれているから」

見つめる瞳が輝き、ドン・ディエゴの腕を取った。

「もう部屋に戻ったほうがいいんじゃない」とディータは言った。「ここだとなにもかも倒れてしまうでしょう」

テーブルを離れる前に、クーラーに入っている瓶を見てまだ半分残っているのに彼女が気づき、瓶の首をつかんで手に持った。

互いの体を支え合いながら、手すりや壁を頼りに歩いた。ディータは部屋に入ると靴を脱ぎ、彼はベッドに横たわった。大丈夫？　と彼女は訊いた。なんてことだ、とドン・ディエゴは答えた。十四歳のときからこの海を渡っているけど、ひどい嵐に遭ってしまった。ほとんど食べていないわね、と彼女は言いながら、洋服を脱ぎ始めた。彼はまだ、育ちのいい女性の裸体を間近に見ることに慣れてはいなかった。決して口には出さなかったが、彼女が洗面所で着替えてナイトガウンを着て出てきてくれることを望んでいた。彼は彼女の目の前で裸になることはできなかったので、いつもパジャマ姿だった。その後で着衣を脱ぐのは、また別のことだった。

ディータは服を身にもつけずに、部屋の中をよろけながら歩いていた。なにを探しているんだ？と彼は尋ねた。ディータはなんとか瓶を置いた肘掛け椅子までたどり着いた。これよ、と言って瓶に口をつけて飲んだ。

「ディータ」

「なあに？」

ドン・ディエゴは返事ができなかった。その様子は、彼が関係した一人一人の売春婦との思い出を彷彿させた。彼女はベッドまで千鳥足で歩いていき、彼の傍に身を横たえた。顔色が悪いわ、と彼女は言った。本当に大丈夫？　ドン・ディエゴが頷いたので、彼女は彼を抱き締めた。彼はまだ上着と蝶ネクタイを着けたままだった。ディータはまた瓶をつかんでそのまま飲んだ。いかが？と彼にも勧めた。待って、グラスを二つ持ってくるから、と彼は言った。起き上がろうとしたところに船が傾いたので、ベッドの上のディータに覆い被さるように倒れ込んだ。ディータは大声を上げて笑った。笑わないでくれよ。彼女は彼の手を取って、その手に口づけをした。こっちに来て、ここにいてちょうだい、と彼女が言った。それから瓶を取り上げ、高く掲げてシャンパンを自分の臍《へそ》の上に注いだ。ドン・ディエゴは呆然としながら見ていた。

「わたしがグラスよ」とディータが言った。

彼は瓶を取り上げてナイトテーブルの上に置いた。

「飲んで」と彼女は言った。

ドン・ディエゴは臍に溜まったシャンパンを見ながら、身をかがめようとして吐き気を覚えた。よろめきながら洗面所まで走っていき、ドアを引いて入ると吐いた。

ようやく船上のテラスまで暖かい風が吹いてくるようになり、乗客たちはもっと多くの時間を日光浴用のデッキに寝そべって過ごした。旅行鞄《りよこうかばん》に毛織物の重い冬服をしまい込んだ。もう窓を開けたまま寝ることもできるようになった。少し経つとまた窓を閉めて、空調設備のスイッチを入れなければならなかったけれど。ディータは気候の変化に心地よさを感じていたが、ディエゴは不平を言っていた。彼女は世界中どこでも暑さは同じものだろうと想像していた。けれどもカリブの暑さは違っているように思えた。

「違いは匂いだ」と彼が言った。「匂いはあらゆるものから立ち上ってくる」

「あなたは気候にふさわしい服を着てないのね」とディータが言った。

「夏服はどれもふさわしいとはいえない」とドン・ディエゴは不満を言った。「見栄えがしないし、フォーマルじゃない」

船はサント・ドミンゴに寄港したが、その地でディータは初めて異なる文明と出会った。

「匂いのほかにもなにか違うものがあるわ」とディータが言った。

「なにかな？」

「すべてが違うように思うの」

目にするものは、今まで知っていたものとはまったく似ていなかった。車でさえ華やかな色合いのものがあったり、オープンカーがあったり、長く幅広かったりした。浴室も違えば、ベッドも違う、着ているものも、人々さえも。寄港の時間は、新世界に対する驚嘆を経験しつくすには短かった。

「しかも君はまだバランキーリャに着いていないんだよ」とドン・ディエゴは言った。

「ここより素敵？」

ディータにとって、からかっているのか不快なのかわからないような表情を、彼は浮かべた。

「バランキーリャだ」とそれ以上何もつけ加えることなく、ドン・ディエゴは言った。

クーラーがあまり温度を下げてはくれなかったので、ドン・ディエゴは快適に寝ることができなかった。ディータはヨーロッパの夏の暑い夜には慣れていたが、船の中ではやはりよく眠ることはできなかった。彼女は不平を言わずに、いつも夕食の席で失敬してくる瓶に残ったワインを飲みながら、窓から暗い海を眺めていた。ある夜、取り乱してドン・ディエゴを起こした。見て、窓を指さして彼に言った。どうした？　と彼が訊いた。外を見て、と窓を指しながら彼女は言った。ドン・ディエゴは上体を起こして、暗闇の中で眼鏡を手探りした。なにも見えないよ、と言った。ガラスが曇っているんだろ。ガラスの向こうよ、とディータが説明した。彼にもやっと窓の前を横切る白い繊維状のものが見えた。

「あれは風だ」と言って彼はふたたび横になった。何千本もの白くてとても細い繊維状のものが、月の光に明るく照らされた空から垂れ下がって右に左に揺れていた。ディータはこの現象を消し去りたくなかったので、わざと窓の曇りをぬぐわなかった。信じがたくてもう一度訊いた。風なの？　ふたたび眠りにつこうとしていたドン・ディエゴは、口の中でぶつぶつ文句を言った。風を見ることができるなんて考えてもみなかったわ、とディータは言ってドン・ディエゴを振り返って見たが、彼はもうシーツで顔を覆っていた。彼女はガラスの前の肘掛け椅子に座り込んでずっと見続けていたが、とうとう眠くなって眠りこんでしまった。

その二日後、地獄のような暑さの中、水平線をゆがめている太陽の光の下で、プエルト・コロンビアに到着した。数人の黒人たちがカヌーに乗って船の周りを取り囲み、何十人もの子供たちが笑いながら素っ裸で海に飛び込んだ。色あせた三色の国旗は海風が吹いていなかったため、ほとんど動いていなかった。ドン・ディエゴがバランキーリャについて触れたとき、なぜ何も説明しなかったのかを、すぐにディータは理解した。恐れを感じつつも魅了されながら、人々の住む小屋や土地、砂浜、無秩序、貧しさを通りがかりに眺めた。気を悪くさせたくなかったので、メデジンの風景も同じようなのか、とドン・ディエゴに訊くことを控えた。彼は今にも暑さに身を溶かしそうになりながら、引き続き川を上って運ばれる木箱と、二人とともに飛行機で運ばれる荷物を分ける指図をしていた。

ディータは喉の渇きで死にそうになりながら、騒音を立てる天井の扇風機の下に座って待っていた。ドン・ディエゴが、飲み物を一切受け取らないようにと注意していたからだ。雑踏と喧騒の中で、もしかしたら大変な間違いを犯したのかもしれない、という疑念に彼女はさいなまれていた。

第三十章

閂を外しながらエル・モノは大きな声で、いずれにしてもこのジジイには俺のことを思い知らせてやる、と言った。ドアを一気に開けると、外の光がドン・ディエゴの目をくらませた。逆光だったので、ドン・ディエゴにはエル・モノの激高した顔を見ることはできなかった。俺と一緒に来てくれよ、ドクトール、とエル・モノは言って彼の腕をつかんだ。ドン・ディエゴはその手を放そうとしたが、エル・モノは力ずくで彼を立たせた。

「一緒に来いよ、クソ野郎」とくぐもった声で繰り返した。

ドン・ディエゴは毛布に脚を取られて、前に倒れそうになった。エル・モノは彼が床に倒れ込む前につかんだ。

「怪我をするじゃないか」とドン・ディエゴは言った。

引きずりながら、エル・モノは答えた。

「あんたにはもううんざりだ」

廊下でバナナを手にしたカルリートとすれ違い、居間ではマレッサとカランガが二人を待っていた。

「なにがあったんだ？」とドン・ディエゴが尋ねた。「私をどこへ連れていくつもりだ？」

「すぐそのへんまでだよ」とエル・モノは言って、小屋の入り口のほうに彼を突き飛ばしていった。

ドン・ディエゴは光を避けるために腕で目を覆った。

「放してくれ。一人で歩ける」

「目も見えないくせによ、ドン・ディエゴ。すぐに転ぶぞ」

その後でエル・モノは他の仲間を呼んだ。

「準備できたぞ、カランガ。みんな出てこい」

サンタ・エレーナでは午後になると寒くなるが、その日の午後も同じように寒かった。いつもの八月と同様、太陽はなく強い風が吹いていた。何時間も続く雨が、すぐにでも降り始めそうな気配だった。前日に雨が降ったかのように、牧草はすでに濡れていた。エル・モノは腕をつかんだままドン・ディエゴを連れ出して、小屋の数歩手前の場所まで行った。ドン・ディエゴはゆっくりと目を開けた。光を浴びて痛みを感じた。周囲を見渡して、数週間前に見た木々に囲まれた風景だと認識した。

「何時だ？」と彼は尋ねた。

「あんたの写真を撮る時間だ」とエル・モノは答えて、カランガにこっちに来るようにと身振りで示した。ドン・ディエゴは、以前ツイッギーが彼の写真を撮ろうとしたときと同じカメラを持って、カランガがこちらに来るのを見た。

「まず殺してくれ」と言って、彼は地面の上に膝をついた。

「死んだのも含めてぜんぶ撮るぞ」とエル・モノは言い、地面にあった石をつかんだ。そしてカランガに言った。「なんでもいいから撮れよ」

ドン・ディエゴは地面の上にしゃがみ込んで、顔を覆った。

「やれよ、始めろ」とエル・モノは命令した。

カランガが写真を撮り始めた。

「顔を隠しているぞ」と言った。「これじゃ使えないよな、なんでもいいとしてもよ」

「待て」とエル・モノが言って、カルリートとマレッサを呼んだ。「服を脱がせろ」と二人に言った。

三人は顔を見合わせた。エル・モノは石をいじっていて、片手から片手へと交互に投げながらも て遊んでいた。聞こえなかったのか、と言った。全部か？ とマレッサが訊いた。全部だ。すると彼らがそろそろと近づいてきたので、ドン・ディエゴは老人なりの力を振り絞って二人を蹴とばした。カメラを置け、カランガ、手伝え。マレッサは両足を押さえ、カルリートは両腕が動かないようにした。ドン・ディエゴは唸《うな》りながら、ののしっていた。カランガはズボンの留め具を外し、膝のところまで下ろした。それから彼の腿の上に座って、マレッサにすっかり脱がし終えさせた。ドン・ディエゴは逃れようと体の向きを変えたが、古ぼけて汚れたパンツ姿で、やっと骨格を覆うだけのたるんだ肌の自分を見ると、取り乱してこらえきれず泣き出した。カランガと他の二人は、どうしようか、と尋ねるようにエル・モノを見つめた。

「続けろ」と彼は怒鳴り声で返事をした。

上着とセーターをはぎ取ろうと、また押さえつけた。カルリートがワイシャツのボタンを外し始めると、エル・モノが怒鳴った。

「オカマみたいなことするなよ、カルリート」

エル・モノがドン・ディエゴに近づいて、ぐいとワイシャツを引っ張ったので全部のボタンが飛び散った。おまえたちはシャツとパンツを脱がせろ、と命令した。他の者たちは、エル・モノをもう見ようともしなかった。ドン・ディエゴは泣いていた。あさましい奴らだと彼らに言った、卑怯者、悪党。

「靴下も脱がせるか？」とカルリートが訊いた。

エル・モノは、獲物のどの部分に噛みつこうか探っている獣のように荒い息をしながら、ドン・ディエゴの周りを大股で歩いた。彼から目を離さずに、両手で石ころを撫で回しながら、行ったり来たりしていた。

「いや、そのままにしておけ」と言った。

カランガはカメラを手に取り、マレッサとカルリートはドン・ディエゴを押さえつけた。ドン・ディエゴが懇願するまで、両手と両足の踝《くるぶし》を引っ張って伸ばさせた。あがき、泣き、屈辱と寒さに疲れ果てて殺してくれ、と彼らに言った。カランガは何枚も異なる角度から写真を撮った。ドン・ディエゴはずっと目を閉じたまま、頭を左右に動かし続けた。カランガが、モノ、もうフィルムがなくなったぜ、と言ったときになって、初めてドン・ディエゴは動くのをやめた。そのとき、山全体に響き渡るような叫び声を聞いて、ドン・ディエゴは彼ら同様に驚いた。皆はあまりに混乱していたので、それが別の部屋に閉じ込められているエル・セホンの叫び声だ、としばらくわからなかった。エル・モノは頭を押さえて髪を掻いた。石を持っている腕を上げてドン・ディエゴに向かって投げつけたが、当たらずに草の上に跳ね返った。怒り狂って唸り声を上げながらドン・ディエゴのところまで走っていき、背中を蹴飛ばした。ドン・ディエゴは体を二つに折り、口を開けたまま息もつけない状態になった。エル・モノは両腕を広げて風に向かい叫んだ、俺の人生はクソだ。

第三十一章

イソルダは赤いミニスカートで庭に出る。臍《へそ》の上で裾を結んだ白いブラウスを着て、母親のハイヒールを履いている。歩き始めた子馬のように石畳の上を歩く。両腕を広げてバランスを取っている。古くさい人形のようなドレスから解放されて、幸せそうににこにこしている。

家庭教師が家の中からドイツ語で彼女を呼んでいるが、イソルダは聞く耳をもたない。笑い転げながら、壁を支えにしてもっと早く歩こうとしている。

僕らはアブラヤシの実を落とそうと思って城へ行った。ご主人たちが留守のときは、庭師は僕らに敷地の中のヤシの実を取らせてくれる。もしいたなら、別の場所から棒で突ついて落とす。おまけに走るのは今でも僕らが大好きなことだ。何の脅威もなくて誰も追いかけても来ないのに、危険を感じたように逃げ、助かったと勝手に想像する場所に着くまでただひた走る。ぐったりして息も絶え絶えに笑い、バンバンと互いの手と手を打ち合わせ、分捕った成果を祝う。

「イゾルデ、コム・ヴォーフォルト・ヘライン！（さっさと中に入りなさい）」ヘッダがポーチの手すりに身を寄せて叫んでいる。くしゃくしゃの髪をしているから、今起きたばかりみたいに見える。もうしばらく前から城の外へ出ておらず、前よりもさらに年を取ってやつれて見える。以前のように、日差しを避けるための重ね着をしていない。ボタンを掛け違えたブラウスに、流行遅れの踝《くるぶし》より短い丈のズボンをはいている。

「グスマン！」とヘッダが呼ぶ。蘭が生えている城の別の場所で僕らは彼を見かけていた。

イソルダはもう角まで行き着いており、ヘッダに見えないように壁にへばりついている。芝生を横切ると、ハイヒールの踵《かかと》が草の中に埋まってしまう。僕らにはすぐ転ぶのではないかと思えるのに、人形の家に無事に着いていつものように中に閉じこもっている。

ヘッダは階段の中ほどまで降りてきて、太陽を避けて片方の手で顔を覆う。その場に留まり何かドイツ語で言っているが、その後ポーチに戻っていく。城に入り、出入り口の扉を力いっぱい閉める。

僕らは竹の長い棒を使って、アブラヤシの実の枝を落とそうとしつづけている。もう充分手に入れたのだが、もっと欲しい。仲間の肩に乗ると高いところまで届くようになるが、平衡を失ってしまう。ハラハラすれば、その分、僕らはもっと笑う。突然、すごい音量で響き渡る音楽に驚かされる。いつも城から流れてくるような音楽ではない。これはトロピカル調のパランダで、どちらかというとグスマンが庭仕事をしながらラジオの音をちいさくして聞く音楽に似ている。歌は途中で止まった。イソルダが人形の家から同じ服装で出てくるが、顔に厚化粧を施している。僕らが隠れている茂みのほうに数歩進む。彼女は両腕を開いて大きな声で言う。

「紳士淑女の皆さま方、この大陸でもっとも独創的なショーにようこそ。カラカラ浴場からパリのリド劇場をへて、今こそ、とうとうメデジンにやって参りました。イソルダのビッグショーでございます」

前置きが終わると、彼女は人形の家の中にもう一度入っていく。僕らは困惑しながら、互いに顔を見合わせる。僕らに話しかけていたのかな？　走って逃げようぜ、と誰かが言うが、誰も、それを口にした本人さえも、その場を動こうとしない。

イソルダはもう一度出てくるが、裸足で手には流行のポータブルプレイヤーを持っている。そしてまた、僕らのほうへ歩いてくる。僕らは顔を見合わせて、今度こそ走って逃げるべきだと判断する。

「どうぞご注目ください」と彼女は言う。「ユア・アテンション・プリーズ。ダルフ・イヒ・ウム・イーレ・アウフメルクザームカイト・ビッテン。ヴォトル・アタンシオン・シル・ヴ・プレ」

彼女が地面にプレイヤーを置くと、先ほどと同じ音量で聞いたばかりの歌が響く。庭は激しい音楽に満たされていき、イソルダは目を閉じて動き出す。両手を振りまわし、膝を曲げて頭を揺すっている。おずおずゆっくりと腰を動かしているが、トランペットが鳴り響き出すと、足をあちこちに動かしながら、目をぱっちり開いて両腕を高く上げ、髪を振り乱して激しく腰を振り始める。

仲間の誰かが笑い出すが、彼女には聞こえない、もしかしたら聞こえないふりをしているのかもしれない。僕らはぽかんとしたまま、彼女が体を上下に動かしながら、身をよじったり肩を揺すったりするのを眺めている。彼女は自分の世界に入り込んでしまい、その髪は螺旋《らせん》を描きながら彼女について回っている。軽快な動きを吹く風に助けられているかのように、くるくると自然に回り、二ステップ横に踏み出し、続く二ステップを反対側に、それから前に後ろに、踊りにすっかり夢中になって、赤いミニスカートを絶え間なく動かしている。

気がつかないうちに僕らは茂みの外に出てきている。イソルダは回り続けている。くるくると回る、回る、両肩と両腕を揺すっている、歌が終わるまで。急いでしゃがみ込んで、プレイヤーから針を上げる。まっすぐに立って、少しずり落ちてきたミニスカートを直している。拍手を待っているように見えるが、僕らの誰も拍手をしようとしない。僕らはどうしていいかわからなくて顔を見合わせる。誰かが思わずまた笑ってしまうと、彼女はびっくりして頭を下げる。髪の毛が彼女の顔の一部を覆っている。

「走れ!」仲間の一人が言う。何人かは競い合うように走り去ってしまうが、残った僕らは、どうして彼らが行ってしまったのかよくわからない。イソルダは視線を上げたが、まだ疲れで息切れしている。髪の毛を分けて後ろにたらしている。僕らのうち三人が残っていたが、彼女は僕だけを見ている。僕の目を。その視線で彼女が何を言おうとしているのか、僕が理解できる前に、彼女の背後に山刀を掲げたグスマンが現れて叫ぶ。出ていけ、ここから出ていけ! 僕らのことを知っているのに盾のようにイソルダの前に立ちはだかって、山刀を振り回しながら、また叫んでいる。ここから出ていけ、糞ったれのガキども! イソルダの腕を取って城までつき添っていく。連れていかれるあいだ、イソルダはずっと僕を見続けている。

第三十二章

「ロバイナ地区の幼い売春婦みたいだったね。そんなふうに俺を見ないでくれよ、もしあんたが娘を見たとしたら、俺の言うことは当たっていると思うだろう。俺が思うに、悪いのはあの娘を世話していたあの気狂い女のせいだ、いや違うな、ほったらかしにしてたっていうべきだろう。あの女はいつも娘を部屋に閉じこめたままで、別のことをして暮らしていたんだからよ、まあ、それについては後で話すが。それよりも覗き見していた少年たちを前に、そのミニスカートをはいてこれ見よがしにそんな動作をしている娘を見たとき、俺がどんなふうに感じたか想像してみてくれよ。俺はすごくちっちゃいときからあの娘を知っているけども、いつもおとぎ話に出てくる王女さまみたいに眺めていたんだ。ひどい雨や寒さに耐えながら、ただ眺めるだけにあんなに犠牲を払ってきたのに、俺じゃなくて奴らに見せるなんて、あまりにもひどい、ドン・ディエゴ、あまりにもひどいぜ」

ドン・ディエゴはベッドで震えていた。部屋は暗く、エル・モノがあらゆる方向に向けて動かしている懐中電灯があるだけだった。ときおりドン・ディエゴの顔に光が当てられると、彼は目をつぶった。

「奴らはもっと近くから娘を見ることができたんだ。俺は枝を伝って先のほうまでいったが、枝がたわみ始めたから、そこまでしか行けなかった。とにかく両腕を高く上げたからブラウスがずり上がっているのは見た。娘の腰と臍が見えた。なんて白い肌をしてるんだろうね、ドクトール」

エル・モノは懐中電灯の光を自分の顎の下に持っていって、まっすぐ前を見ながらしばらくじっとしていた。それから声の調子を変えて詩を暗唱した。

――果実から、真っ白なオコジョから芽ばえた、彼女の胸の丸い繭が、ギリシア彫刻のような輪郭にぴったりの胴衣のサテンを傷めている。

ドン・ディエゴの表情を見ようともう一度懐中電灯を当てると、彼はふたたび目を閉じている。

エル・モノは笑う。

「あんたには少し黒人の血が流れているに違いないね、ドクトール、イソルダはドイツ系の白人なのに、その動きは……」エル・モノは迷った。「また気分を悪くさせないようにするには、どう言ったらいいのかな？」

「首が痛む」ドン・ディエゴは言ったので、エル・モノはもう一度彼の顔に電灯の光を当てた。

「それを当てるのはもうやめてくれないか」

「誰のせいだ？　あんたがひどく暴れたせいじゃないか、ドクトール」

「アルティセル〔阿片のような鎮痛剤。入手するには医師の処方箋が必要〕がないからだ」とドン・ディエゴは言った。「かなり前から飲んでいない」

「でもどうすればいいんだ、ドン・ディエゴ？　どの薬局にも一人ずつ警察がいて、そういったものを買いにくる人間を調べてるんだ。メホラール錠なら喜んで提供できるよ」

「一発撃ち込んでくれるほうがいい」

「それもくれてやるけどな、だがちょっと待ってくれないか」

エル・モノは懐中電灯で部屋のあちこちを照らして遊んでいた。壊れた電球の周りに円を描いたり、天井に8の字を書いたりしていた。

「俺はあの娘があんなふうにしているのを見てびっくりしたね」とエル・モノは続けた。「けれど、あの日の午後から、俺の人生が変わったことを認めなければならない」

「そのことについてはもう話したくない」

「だがな、話しているのは俺だよ」

「じゃあもうやめてくれ。なにが起きたか、わかっているから繰り返してもらう必要はない」

「違うな、ドン・ディエゴ。あんたはあそこにいなかっただろ。あんな醜悪な恰好をした娘なんか見ていない。あんたが城に着いたときには、もうお姫さまの服装に着替えさせられていたからな。ああそうだ、それがまさにあんたに話したいことなんだ」エル・モノは懐中電灯を消して話を続けた。「あの午後、イソルダは俺にとってすっかり変わってしまった。女になってしまったんだ、どこにでもいる普通の女だ。赤いミニスカートをはいて腿をむき出しにして、尻を振りながらくるくる回っている、彼女のことを考えない夜はなかった。俺のような者にとってそれがなにを意味するか、あんたにわかるか？　イソルダはあんたより俺に近い人間になった、ということだろ？」

「もういい！」ドン・ディエゴが話を遮った。

エル・モノが懐中電灯の明かりをつけると、老人は汗をかいて歯をがちがちさせていた。近づいていって額に手を当てた。机の上にある水の入ったコップをつかんで手渡した。

「飲んでくれ、ドン・ディエゴ。外に出したのが悪かったみたいだな」

手を貸して上体を起こさせて、コップを口に近づけた。ドン・ディエゴはほとんど水を口にしなかった。

「何時だ？」ドン・ディエゴは、毛布にくるまって訊いた。

「六時半になるところだ」

「午前のか？」

「午後だ」

エル・モノは椅子に戻った。壁を照らすと、懐中電灯の明かりが明滅しはじめ、それからさらに弱くなった。


日曜日で召使いのウーゴは休みだったから、ディータが明かりを点けに階下に降りた。メインホールと裏庭の電灯のスイッチを入れた。コロニアル様式のサロンにはすでに明かりが灯されていたが、そこには国家公安局の諜報員が、電話の傍で常に待機していたからだった。音楽会用のサロンに行き、天井からぶら下がっているシャンデリアを灯した。マルセル・ヴァンデルノートが安楽椅子に座っているのを見て彼女はびっくりしたが、急に明かりが点いたので彼も同様に驚いていた。

「こちらでなにをなさっているの？」とディータが訊いた。

「なにも」と彼は言って座りなおした。

「外出なさったと思っていました。見物にいらしてはいかがですか。一日たりともこの家から出たことがないではありませんか」

「観光に来たわけではありません」とマルセルが言った。立ち上がり、両手を腰に置いて体を反らせた。「少しは庭に出ております」

ディータは窓に近づきながら言った。あの人たちがいなければ、もっと楽しくお過ごしになれますのに。以前わたしは庭に出て歩くのが好きでした。すぐにでもそうできるようになりますよ、とマルセルは言った。予言ですか、と彼女が訊いた。マルセルはふたたび安楽椅子に座ると言った。時間の問題です。ディータが別の窓まで歩いていくと、外で二人の警官が、木に寄り掛かって雑談しているのが見えた。時間というものには本当にうんざりしています、もたらしたものを情け容赦なく運び去ってしまいますから、とディータは言った。愛を運んできても消耗させ、愛を運び去ってしまう。記憶を、思い出を連れ去り、生きる力も奪われてしまう。また苦しみをもたらして、たとえ耐え忍んでも、呪わしい時間が運び去るとの決断を下すまで、その傷は残り続けるのです。理由がないわけではありませんが、わたしたちが一生を終える前に、永遠を知ろうとするある種の病をわたしたちに残していくのです。ディータは黙ったまま、マルセルと向かい合わせのもう一つの安楽椅子に座った。彼は彼女をまじまじと見つめた。時間とは地獄です、と彼女が言った。マルセルは頭を振って否定して言った。あなたは時間について、まるで自分は直接関係がないかのように、自分の一部分でないもののようにおっしゃっています。時間は我々自身なんですよ、奥さま。我々は時間でできているのです。ディータはため息をついて、不安そうに両腕を撫でまわした。人生とはなんであるか、わたしにはよくわからないのです、マルセル。今、起きていることのすべてやイソルダについての出来事は、わたしたちが幸せだった年月が、最終的にはうまくいかなかったことの、せいぜい一つのリハーサルに過ぎなかったのだ、とわたしに思わせるのです。彼女は、考えを注意深く聞いてくれているマルセルを見た。よくわからないのですが、と彼女が言った。わたしはおそらく人生にもっと多くのものを望んでいたのでしょう。それはわたしたちすべてが望んでいるものでしょう、と彼は言った。彼女は頭を後ろに倒して椅子にもたれかかり、力いっぱい息を吸った。

「ディエゴは殺されるでしょう」と彼女は言った。

「そう言わねばならないのは私です」とマルセルが言った。「私の仕事は予知することでもありますから」

「それでは無駄にあなたをお連れしたようですね。わたしからあの人たちに、どういうことが起きるか話すこともできるでしょう」

「私の仕事は、彼を見つける手助けをすることです」

「死んでいても」

「まだ生きています」

ディータは尋ねた。見つけるためにはどうしたらいいのでしょうか？　彼の所有物と対話することは容易ではありませんでした、とマルセルが答えた。彼について私に語るのを拒否しているようです。この家全体が他のエネルギーによって支配されています。彼女の持ち物にはもっと力がありますか。イソルダのことですか？　とディータが遮って訊いた。マルセルは疲れたように片手を顔に当てた。この家にあるもののどれ一つとして、彼女のことを語っていないものはありません。ディータは目に涙を浮かべて訊いた。ではなんと言っているのですか？　話はしません、とマルセルがはっきりと言った。ただ非常に純粋で、輝きを放つエネルギーを伝えてくれているのです。ちょうどあなたが部屋の窓を開けて、新鮮な空気を取り込むときのような。

「あの娘を感じますか？」ディータはうわずった声で聞いた。

「あなたには感じられませんか？」マルセルが訊くと、彼女は頭《こうべ》を垂れた。

庭では、夜の始まりに鳴く蟬の中で、警官の一人の無線電話が鳴っていた。ディータはマイセンの時計の前に立って、箱の中からちいさな鍵を取り出した。赤、黄、青の陶器のバラで縁取りされた金色の丸い扉を注意深く開き、螺子《ねじ》を巻くための鍵を穴に差し込んだ。もうすぐ七時を指そうとしている時計のきらきら輝く針を見ながら、何度かていねいに鍵を回した。

第三十三章

店員がバンドの太さを少年に合わせると、少年は腕を上げて時計を詳細に観察し、その後でエル・モノを見てどう思う？　と尋ねた。エル・モノは少年の手首を取って、自分のほうに引き寄せた。いいじゃないか、クラシックだな、と言った。少年は腕を離して頭を左右に傾けた。どうかな、と言った。店員は黙って二人の様子を見ていた。なにがどうかなんだよ？　とエル・モノが訊いた。上品だし、カッコいいし、高級だし、これ以上なにを望むんだ？　どうかな、と少年はもう一度言った。なんだかぴったりしないところがあるんだ。もっと他にもお見せできますよ、と店員は言った。エル・モノは頭を掻いた。突然、もっと新しいタイプのを、と少年は希望を言った。店員はしゃがんで、腕時計がたくさん並んでいる別のトレイを取り出した。少年はにっこりした。

「忘れるなよ、俺は急いでるんだからな」とエル・モノが少年に言った。

「わかったよ、モノ、そんなに急かすなよ」

店員は少年を見て、その後でまじまじとエル・モノに目をやった。エル・モノは作り笑いを浮かべて、今の若者は叔父にさえ敬意を表さないんだからな、と言った。ごめんよ、叔父さん、とトレイの上の時計を触り続けながら少年は言った。それから感想を述べた。

「どれもこれも大人向けだ」

「だけどおまえも立派な大人じゃないか」とエル・モノは言って、「ひょっとして卒業できないんじゃないか？」

「大丈夫だよ、叔父さん」少年はそう言うと、自分の腕に別の時計をつけた。「どうかな、どうかな」と言い加えた。

「ああ、まったく」とエル・モノは言ってショウケースから離れた。

少年は頭を上げて、ショウケースの奥に並べてある時計にもう一度視線を戻した。じっと目をこらすと、ビロードの台座に飾られ、照明が当てられてひときわ目立っている時計を指した。

「あそこにあるのはどこのブランド？」

「セイコーです」と店員は言った。「セイコー・アストロン」

「見てもいい？」

「クオーツ時計です」

「ワーオ！」少年は言って両目を輝かせた。エル・モノがまたショウケースに近づいてきた。

店員はポケットからキーホルダーを取り出し、ショーウインドーの錠を開けた。言ったことを覚えているな、とエル・モノは少年に小声でささやいた。少年は不愉快そうに舌打ちした。店員がセイコーの時計を黒い色の布の上に置くと、少年は指で時計を撫でた。

「いくらするんだ？」とエル・モノが質問した。

「千ペソです」と店員が言った。

「無理だ」

「つけてみてもいいかな?」すでに腕を伸ばしている少年が店員に尋ねた。

「これは一番高価な商品です。なんといっても動くメカニズムが水晶発振式なのですから」店員は少年に説明しながら、腕にバンドをはめてやった。

「どういうこと?」

「エレクトロニクス製品なのです。時間を計るためのインパルスを送るクオーツが部品に入っています。螺子を巻く必要がありません」

「忘れろよ」とエル・モノが言った。「螺子を巻くだけなら毎日俺がやってやるよ」

「だけどこれはクオーツだってさ、モノ」

「叔父さん」

「クオーツだよ、叔父さん」少年は繰り返し、両手を合わせて懇願した。

エル・モノは頭を揺すり、また髪の毛を掻いた。だめだ、だめだ、今は無理だ。さあ、外せよ。けど、叔父さん。もうよせ! とエル・モノが視線でとどめを刺したので、少年はしぶしぶ時計を外して店員に返した。しまわないでくれる、と彼に言った。ちょっと待ってて。彼はエル・モノの肩をつかみ、時計店から連れ出した。

店員は二人が話し合っている様子を、ショーウインドー越しに見ていた。二人は互いに接近したまま、身振り手振りで話したりしばらく中断したりしていた。二人から目を離さずに、店員はトレイをショウケースに収めた。それから少年がエル・モノの耳元にくっついて、片手を彼の肩にあてた。エル・モノは黙って聞いていたが、少年が話し終わると二人はしばらく互いを見つめあっていた。少年がにこにこしながら、時計店にふたたび入ってきた。

「包んでくれ」と店員に言った。

二人は中心街から狭い通りをゆっくり走る車を縫って、猛スピードで通り抜けた。通りの車はブルタコのエンジン音を聞くだけで、彼らに道を譲った。少年は時計をひけらかそうとシャツの袖を折ってまくり上げており、拳を握って腕を高く掲げながら叫んだ。

「ありがとう、叔父さん！」

後ろの席で、さほど楽しそうでない表情のエル・モノが言った。

「高いものを買わせやがって」

ボストン公園まで上っていって、少年は煙草を買うために角でオートバイを停めた。もう一方の角を、ブエノス・アイレス街で一軒の家を空にしてきたカレバーカとラ・オンブリゴーナ、ツイッギーが通りかかった。ツイッギーがドル紙幣を数えていると、ラ・オンブリゴーナが肘《ひじ》で突ついた。

「なによ？」ツイッギーが迷惑そうに文句を言った。

「あそこにいるのはエル・モノじゃない？」ラ・オンブリゴーナが訊いた。

「どれ？　どこよ？」

「あそこ」

少年が煙草に火をつけているその傍で、オートバイにまたがったままのエル・モノを指した。

「あれは誰よ？」ツイッギーは訊いた。

「エル・モノじゃない」

「違うよ、バカ、もう一人のほうよ」

「ここで止めようか、それとも倉庫まで行くか？」とカレバーカが尋ねた。

「彼のところにちょっと行ってみようよ」とツイッギーが言った。

「すげえバイク」とラ・オンブリゴーナが言った。

カレバーカはもう一方の角に向かって方向を変えたが、エル・モノと少年はすでにオートバイを発進させていた。

「クラクションを鳴らして、鳴らして」とツイッギーはカレバーカに言った。

クラクションの音はオートバイがまき散らす騒音に吸い込まれてしまい、エル・モノと少年は車列の中に消えていった。

「あれって誰？」ツイッギーがまたも尋ねた。

「カッコよかったね」とラ・オンブリゴーナが感想を述べた。

「あんたが男のなにを知っているというのさ」とツイッギーが悔しそうに反論した。

ラ・オンブリゴーナはもう一度ツイッギーを肘で突つき、カレバーカはこのまま倉庫に行くのかどうか訊いた。

「倉庫へ行こう」とオートバイが消えていった通りを見つめたまま、ツイッギーは言った。

エル・モノと少年がラ・プラヤ通りを下って、工事中のコルテヘール・ビルを通り過ぎたとき、ちょうど曲がり角のところで騒いでいる人々とパトロール車の光が見えた。気をつけろよ、とエル・モノが言い、少年は他の道を行こうか、と尋ねた。止まれ、とエル・モノが命じた。事件のあった場所から一ブロックほど離れた場所にいたが、そちらのほうからやってきた男をエル・モノは引き留めた。

「あそこでなにがあったんだ？」と質問した。

「強盗だ」と男は言った。

「どこで？」

「あの写真の現像所だ」男は二人にそう教えると立ち去った。

「死人が出たのか？」

「そうらしい」もう遠ざかっていた男は答えた。

エル・モノはしばらくのあいだそちらのほうを見ていたが、その後で、カランガ、とつぶやいた。

なに？　と少年は訊いた。ゆっくりやってくれ、とエル・モノは頼んだ。店の中をのぞき込もうとしている人々の傍を通るとき、エル・モノは、もっとゆっくりオートバイを進めるようにと言った。

パトカーの光と胸騒ぎが、エル・モノの血を凍りつかせた。

「スピードを上げろ」と少年に言った。「サンタ・エレーナに連れていってくれ。確かめなければならないことがある」

第三十四章

会議用テーブルは、コロンビアで一番重要な繊維会社のために注文され製造されたもので、メデジンで製造されたうちでは、もっとも大きなテーブルの一つとされるものだった。片側に九人ずつ、両端に二人、計二十人がゆったりと、そこで仕事をすることができた。頑丈なオーク材製でエナメルのように光っており、幅の広い革製の椅子がついていた。いつものお決まりの質問は、どうやって会議室までその机を運び込んだかとか、何人の人間が必要だったか、というものだった。答えの一部には、大工たちが室内でこれを仕上げたというものもあった。

その日の朝、ゆったりと椅子に腰をかけて淹れ立てのコーヒーを飲みながら、ドン・ディエゴの兄弟といとこたちは、メデジンの郊外にあるラ・カローラ農園に落ち着いてもう四カ月も経つのに、まだ会ったことのないドイツ人の夫人について話していた。ドン・ディエゴは時間には非常に正確なのだが、会合に行く前に城の建築工事を点検しておきたかったので、到着が遅れていた。遅れているのをいいことに親戚の者たちは、未知の外国人女性についてあれこれ取りざたしていた。その中にルデシンドがいて、ディータについての謎の部分を弁明しようとしていた。

「気候に慣れようとしているんじゃないか。ドイツから熱帯地域に来るのはたやすいことではない」

「だがあの国の夏はここの気候より厳しいぞ」と一人のいとこが言った。

「高度の問題かな？」

「ふん、ここはそれほど高度が高くないぞ」

「僕は二度ほど訪ねたけど、具合が悪いとか言って彼女は出てこないんだ」

「けど、彼女について君が訊いたら、元気にしていると言っていたんだろう」

「たぶん僕たちのこと、原住民みたいに思ってるんだろう」

「おいおい、ディエゴと結婚したんだから、その家族は彼と同じようだと考えるだろう、違うか？」

「もしかすると、言われているほど彼女は貴族的ではないのかも知れない」

「どうしてだ？」

発言した者は、その疑念を皆にも抱かせようと口元をゆがめた。それから言った。皆さん、ディエゴは偉大な人物ですよね、しかしながら、酒と女に目がないことは公然たる事実でしょう。つまり、あのドイツ女性はもしかして……と言いたいのか。先に言った男は卑猥そうな表情のまま頷いた。なんてことを言うんだ、とルデシンドは言った。ディエゴがそんな女を結婚相手に選ぶはずがない。しかも自分の子供の母親になるわけだからあり得ない、といとこが弁明した。どうしてわかる？　と別の男が訊いた。そのドイツ女性は妊娠しているのか？　いや違う、けどいつかはそうなるだろう。僕には奥さんのことより、今建設を進めている城のほうが気になる、と兄弟の一人が言った。そうそう、それはまたもう一つの重要な話題だ。

「おはようございます、皆さん」ドン・ディエゴが挨拶した。コーヒーにむせてしまった者もいた。

親戚の者たちは感電したかのように姿勢を正した。

「遅くなって申し訳ない。工事のことで支障が生じたものだから」

「座れよ、まあ。なにか飲み物を飲まないのか？」

「大丈夫、ありがとう」ドン・ディエゴはそう言って、自分の席にゆったりと座り、質問をした。

「ところで、なにについて話していたんだ？」

「世間話だ」とルデシンドが言った。「ロッハス・ピニージャの出馬についてね」

「なにが出馬だ？　それは茶番だよ」と一人が言った。「信頼を置く取り巻きの軍人たちにかつぎ出させたんだ」

「だが一時的なものだろう」別の一人がはっきり言った。

「ふん、そこから弾丸を使って奴らを追い出さなければならなくなるだろうよ」

「そんなことはないだろう。国民戦線についてはもう後戻りができないんだから」

従業員がドン・ディエゴにコーヒーを運んできて、他の人たちのカップにも注いで回った。

「それでは」とルデシンドが言ってファイルを開けた。「始めましょうか？」


ドン・ディエゴはイタグイ市にあるラ・カローラ農園の名を、ディータに敬意を表してディータイレスと名づけた。古い屋敷だったが広々とした部屋があり、庭や果樹園、牧場に囲まれていて、屋敷の裏手には梨の森があり、野菜やトウモロコシ、ユカ芋、バナナの栽培もしていた。少し手を入れて改修する必要があったが、ディータはその仕事にはりきって取り組んだ。ふたたび田園生活ができることを喜んでいた。これ以外のことでメデジンが、君に多くの喜びを与えてくれると期待しないでくれ、とドン・ディエゴは言った。ここでは新たなことはなにも起こらない、と彼ははっきり言い、あまり外出もしなかった。そこで彼女は、囲い場に行って牛の一頭一頭に名前をつけたり、自分で摘み取ってきた果物をジュースにし、卵を朝食に出したりしていた。そして家政婦や屋敷を改装に来た労働者からスペイン語を習ったりしていた。また糞を植木の肥料にしたり、アレーパ用にトウモロコシを挽《ひ》いたり、牛乳を大きなスプーンで疲れるくらい攪拌して、ミルクジャム（ドゥルセ・デ・レチェ）を作る方法を学んだ。

城で過ごす新生活の家財としてヨーロッパから届いた収納箱の半分は、開梱されないまま置いてあった。メデジンでは手に入らない家財道具だけ取り出して使っていたが、それも少なくはなかった。いずれにしてもドン・ディエゴは独身時代から、高級な家具も装飾品も美術品もすでに所有していた。光栄にも訪れる機会を得た人は少なかったが、ディータイレスはすぐに優雅な家となった。「この家には女性の心遣いがきわだって感じられる」と、家族の一人がドン・ディエゴに言ったことがある。けれども体調が思わしくないとか、遠くにいるとか、子牛の出産を手伝うために農園の牧場にいるとか言って、当の女性はいっこうに姿を現さなかった。

二人は午後には本を読んだり、音楽を聴いたり、ラジオでヨーロッパのニュースを聞いたりしていた。ときどきは車で出かけた。一回りしてこないか、とドン・ディエゴはディータに言ったが、出かけたいというよりも罪の意識からだった。車の窓越しに町を案内した。あれが県庁、それが大司教座聖堂、これがフニン劇場、あそこがラシャ専用問屋のフアン・B・レストレーポ、そこに見えるのが父親の創設したサン・ビセンテ・デ・パウル病院、あの山の上に見えている看板には「コルテヘール」と書かれているけど、会社の存在感を示すためとかで僕の兄弟たちが設置させたものだ。僕には山を台なしにしているとしか思えないね、と言った。

ディータがヘラルドを伴って一人で出かける午後もあって、一人で車を降りてアーケード街の商店を見たりした。市場でかごを買い、フニン地区を散歩し、アストルに入ってマンダリンジュースを飲んだりもしていた。ドン・ディエゴは彼女が一人で外出するのを嫌がり、中心街にはスリがいると警告していた。

「スリなんて見かけなかったわよ」とディータが言った。

「そうだよ、だからこそ危険なんだ。目には見えないけども、まるで下水道から出てくるみたいに湧いてくる」

ドン・ディエゴは天井を見ながら何かを呟《つぶや》いた。彼女は夫が機嫌を損ねているのがわかった。

「どうしたの？」と彼女は訊いた。

ドン・ディエゴは少し考えてから言った。

「城のことだ」

「そう」

「本当のところは城についてではない。アルクーリのことだ、どこにいるのかわからない。電話にも出ないし、電報を送っても返事がない。もう三週間前から彼の消息がわからないんだ」とドン・ディエゴは言った。「ロドリーゲス事務所の子息たちには質問したいことがあるのに、彼がいなければ困る」

「なるほどね」とディータは言った。「でもいずれ現れるんじゃない」

「そのあいだはどうする？」

「他にいろいろすることがあるでしょう」

ドン・ディエゴは口をへの字にしながら立ち上がると、レコードを探しにいった。ディータは、お医者さんが必要になりそうよ、と彼に言った。彼はくるりと向きを変えると、心配そうに彼女に訊いた。具合が悪いのか？　まだ大丈夫よ、と彼女は言った。彼は困惑した表情で彼女を見た。彼女が両手を腹部に置くと、ドン・ディエゴの手にしていたレコードがジャケットから飛び出した。彼確かなのか？　と彼が訊いたので、彼女は微笑《ほほえ》みながら頷いた。レコードは床を転がってくるくる回り、ディータの足元で止まった。丸いレーベルにはドイチェ・グラモフォーンの商標があり、ディータには「トリスタンとイソルダ第一幕」と書いてあるのが読み取れた。

第三十五章

「なにがあったんだ、トンボ？　全部話してくれ」

エル・モノはもう何日も顎鬚《あごひげ》を伸ばしっ放しで、不眠のせいで目は赤く、掻きむしってばかりいたせいで髪は乱れており、マリファナと焼酎のせいで話しぶりが鈍重だった。初めて小屋にまで酒を持ってきて仲間と飲み交わしていた。

「まず、話してくれよ」とエル・モノがずばり言った。「なぜカランガは計画を変えたんだ？」

「ドジだからだよ」とエル・ペリロッホが言ったので、エル・モノは手を上げて黙らせた。

「なんでだ？」とエル・モノはエル・トンボに訊いた。「こうやろうと決めてあったのに、違うやり方をしたんだな」

エル・トンボは警官のユニフォームのズボンをはき、汗をかいて汚れた明るい色のTシャツを着ていた。頭を振りながら言った、知らないよ、モノ、さっぱりわからない。エル・モノは壊れた肘掛け椅子に座ってポンチョの下に両手を入れた。じゃあ、話してくれないか、と言った。いいかな？　エル・トンボは訊きながら焼酎の入ったグラスを指さした。エル・モノは頷いた。

「おまえたちもいいぞ」と他の仲間たちにも言った。

エル・トンボは空になったグラスをテーブルに戻して、エル・モノに話した。カランガは計画通りに、フィルムの現像をしてもらう街頭カメラマンを探していなかった。もう午後も遅かったので、おそらく通りには誰も見つけられなくて、そこであの現像所に入りこんだんだろう。現像所の経営者の証言によると、カランガが店に入ったとき、客は一人だけで、もう五時に近かったので閉店間際だった。それでカランガは客が帰るのを待って、経営者にピストルを突きつけ、店舗の鉄柵を下ろすように命令し、現像部屋に入らせたが、そこには二人の女の従業員がいて、入ってきた彼らを見ると叫び声を上げた。経営者は両腕を高く上げて震えており、自分には妻と四人のちいさな子供がいて、一番ちいさいのは三歳で他の三人は学校に行っている。住んでいるのは貸家で、自分に何かあったらみんなが路頭に迷うだろうと懇願した。カランガは彼を平手打ちして黙らせると、二人の女はまた叫び声を上げた。エル・モノはポンチョから片手を出して、顔をごしごしこすった。エル・トンボは話すのを中断した。

「さあ話せよ、続けてくれ」とエル・モノが言った。

するとカランガは興奮して全員を隅に押しやり、持っているフィルムを現像してもらわなければならない、と言って皆に見えるようにフィルムを高く示した。経営者も従業員たちも、動揺して互いに顔を見合わせた。カランガは言った、急いでるんだ、さあ、さっさとやれ、俺は気が短いんだ、と怒鳴った。そのとき部屋に閉じ込められていたエル・セホンも怒鳴ったので、エル・モノはマレッサに行って黙らせるように命じた。エル・トンボにサインを送って、話を続けるのを待つようにさせた。その瞬間、殴打する渇いた音と苦しそうなうめき声が聞こえ、その後静かになった。エル・モノはエル・トンボに、話を続けるように指示した。

「経営者はカランガにこう言ったらしい、現像する機械の中にネガがたくさん入っているので、現像には時間がかかる。しかもオートマチックなので終わるまで待たなければならない。それを聞いたカランガはすっかり怒り狂って、どの機械だ、その機械はどこにある、と尋ね、機械なんぞクソくらえだ、と怒鳴ったそうだ」

「カランガがなにか飲んでいたのかどうか、おまえは知っているか？」エル・モノはエル・トンボに聞いた。

エル・トンボは、飲んでいなかったと言い、他の仲間も頭を振って否定した。

「あるいは、もしかして景気づけのためになにか飲んでいたのかもしれないけど」とエル・トンボは言い足した。

「続けてくれ」

カランガは機械の話を聞いて逆上し、どれが機械だ？　とか、その機械はどこにある……とか尋ねた、とエル・トンボは話した、そこはもう話してくれたぞ、とエル・モノはふたたび遮った。ああそうか、とエル・トンボは言って天井を見上げ、話の続きをたどった。ああ、そうだった、と言って話し出した。経営者がカランガに、光がピカピカついてボタンがたくさんある巨大な機械を指すと、カランガは機械の前に立ってしばらく見ていた。それから質問した。こんなに大きな機械全体で、ちっちゃな写真を現像するのか？　少し落ち着きを取り戻していた経営者は、同時に何本ものフィルムを現像するのだ、と説明した。俺は手で現像するんだと思っていた、とカランガが言うと、経営者は、まさか、私たちは一九七一年に生きているんですよ、と答えた。それでカランガは後ろを振り返ると、また悪人面に戻って、それなら中に入っているフィルムを全部取り出して、ここにあるフィルムをすぐに現像するように、と言った。カランガはカッとなっていたので気づかなかったが、彼の背後に別の女性従業員が現れていて、外へ出て助けを呼んでくるように合図した二人の従業員の目くばせを理解し、カランガに気づかれることなくその場を去った。その場を離れるや否や、従業員は警察に通報した。経営者は、どんなに急いでやっても機械は現像し終えるのに二時間以上要する、とカランガに説明しようとしていた。確実にうまくいくというよりも、ともかく経営者は何かが起こってくれる可能性にかけて、従業員が警察に知らせるまで神を信じて時間を稼いでいた。

「それで警察を呼んだのか」エル・モノが、鼻から強く息を吸い込みながら言った。

「警察がすぐ近くにいたんだよ、モノ。五分とかからなかった。着くとすぐ、鉄格子を上げてカランガと撃ち合いになった」

「かわしたのか？」

「警官たちに反撃した。経営者の話だと、鉄格子が上がる音を聞くとカランガは真っ青になったらしい。誰が来たのか、と質問した。従業員たちは泣き出し、経営者は客ではないかと言った」

エル・モノは腕を上げて静かにさせた。どうした？　とエル・トンボが訊いた。オートバイが来ているぞ。全員が音を聞こうと耳をそばだてた。あれはツイッギーのランブレッタだ、とエル・ペリロッホが言った。なにしに来たんだ？　とエル・モノは尋ねた。あんたに会いに来たんだろう、とエル・ペリロッホが言った。カランガのことを聞いたんじゃないか、とカルリートが言った。焼酎を注いでくれ、とエル・モノが言うと、カルリートは彼のグラスを満たした。皆も飲んでくれ、とエル・モノが言った。話を続けるか？　とエル・トンボが訊いた。いや、待ってくれ、彼女が入ってきたらまた俺たちの話を中断することになるから。

　ツイッギーはAラインのひどく短いドレスに、黒革のジャケットを着ていた。膝までのブーツに腿の半分あたりまである毛の靴下をはいていた。コンチワ、と言い、皆が焼酎を飲んでいるのには驚かなかったようだ。エル・モノの前に立ち、真面目な顔をして言った。

「あんたに話がある」

「もう知ってるのか？」と彼女が尋ねた。

「あんたの口から直接話してもらいたい」と彼女が言った。

「じゃあ座れよ。エル・トンボが俺たちに全部話してくれているところだ」

「話しているって、なにを？」と彼女が訊いた。

「つまりカランガのことだよ」

　ツイッギーは混乱して頭を振った。

「カランガが殺されたんだ」

「なんだって？」

「もう同じ話は繰り返さん」とエル・ペリロッホが言った。

「やれ、トンボ、続けろ」とエル・モノが言った。

　ツイッギーは座って、ハンドバッグを腿の上に置いた。エル・ペリロッホは、彼女の腿に目をやった。もうマレッサも言っていたが、とエル・トンボが続けた。カランガは法律〔俗語で警官を指す〕に立ち向かって殺されたんだ。そんなふうに話すなよ、トンボ、とエル・モノが遮った。そんな口調で法律なんて言うなよ。エル・トンボは咳払いをして続けた。するとカランガは、もしかしたらやってきたのは客かもしれないと思い、覗いてみると警官たちが見えたので、元いた場所に戻り、従業員の一人をつかむと彼女を盾にして銃を撃ちながら出ていった。警官が女の生命を危険にさらすとは思っていなかったのだが、行く手に恐ろしい形相をした一人の警官が現れて、従業員が懇願するのも、カランガが彼女によってガードされているのも構わず、腕を上げて、パンと真正面から一発撃ち込んだ。

皆は互いに視線を交わすことなく黙り込んでしまった。エル・モノはまた顔を手で撫で回し、目をこすった。カルリート、もう一杯くれ、と頼んだ。ぜんぜん理解できないわ、とツイッギーが言った。理解できないって、なにがだ？　カランガが殺されたんだ、とエル・モノが言って、おまえが理解しにくいってのはなにがだ？　うん、もうわかった、けど、やっぱりなにも理解できない、そしてカルリートに言った。あたしにも一杯くれない。

「誰が銃を撃ったか知ってるか？」とエル・モノはエル・トンボに訊いた。

「喧嘩っ早い巡査部長だ」

「名前は……」

エル・モノは返事を待っていた。エル・トンボは彼を見ようとしなかった。

「名前は……」エル・モノは執拗に繰り返した。

「俺の上司のティバキチャ」

エル・モノはエル・トンボから目を離そうとせずに、グラスの載っているテーブルを何度も叩いた。

「アルシデス・ティバキチャ」とエル・トンボは言った。

「ああ」とエル・モノは言って、グラスにわずかに残っていた酒をすすった。「なにもかも片づいたら、トンボよ、アルシデス・ティバキチャ氏の件でやり残していることがあるってことを、俺に思い出させてくれ」

そのとき、廊下の奥のほうでドアを平手で叩く音が聞こえた。今度はなんだ、とマレッサが言った。トイレ！　とドン・ディエゴが部屋から叫んだ。行ってやれ、とエル・モノがマレッサに命じ、忠告した。なにも言うなよ。

皆は呆然として黙り込んだまま、それぞれが思い思いの一点を見つめていた。やがてエル・モノが尋ねた。

「それで、あのやっかいな写真はどうなるんだろう？」

「そうだな、公表されるだろう」とエル・ペリロッホが言った。「そうしたかったんじゃないか？」

カルリートは台所に行って、エル・トンボはエル・モノの許しも得ずにもう一杯注ぎ、エル・ペリロッホが部屋の中を歩き回っていると、奥のほうからは小便をしながらドン・ディエゴが鼻歌を歌っているのだけが聞こえた。**あの青い鳥は僕が君に抱く愛しい思い……**

ツイッギーはエル・モノの傍に座って小声で言った。

「モノ、話したいことがあるんだけど」

「なんのことだ？　どうしたんだ？」といらいらしながら彼女に訊いた。

ツイッギーは彼にさらに身をぴったりと寄せた。

「あの少年は誰なの？」と彼に尋ねた。

「どの少年のことだ？」

「あんたをオートバイに乗せてる少年よ」

「誰だ？　オートバイ？」

「あんたを見かけたわよ、モノ」

彼はポンチョの下に両腕を隠してから言った。ああ、オートバイか、もう忘れてたよ。誰なの、モノ？　同じ地区の近所の奴だ。あの日、俺のドッジがエンコして、奴が俺を家まで送ってくれたんだ。ツイッギーはムッとしながら彼を見て、その後で言った。

「あたしを見なよ、モノ」

「どうした？」

「あんたの住んでいる地区で、誰もあんなオートバイなんか持ってないよ」

ツイッギーは目を細めて、顎を少し突き出した。

「モノ、一度嘘をつくと永久につきとおすことになるのよ、わかってるよね」

「なんのことを言っているんだ？　どんな嘘をついたって？」とエル・モノは彼女に尋ねると、急いで立ち上がった。カルリートとマレッサを呼んで、全員を集めると言った。「これで二人の仲間がいなくなった。これからはさらに仕事に精を出さねばならないし、さらに慎重にやらなければ」

「モノ、俺たちのことを考えてくれよ」とエル・ペリロッホが言った。「この件は時間がかかりすぎだし、ややこしくなりそうじゃないか」

エル・モノは焼酎のせいでふらつきながら、エル・ペリロッホに背を向けてツイッギーの顔をじっと見つめた。

「来いよ、モニータ」と言った。「その瓶を持ちな、あっちに行こう」宰丸を押さえながら、彼女を完全に制した。「せっかくここにいるんだし、来てくれたことを無駄にはさせないぜ」

第三十六章

見たのは僕らだけだったけれど、イソルダが赤いミニスカートで演じたショウは、皆の知るところとなってしまった。誰かが自分の姉妹に話し、姉妹が母親に、母親が近所の人に、そんなふうに僕がひたすら秘密にしておきたかった話が、すっかりあちこちにばら撒かれてしまったんだ。いずれにしても、イソルダが僕を見つめていた永遠の数秒間については、誰も触れなかった。僕自身としては誰かに知ってもらいたいような気もするけれど、そのことについては誰にも言わなかった。僕は気が弱いから、見つめられたことを得意がることができないのだ。

さらに、イソルダは閉じ込められていたため気が狂ってしまったとか、ドイツ人の母親から突飛なことをする遺伝子を受け継いだとか、ヒッピーになってしまったとか、ときどきおかしな髪型をして現れるのが見かけられたので、誰も不思議に思わなかった、などと人々はふたたび憶測を巡らせるようになっていた。あんなふうに見つめられた後、僕の人生が違ったものになっていることを悟られないようにして、僕は可能な限り彼女を弁護した。

また彼女が姿を現さないかと、午後はいつも城の境界のところまで行き、森に登ってくる彼女を六時まで待つ。けれど窓辺にちらっと覗くイソルダさえ、二度と見ることはできないでいた。ときどきどこからか口笛の音が聞こえてくると、彼女がいるしるしかと思い僕の心は躍るが、口笛は木々の間に消えていき、ある場所から別の場所へと移動する。

城の中でもいろいろなことが起きている。ドン・ディエゴはショウのことを知って、それまで誰に対しても見せたことがないほど激怒した。怒りは主として、いつも少女に注意を払わなければならないヘッダに及んだ。家庭教師は、言うことを聞かないイソルダのせいだ、と反撃した。しょっちゅうわたしから逃げ出してしまうのですよ、ドン・ディエゴ、わたしは捜しますが、ご存知のとおりわたしはこの太陽の下では外に出ることができません、とヘッダは涙を流しながら言った。子供というのはそんなものですよ、とディータは娘をかばった。女の子はそんなふうに自分を見世物にしない、とドン・ディエゴは言い張った。彼にとってもっとも不快だったのは、イソルダが知りもしない人たちの前で噂のように踊ったらしい、ということだった。今まで一度も耳にしたことがないほどの大声で皆に言った。改めて指示があるまで、イソルダは城から出てはならない。イソルダは頭を垂れて黙って聞いていた。私がおまえに話しかけているときは私の顔を見なさい、と父親が言ったので、彼の顔を見ていたが、その後また床のほうに顔を向けた、その両目の短い動きで青色をゆらめかせながら。

「私は考えているのだが」とドン・ディエゴはディータに言う。「イソルダを外国に出さなければならないのではないか、と」

「それは行き過ぎじゃない？」

「あんなことをしたからではないよ」彼は説明する。「すべてを考えてのことだ。ここの若者たちはおかしくなっている。私は彼らを理解できない、あの恰好も、あの髪も。ロック音楽のフェスティバルのことを知っているだろう？」と訊いた。

「若者はどこでもそうよ」とディータが考えを述べる。「フランスで起きたことを考えてみて」

「そうだな、だが君の家族と住むために田舎に行ってもいい。あるいは英語をきちんと身に着けるためにアメリカに行ってもいい」

ディータは部屋の中を落ち着きなく歩き回っている。テーブルの上のいくつかのものを動かしているが、場所を変えようとしているというよりも、何かせずにはいられない気持ちからだ。

「わたしたちのたった一人の娘よ」と言う。「あの娘なしでわたしたちがどのように生活できるのか、想像もつかないわ」

「娘を訪ねていくこともできるし」とドン・ディエゴは言う。「長い期間をいっしょに過ごすこともできる」

ディータは写真立てを右のほうに移動させ、それからまた元の場所に戻している。深いため息をつく。ドン・ディエゴを見て言う。

「あなたのお好きなように」

ドン・ディエゴが言及したフェスティバルは、誰もが話題にしているもので、メデジンの南、アンコンという場所で開催されている。新聞には《コロンビアのウッドストック》と掲載され、広告によると、ロス・モンスターズ、ロス・フリッパーズ、ラ・バンダ・デル・マルシアーノ、カルネ・ドゥーラ、さらにそのあたりでは名の知られている三グループのバンドが出演する、愛と平和の三日間、と宣伝されている。

　かなりの数の人々は——その中にはボテロ大司教も含まれるが——アンコン・フェスティバルがメデジンで開催されたフェスティバルの中で、最悪なものだと言っている。別の人々は自分の目で確かめてみたいと思っていて、僕の家族や僕はその仲間で、行ってどれほどの騒ぎなのか見てくるつもりだ。

「素っ裸の人もいるそうよ」とママは言う。

「素っ裸の人間だったら、博物館にもいるじゃないか」とパパが言う。

「でもね、この人たちはいろんなことをやるそうよ」

「どんなこと？」とパパが訊く。

　ママは目を見開いて、その何かを言い当ててほしそうにしている。

「セックス」と兄が答えたので、父も母もそれぞれ同時に、兄の名を大声で呼ぶ。兄は愉快そうにしながら、車の前座席にゆったりと座っている。

　野次馬の行列は長く続き、交通は渋滞している。遠くからロック音楽ががんがん聞こえて、少しずつ人々の流れが見え出す。山羊のように山肌に分散している人々も見えてくる。トのほうでは川の傍に陣取っている者たちもいれば、バンドのいる舞台の前で飛び跳ねている者もいる。ここしばらく雨が降り続いていたので、何もかも沼地の上で行なわれているみたいだ。ウッドストックの写真を見ても、参加者は皆ずぶ濡れになっている。

　テントもあるし、たき火もあるし、ピックアップ型の小型トラックも停まっている。川を渡って会場に入ろうとする人、眠っている人、踊っている人もいて、立っている人が大勢いれば、座っている人もかなりいる。裸の女性がいるのを見たように僕は思う。兄は僕をにやにやした目つきで見るが、その女性が体の向きを変えたら、ビキニ姿であることがわかる。兄は車の窓から顔を出して、鼻から強く息を吸い込んでいる。なんの臭いもしない、と言う。このごろはオンゴ（きのこ）を吸うらしいわね、とママが取り沙汰する。きのこは吸わないよ、ママ。なんの匂いがすると思ったんだ？　とパパが兄に尋ねるが、兄は返事をしない。あの下のほうにいる人ブラジャーをつけている人がいたら手を挙げて！　とママが言う。僕、降りたい、と兄が言う。いいよ、とパパは言い、ラ・エストレリャまで行ってアレキーペ入りのオブレアを食べるのも悪くないね、と提案する。

「市長はあのフェスティバルの斡旋をしたことで、地位を失うかも知れん」とドン・ディエゴはルデシンドに言う。

「まさか、そんなことはないだろう。あそこは静かだよ」

「もちろんそうだ。マリファナを吸って誰かれなし相手に寝て、静かなものさ。立派なお手本だよ」

ところがドン・ディエゴの寛大さを覆い、彼の決断を促すはずみとなるものは、実に足元である自分の家から、真夜中の裏口で起きたのだった。

ディータは部屋の窓を開け放しておくのが好きだ、とりわけ暑い日には。夜もふけたので窓を閉めようと近づくと、何か庭を横切る白いものが見える。その影は庭の茂みの中に消えていき、それからヘッダの声が聞こえたような気がする。大丈夫かどうか確かめようと、ヘッダの部屋に降りていく。何度かドアをノックして彼女を呼ぶが、ヘッダは返事をしない。鍵がかかっていない。部屋には誰もいない。ウーゴを呼ぼうとして時計を見て、もう寝ているかもしれないと考える。台所に行くと、勝手口のドアが半開きになっている。庭を覗いて、もう一度ヘッダの名を呼ぶ。返事がないので、ディータは少し庭の中に入り込む。

「ヘッダ、大丈夫?」聞こえるかと思い、声を出して訊く。

部屋の窓から見えた影の行く先を追うと、庭師の家にたどり着く。

「グスマン」と、一緒にヘッダを探してもらおうと彼を呼ぶ。

グスマンはラジオの音楽を流したままなので、ディータが呼んでも聞こえない。彼女はもう少し小屋に近づいて中の様子を窺おうと耳をそばだてると、驚いたことにヘッダの声がする。直感がしてドアを押すと、ソファーの上に裸で抱き合いうめき声を上げる二人の姿がある。

グスマンは次の日、言い訳すらできないまま首になる。その一週間後、ヘッダは十年前にやって来たときと同じような荷物を携えて、ドイツに向けて旅立つ。家庭教師がいなくなったので、ドン・ディエゴは、しばらく前から検討してきたことを実行に移す決心をする。

ウーゴとヘラルドは、スーツケースを下ろしリムジンの中に置く。新しい庭師が二人を手伝っている。僕は出てくる人を待っているが、誰も姿を見せない。しばらくすると、ディータがポーチに出てきてイソルダを呼ぶ。ヘラルドと庭師は、庭のあたりで彼女を探し始める。ウーゴは反対の方向からイソルダの名前を呼ぶ。僕はここに着いたときから彼女の姿を見ていないので、いつ彼女が家から出たのかわからない。ディータはまた外に出てきて、もしかして見つかるかもしれないから、森まで行って探してくるようにとヘラルドに頼んでいる。僕は彼らより先に着くようにと、山の上に向かって城との境界線を走っていく。

柵が尽きるところまで登ると、森の周りの灌木の濃い茂みにたどりつく。なんとか入り込むが、どっちへ行けばいいのかわからない。森の中心、というより中心と僕が思うところを探す。進んで行くと小道が見つかる。突然、彼女が現れる、森のもっと上のほうから、木々の間を縫うように走りながら。僕を見て驚いている。いや、二人とも驚いたといったほうが正しい。たぶん、彼女だと気づかなかった僕のほうがもっと驚いている。旅の服装をしているが、エナメルの靴は泥で汚れている。僕らの前で踊ったときに僕と交わしたのと同じまなざし、悲しみをたたえた同じまなざしをしているが、髪の毛は僕の髪と同じくらい短くなっている。鋏《はさみ》で切ったかのように不揃いだ。肩の上に長い巻き毛がまだ残っていて、風がそれを運んでゆく。空気を吸って呼吸を整えながら、僕を見ている。やあ、何か言わなければいけないと思って僕は言う。彼女は決然と僕のほうに歩いてきて、僕の顔を両手でしっかり包んで、僕の口につかの間のキスをする。それから少女を呼ぶ声の聞こえてくるほうに向かって森を駆け下りていく。急いで！　イソルダ、飛行機に乗り遅れてしまうわ！

数羽の兎が灌木の茂みの中で、少女の後についていくのを見たような気がする。

第三十七章

「あの女が勝手口から出てくのを何度も俺は見たぜ。奥さんが自分の部屋に、あんたがお気に入りの音楽をかけて図書室にこもっている遅い時間にだ」とエル・モノは言った。最初の何日かの晩は、あの娘だろうと思っていた。その女はぎこちなく歩いてつまずいていたし、乱れた髪が顔を覆っていたので、見分けがつかなかったんだ。だが、森のほうに登っていかずにまっすぐに庭師の小屋に行き、その周りをしばらくうろついていたから、あの娘ではないとわかった。とうとう庭師の小屋に入る決心をして、入ったらしばらく出てこなかった。

エル・モノはポンチョの下からハーフボトルの焼酎を取り出して、少しだけ口に流し込んだ。苦そうな顔をして、ろうそくの傍の床に焼酎の瓶を置いた。

「二度目はよ」とエル・モノは続けた。「つい好奇心に負けちまって、もっと近づいてみようと思って敷地の後ろ側に回ったんだ。一度くらいなら、そんなもんか、と思うけどもよ、夜もかなり遅くなってまた訪ねていくとなると、ひどく怪しいと俺は思ったんだ。ここで俺のことをよ、ドクトール、ひどく鈍感に思えるかもな、つまりその前訪ねたのは……なんていうか……二度目は俺が想像していたのとは違っていたんだ。窓も閉めていなかったから、すっかり見えてしまった、庭師がどうやって娘さんの家庭教師を貪《むさぼ》り喰っているのかがよ」

ドン・ディエゴは咳をして、ベッドで上体を起こそうとした。外では雨が降っていた。エル・モノはドン・ディエゴが姿勢を整えて落ち着くのを待っていたが、ふたたび横になって、咳がやまないので顔を覆ってしまった。

「あんたの庭師も暇人だよ。あんな鬼みたいな奴を喰うんだからな」エル・モノは大声で笑い、酒瓶を取り上げた。「どう公平に見たって奴にちょっかいを出したのは女のほうだ。そりゃあ男として据え膳なんたらだ、な？」

彼はもう一口喉に流し込んだが、今度は味わいながら飲んでいた。床から突風が吹き込み、ろうそくの光を揺らした。ドン・ディエゴは頭まですっぽり毛布をかぶっていた。

「訊きたいことがあるんだけどな、ドン・ディエゴ」エル・モノが質問した。「それが原因であんたは娘を連れていったのか？　あのトチ狂った家庭教師のせいか？」

エル・モノはベッドに横たわるふくらみを見ていた。少ししてドン・ディエゴはまた咳をした。

「何度か前にもあったように、また戻ってくると俺は思っていた。あんなにたくさんのスーツケースを持っていくなんておかしいなと俺は思っていたけど、もっとおかしいと思ったのは、森から出てきたあの娘がほとんど坊主頭だったのを見たときだ」

エル・モノは酒瓶を手に取り、一口飲もうとしたがやめた。

「誰があんな様子を理解できるだろう？」とエル・モノは嘆いた。「あの娘の髪のことだよ、まったく」

記憶の中にある詩を思い出そうとするように、エル・モノはつぶやいて言った。**金色の大きなマント、やわらかく波打ち、香るその髪のマント、その涙の宝石の上に、金色のベールとなってしたたり落ちる。**ドン・ディエゴは顔を覗かせたが、汗をかいていた。座ろうとしたが、また咳の発作に襲われた。

「一口どうだ？」エル・モノが勧めた。ドン・ディエゴは手を振って返事をした。エル・モノは重ねて訊いた。「教えてくれよ、それが原因で娘を連れていったのか？」

「水」とドン・ディエゴはつぶやいた。

「俺は計画を変えなくてはならなくなった。あんたの娘を連れてこようとなにもかも準備ができていたのに、俺は手下たちに、一カ月か二カ月かわからないが、元の状態に戻るまで待たなければならん、と言わざるを得なくなった。それで俺たちは銀行の件を手掛けざるを得なくなったんだ、ドン・ディエゴ、あんたにはわかるだろう、そのあいだ、俺たちはなにで食いつないでいくんだ？」

「水がほしい」

「ふざけるな、ドン・ディエゴ、十五分前にトイレに行ったばかりだろ」

「トイレではない。水が飲みたい」

エル・モノはしぶしぶ立ち上がり、机の上のコップを手にして室外に出た。居間ではマレッサがソファーに寝そべってぐっすり眠りこんでいた。エル・モノは近づいていって、足を後ろに引いてマレッサに蹴りをくれようとしたがやめた。ドン・ディエゴが苦しそうに咳をしているのが聞こえたので、台所に行ってコップを満たして戻った。

「ともかく俺は予定通りにしたんだ」と言った。「銀行の件で計画を立てる他にはなにもすることがなかった。つまりひどく暇だったから、俺は窓から忍び込むなんて馬鹿なことを思いついたんだ。何年ものあいだ、城の外から調べ回って、窓越しにすべてを見てきたからな。だがすごく遠くからだ。それで、自分自身に言い聞かせたんだ、もう中に忍び込んでもいい頃合いだとね。それだけのことはあったよ」

ドン・ディエゴは水をがぶがぶ飲みながら、にくにくしげに彼を見ていた。

「誰もいなかったよ。庭師さえ出かけていた」とエル・モノは続けた。「裏口から入った、イソルダが森に出るときや、あのトチ狂った女がやってもらいたくて、外に出るときに使っていた裏口から忍び込んだんだ」と言って、エル・モノは笑った。「思っていたより簡単だったね。いくつかのサロンを歩きながら食器にさわったり、ティースプーンを頂戴したりして……、でも本当にしたかったのは二階に上がり、あの娘の部屋に行って、洋服を見て、シーツにこの手で触れて、体を拭いていたタオルの匂いを嗅ぐことだった。そんなことの全部を死ぬほどしてみたかったんだよ、ドクトール」

ドン・ディエゴにまた咳の発作が起きて、エル・モノの話を遮った。もう水がなくなってしまっていたので、もっと飲みたい、と言った。俺はなんて運が悪いんだ、とエル・モノは言った。ドン・ディエゴの咳は止まらなかった。エル・モノは酒瓶を持ち上げて飲み、カッとなってドン・ディエゴに言った。あんたが行ってこいよ、もうこれ以上俺をこき使うな。

ドン・ディエゴは力を振り絞って立ち上がり、ケープを身につけるように、毛布を体の上にかけた。

「この土砂降りだし、具合も悪いんだから、どこかへ逃げようなんて思うなよ、ドクトール」

手にコップを持って彼がゆっくりと出ていくのを見てから、エル・モノはその場に残って詩を朗読していた。**池の水はほとんど残っていない。泉も干上がっている、小島の崖の上の、砂の上にひっくり返って、そこに横たわっている錆《さ》びた鉄のベンチ。**ドン・ディエゴが足を引きずりながら廊下を歩く音が聞こえ、続いて耳をつんざくような雷鳴が響き渡った。

　ドン・ディエゴは外から閂《かんぬき》がかかっているドアの前を通り過ぎた。そのドアを見ながら台所まで歩き続けた。それからマレッサがソファーでぐっすり眠りこんでいるのを見て、水道の水をコップに満たした。

　部屋に戻るときに、閂をかけられたドアの前でふたたび止まった。土砂降りの助けを借りて、音を立てないように注意深く閂を開けた。ドアを押すと、青痣《あおあざ》だらけのエル・セホンが、震えながら膝を抱きかかえて床に座っていた。エル・セホンは大きく目を開いて彼を見た。ドン・ディエゴの手に持つコップが震えて揺れた。誰か来るのではないか、と左右を見て、エル・セホンに部屋から出るようにと合図した。エル・セホンは唇を噛んだまま泣き出した。ドン・ディエゴは静かに、と手振りで指示した。それから部屋まで行くと、エル・モノは椅子を壁に寄せて座り、もうわずかとなった酒瓶の蓋を閉めていた。エル・モノが言うのが聞こえた。

「俺はその日に赤いミニスカートを頂戴してきたんだ」

第三十八章

サルセード署長は新しく入手した情報を話そうと、親族の者たちを集めていた。夫人に話す前にまず彼らと話したかったのだ。同様に、ベルギー人の透視術師にも同席してもらうように頼んだ。「うかつにも「お尋ね者たちには必ずジグソーパズルのいくつかのピースがあります」と言った。証拠となるものをあちこちに残していっています」

手に大きな封筒を持っており、話しながら親族の者たちの周囲を歩いていた。ルデシンドは、マルセル・ヴァンデルノートに小声で通訳していた。

「まったく別のなんの変哲もないような出来事が、他の事件に繋がる手がかりを隠していることがあります。ここで見つかったナットが、あっちの螺子に足りない片割れかも知れないのです。一足の靴下に欠けているもう一方はどこかに存在しているはずです」

親族たちは椅子の中で居心地悪そうに体を動かした。そのうちの一人がウーゴに酒を持ってくるように身振りで伝え、ルデシンドはマルセルに通訳するのを中断した。署長は続けた。

「幸いなことに、この国には知性と責任を持って法を守る私どもがおります。一味が置き去りにしていったジグソーパズルのピース、外れたナット、片方の靴下を集めながら、私どもはそれぞれの犯罪の謎を解いております」

「署長さん、お願いがあります」とルデシンドが言った。「賞賛に値する警察の仕事についてはまったく疑いを持っておりませんが……」

署長は手を上げた。

「私が手にしている封筒の中身について、みなさんがご覧になりたいと気をもんでいらっしゃることはわかりますが、内容が衝撃的で非常に強烈なものなので、みなさんを傷つける恐れが充分ある、とまず伝える義務があります」

「署長」とルデシンドが繰り返し頼んだ。

「わかりました」と封筒を机に置く前に署長は言った。

署長が話さなかったのは、ばらばらのパズルの一片を見つけたのが警官ではなく、写真現像所の経営者だったことだ。カランガの死体を運び出した後で、経営者はカランガが現像させたがっていたフィルムを床から拾い、翌日の朝一番に機械に入れた。写真を見るやいなや、一緒に働いている女性従業員たちにそれを急いで見せた。

「ぞっとするわ」と従業員の一人が言った。

「死んでるの？」ともう一人が尋ねた。

「死んではいないんじゃないか」と経営者は言った。

「この女の人は誰かしら？」ドン・ディエゴが写っている写真と一緒にあった他の写真を見て、一人が訊いた。

「同じフィルムに入っていたの？」

「そうだ」

それを聞いて従業員たちは、ドン・ディエゴの写真よりそちらの写真に関心をもった。その女の子はどこかで見たことがあるわ、と一人が言った。有名な女性かしら？　そうね、そうじゃない、雑誌で見たような気がする。そうね、と別の従業員が言った。モデルだと思うわ。モデルかしら？　腰に贅肉がついてるのに？　と別の従業員が訊いた。女性従業員たちがあれこれ推測しているあいだに、経営者は警察に電話をかけて、非常に重要なものを見せたい、と伝えた。

「徹底した捜査の結果」とサルセード署長は親族たちに言った。「我々は、誘拐後初めてとなるドン・ディエゴの写真を見つけました」

署長は十五枚の拡大された写真をテーブルの上に広げた。親族たちは動揺しながら写真に近づいて、一人一人があれこれ言いながら目を通していった。犯罪者。極悪人。卑怯者。チンピラ。獣ども。

「だが、生きているのかね？」と親族の一人が聞いた。

「我々が行なった専門的調査によりますと、生存している、とのことです」署長が答えた。

「確かに生きているように見える」とルデシンドは言った。

「力ずくで押さえられているな」と別の親族が言った。「奴らに抵抗しているのがわかるよ」

「ディエゴは簡単には屈服しない」

マルセルは渡された最後の写真を手に、窓際のほうに行った。指で確かめながら、考え深げに写真を見ていた。

「どうやって手に入れたのですか？」とルデシンドは署長に訊いた。

「犯人が現像させようとして現像所に行ったのです」

「捕まえたのですか？」と親戚の一人が興奮気味に訊いた。

「まだ、と言ったほうがいいでしょうな」と署長が言った。「犯人は殺しました」

親族たちは顔を見合わせた。

「じゃあ、自白しなかったのだな」と親族の一人が言った。

親族たちは解散した。ルデシンドはマルセルに近づいて、どこにいるかわかりますか？と尋ねた。ベルギー人は確信のなさそうな表情をした。敵対する力があって、非常に強いマイナスの力で、見ようとするのを妨げるのです、と言った。しかしその力をなんとか一掃することを試みてみます。ルデシンドは鼻にしわを寄せて、わかりました、と彼に言った。それから別の親族と話しにいき、ベルギー人と署長、さらに三人目が来たらよけいややこしくなる、と彼の耳元に小声でささやいた。作戦行動はどうなっている？とその親族が言った。私たちはどん詰まりにいる、とルデシンドは言いながら、写真の一枚をもう一度見た。ディータにはどうしたらよいだろう？と訊いた。話そうか？　彼女には話してもいいけど、写真は見せないほうがいいだろう、と相手が言った。あまりに衝撃的すぎる、とつけ加えた。それが奴らの狙いだろう、我々に衝撃を与えるのがね、とルデシンドが言った。なにも得られなかったな、と相手の男が言った。二人は同時に、どうしようもないという身振りをした。「ベルギー人の匂いを嗅いでみたか？」とルデシンドが訊いた。相手は否定した。腐りかけているところだ、とルデシンドが言うと、親戚の男は口を覆って笑った。

エル・モノはひとつかみの硬貨を取り出して少年に言った。好きな音楽をかけてきな、だがあのへんに立ち止まってしゃべるのはやめろよ。少年はテーブルに硬貨を置き、ジュークボックスで使える硬貨を分けた。

「ここには俺が聴きたい曲はないんだよ、モノ。他の店じゃないと聞けないんだ」

「ふうん、そうなのか？」と言って少年に質問した。「じゃあ、どこへ行く？　どこにあるんだ？」

「あっちだよ」と少年は言った。

「じゃあなんで俺を案内しないんだ？」

「だって、あんたや俺だけで行っても入れてくれない場所なんだよ」

「なんでだ？」

「知ってるくせに、モノ」

少年は片方の眉を上げながら、ジュークボックスのほうへ行った。エル・モノは首を伸ばせる限り伸ばして目で少年を追った。それから酒瓶をつかんでグラスを満たした。

ジュークボックスの前で、少年は曲のタイトルさえ読まなかった。すべての硬貨をつぎこむまでなりゆきまかせにナンバーと文字を押した。もうかなり遅い時間で、わずかなテーブルにしか人々は残っていなかったが、酒場には一晩のあいだに溜まった煙草の煙が立ちこめていた。

少年は、エル・モノがまた酒を勢いよく飲んでいるのを見た。

「オートバイから落ちてケツを怪我するぞ」と言った。

「俺はどこをつかんだらいいかわかってるぞー」とエル・モノは悪態をついて、最後の語尾を長く引いた。

少年は腰を下ろして周囲に残っている人々を見た。げらげら笑っている小太りで背の低い売春婦の一団を伴った、六人ほどの老人がいた。

「あの女たちがなんでいつもあんなふうに笑っているのかわからないよ」と少年は言って注がれた焼酎を飲んだ。

「おまえこそケツに怪我するぞ」とエル・モノが言った。

「あのオートバイなら目をつぶっていても運転できる」と少年が言った。

「その言い方はなんだ？」とエル・モノが尋ねた。「おまえ、今日はどうかしてるんじゃないか？」

「ふん」

「なんだ？」

「あのへんをうろうろしてるのに飽き飽きしたよ、モノ。なにかやりたいんだ」

「そうか」

「なにかでかい金儲けをやりたいんだ」

エル・モノはそっくり返って少年を見ていた。体が傾いていたが、まっすぐにしようとはしなかった。少年はその場にいる老人たちを注意深く見ているようだった。

「俺には不平に聞こえるな」とエル・モノが言った。

「不平だよ」と少年が言った。

「恩知らずめ」

「なんでそんなこと俺に言うんだよ？」

「おまえの年ごろで、俺がくれてやっているほどのものをもらってる奴なんていないぜ。時計を見てみろ。このあたりでおまえが持っているような時計を誰がしているんだよ、え？」

「俺はあんたがわずかしかくれない、なんて言っていないよ。そうじゃなくて、もっと稼ぎたいと言ってるんだ」

「そうか」とエル・モノは言ってげっぷをした。

少年は彼をじっと見つめた。

「もう行こうよ、あんたすごく酔っ払ってるじゃないか」と言った。

「俺は自分がその気になったときに帰るんだ」とエル・モノは言った。

少年は黙ったまま、彼を注意深く見守っていた。それから老人たちに視線を戻すと、そのうちの一人が売春婦と一緒にトイレに行くのが見えた。

「あそこで先っぽをしゃぶってやってポケットのものをいただくんだろ」と少年が言った。

エル・モノは老人たちを振り返って見たが、見届けられなかった。もう一度少年をじっと見てから質問した。金の件はどうしたんだ？　俺を金持ちにしてくれるんだろ、と少年はつっかかった。

エル・モノは頭をずっと前後に揺らしていた。まっすぐにしてじっとしてないと椅子から落ちるぞ、と少年は言った。エル・モノがテーブルを掌《てのひら》でパンと叩いたので、グラスが飛び上がった。

「金の件はどうしたんだ？」

「もっと金が欲しくなってなにが悪いんだよ、モノ？」

「もっと欲しいか？」

「あたりまえだろ、もっと欲しいよ。誰だってもっと金を欲しいだろ」

エル・モノはテーブルのほうに体を寄りかからせて瓶をつかみ取り、少年から目を離さずに瓶を渡した。

「おれに注いでくれ、おまえにも注げ」と少年に言った。

少年が両方のグラスを満たすのを見て、エル・モノはその一つを正面に押した。少年が老人たちのほうにちらっと眼を向けるのを見たので、少年に訊いた。あそこになにか忘れ物でもしてきたのか？　少年は返事をしなかった。

「俺はあそこにいるクソったれジジイの誰よりも金を持っているぞ」とエル・モノは言った。「それに、この町のどんな野郎よりももっともっと金を手に入れてやる」少年は老人たちをじっと見続けていた。エル・モノはグラスを手に取り、口を近づけようとした瞬間、胸がぴくぴく痙攣した。

「しゃっくりだ」とうんざりした顔つきで言った。

少年は瞬きもしなかった。

「仕事で二千万ペソをもらうことになっているんだ」とエル・モノが言った。

「サンタ・エレーナに持っているあれでか？」少年は尋ねた。

エル・モノは頷いて、ようやく酒を飲み込むことができた。それでもしゃっくりは続いていた。テーブルにグラスを置いてから言った。

「それに、もっとある」

「もっとってなにが？」と少年が訊いた。

「つまり、金だよ」

少年は立ち上がった。

「どこに？」と訊いた。

「そのへんにな」とエル・モノは答えた。

「銀行にか？」

エル・モノが爆笑したので、唾が少年にかかった。

「あーあ、おまえは」と彼は言った。「強盗だらけなのになんで俺が銀行に金を預けるんだよ」

「じゃあ家にあるのか？」少年が言った。

エル・モノが答えようとしたときに、またしゃっくりが始まった。やんなるぜ、と言った。大きく息を吸い込み、ウエイトレスを呼ぼうと片手を高く上げた。おまえ、水を一杯頼んでくれ。もう一度息を深く吸ったところで、少年はエル・モノがボーッとしているのを見て、顔前で大きな声を出したのでエル・モノは飛び上がった。老人と売春婦の一行は、何が起こったのかとこちらのテーブルを見た。びっくりした？　と最後に笑いながら少年が訊いた。

「どうかしましたか？」とウエイトレスが訊いた。

「こいつが俺を驚かせたんだよ」とエル・モノは言って「砂糖を入れた水を一杯持ってきてくれ、頼む」

ウエイトレスがいなくなると、口調を変えてエル・モノに訊いた。

「あんたになにかあったら、その金はどうなる？」

「俺になにも起こるもんか。なんでそんなにこだわるんだ？」

少年は片手をテーブルの上に置いて、まだしゃっくりと格闘しているエル・モノに手を近づけた。

「その金は俺たち二人のものだからな、俺たちで仲良く使おうじゃないか」とエル・モノが言った。

少年はテーブルの下で片足をエル・モノに届くまで伸ばして、靴でエル・モノの脚にさわって撫でた。

「あんたが言うように、二人のもんなら」と少年は言った。「どこにしまってあるか俺が知ってもよさそうなもんじゃないか？」

ウエイトレスが砂糖を入れた水を持って戻ってきたので、少年はテーブルに置いた手を引っ込めた。

「まもなく閉店の時間です」と彼女は言った。「他にご注文はありますか？」

「あるよ」とウエイトレスを見ずに少年は答えた。「勘定」

エル・モノはコップの水を飲み干して、その後で顔が赤くなるまで空気を吸い込み、それ以上吸い込めなくなったところで吐き出した。少年は顔を近づけて言った。

「俺の好きな音楽を聴かせる店に連れていくよ。行かないか？」

エル・モノはしゃっくりにまた体を揺すられながら、少年に笑いかけた。


ディータが食堂に入っていくと、親族たちはサルセード署長が示す写真を見て笑っていた。彼女を見ると親族たちはまじめな顔になり、署長は写真を背後に隠した。奥さま、と言って両足を揃えた。

「ご覧になりますか？」とルデシンドが言った。

親族たちは互いに顔を見合わせた。

「ディータ、見なくてもいいよ、重要なのはまだ生存しているということだ」と親族の一人が言った。

「お願いします」と彼女は言って腕を伸ばした。

親族の一人が封筒を手に取って写真を出し、彼女に渡した。写真を見る前にディータは隣のサロンのほうに向かった。

「大丈夫」とルデシンドは親族に言った。「もう覚悟はできている」

皆はその後ろ姿を見ていたので、彼女がもう写真を見始めているとわかった。突然、肘掛け椅子に手を置いた。一歩踏み出して椅子に座るのを見た。後ろ姿のままで、ゆっくりと写真をめくっていた。手を顔に持っていき、涙を拭いているようだった。何人かが食堂をゆっくり歩いていて、一人が部屋の片隅に身を置き、もう一人が窓から外を眺めていると、マルセルが庭を散歩しているのが見えた。

少し経って、ディータが立ち上がるのが見えた。彼らに近づき、写真を手渡した同じ人に返した。

「ありがとう」と言った。

「重要なのはまだ生存しているということだ」と先ほどそう言った者が繰り返した。

ディータは頭を動かしてその言葉に同意した。時計を見て立ち去る許可を求めた。部屋までお供します、とルデシンドが言ったが、彼女は振り返って尋ねた。他の写真も見せていただけます？どの写真ですか？　と一人がごまかした。皆さんが笑っていらした写真です、と彼女が言った。男たちはばつが悪そうに顔を見合わせた。奥さま、あれはこの件とは無関係の取るに足らない写真です、とサルセード署長が言った。どんな写真です？　とディータはこだわった。女です、フィルムを没収した男の恋人かもしれません。見たいわ。皆は迷った。奥さま、と署長が強く主張した、女は非常にわいせつなポーズを取っております。ディータは写真を受け取ろうともう一度腕を伸ばした。ディエゴに関係するものはすべて見ておきたいのです、と言った。

彼らの傍で写真を見始めると、彼女はすぐに胸に片手を当てた。

「なんてことなの」と言った。

「どうしたんですか？」とルデシンドは訊いた。

「この女の人、知っているわ」

「えっ？　その女を？」

「ここにいたわ。聖書を読みにきたのと同じ女だわ」

「なに？」

「確かですか？」

皆はもう一度急いで写真を見直した。

「彼女に見覚えがあるのですか？」とルデシンドが尋ねた。

「下になにも身に着けていなかった女だ」と別の親族が小声で言った。

「なにを着けていないのですか？」とディータが訊いた。

親族の男は言いよどんだ。名乗りましたか？　と署長が質問した。ディータは頭を振って否定し、なんとかという祈禱の団体、そのような団体だとか言っていましたが、覚えていません。すみませんがもう一度写真を見てください、とサルセード署長が言った。それでディータはふたたび椅子に掛けて、一枚一枚写真に目を通した。ツイッギーが裸で鏡を前にして帽子を被ったり、ショールをまとったり、サングラスを掛けたり、笑顔を作ったり、キスをするときのように口をとがらせてみたり、いろいろなポーズをした写真だった。人生を楽しんでいる、いたずら好きな娘だった。

第三十九章

死が十五歳のお姫さまに恋をしてその体に忍び込み、神経系統を冒し、両親に別れを告げることもできないまま連れ去ってしまった。僕も最後にあの娘に会えなかったし、おそらく彼女自身も自分が死ぬなんて思ってもいなかっただろう。

その知らせは丘に舞い降りてきたが、信じられなかったのでそのようなでたらめを否定しようと、僕は城まで走っていった。ただならぬ静けさが漂っていた。森のざわめきさえ聞こえなかった。走り疲れた自分の荒い息の音さえ聞こえなかった。噴水の水も、小川を下るせせらぎの音も。一羽の鳥の囀《さえず》りさえも。城では何もかも死に絶えたようだった。外にも窓越しにも誰も見かけなかった。突然、悲嘆に打ちのめされた泣き声が神秘に満ちた静けさを引き裂くまでは。声は家の中から聞こえ、長い間、空気に張りついたまま留まっていたので、僕は静かな世界を取り戻すために両耳をふさがなければならなかった。少女の母親の声に違いなかった。

混乱したまま僕が家に帰ると、家ではその話ばかりしていた。僕は初めてイソルダを運び去った病気について知った。症候群《シンドローム》の一つで人によって現れ方が異なる。百科事典にはギラン・バレー症候群：Guillain-Barréと綴《つづ》られていた。

自分の部屋の天井に、イソルダについて僕の中に残るイメージを一つ一つ描き出してみた。走っているイソルダ、よじ登っていくイソルダ、自転車で坂を下りていくイソルダ、森に消えていくイソルダ、スカートを腿までたくし上げて噴水に両足を入れているイソルダ、僕にとって一番大切なのは、森の中で突然、キスをしたイソルダだ。あの娘が死んでしまったなんてどうしても想像できなかった。けれども明け方近く、僕が眠りにつくころになって、あの娘はおとぎ話の中のお姫さまのように、不思議な死に方でしか死ぬことができなかったのだ、とようやく理解した。

学校からの帰り道、また城に行きたくなったが、ドン・ディエゴと奥さんは朝早く荷物を持ってでかけたとの話だった。それ以上のことはわからなかった。それでも僕は丘を登っていったが、唯一目にしたのはバラ園のバラをすべて切り倒してしまった新しい庭師だけだった。


一週間が過ぎた。金曜日の最終の飛行機で城の夫妻がイソルダの棺《ひつぎ》とともに戻ってくると聞いた。もしすべてが嘘だったら？　毎日のように丘を上ったり下りたりしている噂の一つだったとしたら？　もし、イソルダが生きていたら？　もしかしたら病気かもしれないけれども、それでも生きていたら？

全速力で駆け登った。鉄柵を巡らした門の前にはかなりの数の人々が集まっていて、城との境線あたりには野次馬たちが散在していた。門の中には何台もの車が停まっていて、親族が二人ポーチで煙草を吸っていた。いろいろなことが言われていた。病気ではなくて、外国で独りぼっちだったことが彼女の命を奪った、とか。寮生活でさみしさが募って死んだんだ。防腐処置を施して運んできた。ここそのものに、城の中に遺体を埋めるらしく、人形の家が霊廟になるそうだ。それってなんなの？　と誰かが訊く。博物館みたいなものじゃないのか？　と別の者が答えている。防腐処置をした彼女をピアノの前に座らせるらしい、と言う者もいる。家の中には百を超す花輪があるそうだ。それはあり得ることだ。家の外まで墓場の悲しみの匂いが届いている。

「あそこにやってきたぞ。あそこにやってきたぞ」何人もの人が叫んでいる。

霊柩車はライトをつけてやってくる。葬列の先頭を進んできて、次にリムジンが続く。人々は門の前でひしめき合っている。最後の車が門に入ると、すぐに庭師は柵を閉める。僕たちは皆ミサのときのように黙ったままじっとしている。葬列の人々は同じように押し黙って車から降りる。リムジンからは、黒い服を着たドン・ディエゴと夫人が出てくる。顔はほとんど見えないが、二人の表情を推測するのにさらなる明かりは必要ない。葬儀社の人々が慎重に白い棺を運び出しているが、その棺は夕暮れの薄暗闇の中で輝きを放っている。僕の唇は震えている。泣くまいとしても目に涙が浮かんでくる。女たちはハンカチで目をぬぐっている。背広にネクタイ姿の四人の男たちが、棺を石の階段から運び上げていく。僕の後ろのどこかで誰かが泣き始める。振り返ってみても誰もいない。たぶん泣いているのを見られたくなくて、木々に隠れて泣いているのだろう。

その人はもう泣いていない、でも祈っているのだろう。

――すべては遅くやってくる……死でさえも！　欲望がひどく我々を苦しめるとき、満足することはできず、穏やかな希望ももてない。なにもかもやってくるかもしれない、だがすべては遅くやってくると気づくのだ――エル・モノはろうそくの火を見つめながら詩を朗読した。フリオ・フローレス自身が、男たちが唾を飲み、女たちが今にも泣き出しそうになりながら鼻水をすすっていた朗読会でその詩を朗読したように。俺があんたの娘の前に現れるのが遅すぎたんだよ、ドン・ディエゴ、まさにあの日、俺はあの娘が死んでしまったことを知った。あの赤いミニスカートを頂戴した日以来、俺はあそこには行かなかった。どうしてかわからないけどよ、あの日の午後、ちょうど城のあたりを通りかかって、大勢の人々が集まっているのを見て、そのとき初めて知ったんだ。

最後の言葉は切れ切れでやっと口から出てくる始末だったので、深く呼吸した後で黙ってしまった。ドン・ディエゴはベッドの上でベッドヘッドに背をもたせかけて座っていたが、息をするたびに胸がぜいぜいと音を立てた。押し殺した声で彼は言った。

「おそらく」しばらく間をおいて繰り返した。「おそらくイソルダはいいときに死んだのだろう」

エル・モノは視線を上げた。

「私にはわかっている」とドン・ディエゴは言った。「こんなことは誰も言ってはいけないのだろう、とりわけ父親は。だがたぶん君の好きなへボ詩人が間違っていたのだろうが、私のイソルダに死はタイミングよく訪れたのだ。まだ恐怖を知らない歳で逝ってしまった。さもしさも、策略も、妬《ねた》みも知らなかった。これ以上数え上げる必要があろうか」

「それは馬鹿げた慰めにすぎん」とエル・モノは言った。

「君から身を守れたしな」

「俺とだったら苦しむことはなかっただろうよ」

ドン・ディエゴは横向きになりながら言った。

「君は悪い人間だ、リアスコスさん。自分のしていることで気分が悪くならないか?」

「自分のクソで気分が悪くなる人間などいないぜ」とエル・モノは言ってろうそくを床に置いた。

「私の娘が君の傍でたとえ一秒でも心安らかにしていられた、と本当に信じているのか？」

「じゃあ、あんたと一緒にいて娘さんは幸せだったと思うか？」

「もちろんそうだったよ」とドン・ディエゴは言った。

もっと何か言おうとしたが、急に咳の発作に襲われて体を前方に曲げなければならなかった。エル・モノは立ち上がって、水の残っているコップを渡してやった。ドン・ディエゴは飲み干したが、彼が落ち着くまで二人はしばらく口を閉ざしていた。

「私は歳をとってから父親になった」と言った。「おそらく私には娘に合わせてやれるだけのエネルギーがなかったのだろう。私には、笑わせたり愛情たっぷりの言葉をかけたりするような資質がなかった。私はそのような教育を受けてこなかったのだ。私に欠けていたのは、娘をしっかり抱き締めたり、もっとキスをしたり、愛しているよ、ともっと言ってやることだったのだろうが、生涯で私が行なった一つ一つは、すべて娘の最高の幸せを願ってのことだった」

「みんな、そう言うよ」とエル・モノが話の腰を折った。「俺の母親でさえもな」

「誰もがそう言うが、実際にそのとおり行動する人間は少ない」

ドアをノックする音がしたのでエル・モノが誰だ？　と聞くと、俺、とカルリートの返事がした。入れよ、とモノが答えるとカルリートが電球を手に入ってきた。

「つけようか？」と彼は質問した。

「なんのために買ってこいって言ったと思う？」とエル・モノは言った。

カルリートは軋《きし》む腰掛けの上に乗って、電球を回して締めた。できた、と言った。点けてみろ、とエル・モノが言った。カルリートは出ていって、部屋の外から電灯のスイッチを入れた。

「うう」とドン・ディエゴはうめき声を上げながら両目を押さえた。

「どっちがいいんだ？　明かりか？　暗闇か？」とエル・モノが訊いた。

「単純なことだ」とドン・ディエゴは言った。「昼間は明るいのが、夜は暗いのがいい。誰だって同じだろう」

「イソルダは夜に埋葬された」

「夜にせざるを得なかったのだ、その理由ははっきりとしている。大勢の人がいたし、遅くなって墓地に着いたからだ」

「俺もあそこにいたよ」とエル・モノが言った。

「ろうそくを消したらどうだ」とドン・ディエゴは言った。「もう必要ないだろう」

「イソルダのマエストラの弾く音楽にすげえ感動した」と言ってから、エル・モノはろうそくの火を一息で消した。

「君はなんたる妄想に取りつかれているんだ」とドン・ディエゴは言った。

エル・モノは黙って相手を見た。ドン・ディエゴは尋ねた。

「なぜ我々なのだ？　なぜイソルダなのだ？」

「わからない」とエル・モノは答えて考えを巡らせた。「あの娘は俺の頭の中でじりじりしている渇望だった」

ドン・ディエゴはエル・モノがひどく嫌うあの笑い声を出した。それから咳をした。エル・モノは時計を見て言った。

「ここじゃあ時間はのろのろ進むな」

「私に言っているのか」とドン・ディエゴは言った。

「俺のせいじゃないぞ。もしあんたの親族たちが急いで解決してくれたら……」

「これで疑うことはない」とドン・ディエゴは言った。「すでに娘が死んでいるにしても、こんな目に遭うくらいなら、死んでいて幸運だった」

もっとまっすぐに座ろうと体を動かした。

「男は誰一人として娘に手を触れなかった」と言った。「セックスに誘おうと甘い言葉で丸め込む者もいなかったし、悪い考えを吹き込まれることもなかった」

エル・モノは嫌味っぽく笑い、何度もその笑いを繰り返した。

「モノ」カルリートがノックもせずにドアを開けた。真っ青な顔をしていた。

「なんて言ってあった、まったく」とエル・モノは文句をつけた。

「エル・トンボがあんたに話があるそうだ」とカルリートは言った。「緊急だ、と言っている」

「どうしたんだ？　エル・セホンが見つかったのか？」

「違うよ、モノ、あんたの家にガサが入った。警察だ」

エル・モノは扉に向かって飛び出し、カルリートを押しのけながら出ていった。ドン・ディエゴは毛布を片側に投げ捨てて立ち上がろうとしたが、ベッドの上にまた座りこんでしまった。錠前が下ろされる音がして、外では混乱している様子がうかがえた。やっとのことで立ち上がり、電球の下まで歩いていった。太陽であるかのように、明かりのほうに顔を向けて笑った。

第四十章

車の窓から入り込んでくる風が、目をつぶったまま後部座席に座っているマルセル・ヴァンデルノートの垢まみれの髪を乱していた。メデジンにやってきてから初めての外出だったが、彼の態度からは外よりも心の中を見つめることを望んでいるように思われた。ルデシンドが車を運転し、その隣ではサルセード署長が広げた地図を手にして、無線電話で指示を与えながら座っていた。

「繰り返す」と彼は言った。「サイレンは鳴らすな、ライトもつけないこと。慎重にこの地区に非常線を張ること。我々は目的地に近づきつつある」

「私は一度もこのあたりに来たことがありません」とルデシンドは言いながら、質素な家並みのあいだの急傾斜した山腹のほうに彼のメルセデス・ベンツを向けた。

「ベルギーの旦那に正確な住所を教えてもらうには、どうしたらいいのでしょう？」と署長は尋ねた。

ルデシンドはバックミラーからマルセルを見た。

「待ちましょう」と言った。「集中しているようですから」

「私には調子が悪そうに思えますがね」と署長は言って、自分の側の窓を下げた。マルセルの髪はさらに乱れたが、目を開かなかった。

「署長、十五人が配置に着きました」誰かが無線電話で言った。

「正確な場所が確認できるまで武器を見せるな」

署長は通りの番地を見て、地図で場所を確認した。無線電話は雑音を流し続けていた。

「我々は目指す地域から四区画ほどのところにいます」と署長がルデシンドに言った。「後ろの旦那を起こしてそう伝えてください」

カンポ・バルデス教会の傍を通ると、近くの公園では数人の少年たちがじっと車を眺めていた。マリファナ喫煙者だ、と署長は教えた。目立たないようにあなた方の車のどれかで来ようと、私は主張したではありませんか、とルデシンドが言った。パトカーでですか？　署長が嫌みを込めて訊いた。それから、もしかしたらドン・ディエゴには応急手当の必要があるかもしれないので、救急車の手はずも整えるべきです、とルデシンドは言った。それについては手配済です、と署長は言った。サルセード署長の指示に従って二区画登り、それから左に曲がった。

「さあ、着いたぞ」と言って、マルセルが地図上に描いた赤い丸を指し示した。

ルデシンドは車を停めたが、マルセルに知らせる必要はなかった。その直前に目を開けていたからだ。彼は二人に、正確な場所を教えてくれるように頼んだ。地図を見た後でルデシンドに、赤く輪を描いた場所の真ん中まで行くように頼んだ。

発進するとマルセルはふたたび目を閉じた。署長は無線で言った。虎は包囲、虎は包囲、我々は現場に着いた、と言った。救急車、とルデシンドが念を押した。医療チームの要請は確認したか？

と署長は質問した。無線機からは一連の雑音が流れていたが、その後、誰かが言った。なんの要請ですか、署長？　役立たずらが、とサルセード署長は言った後、ルデシンドに、マルセルが要請した場所に着いたと知らせた。ふたたび車は停まった。署長は地図を見てから、赤丸印のところまで周囲八ブロックから十ブロックほどだと理解した。

「範囲としてはまだ広すぎますね」と言った。

「それでは？」とルデシンドはマルセルに尋ねた。

「この地域をくまなく探してください。最初は北に向かい、それから時計の針の回る方向に、外側から徐々に中央に近づくように行ってください」

「なんと言っているんです？」署長が訊いたので、ルデシンドは通訳した。

「無線を消さなければならない」とマルセルが言った。

「なんと言っているんですか？」

「それを消してくれって」

「だめです」署長は主張した。「作戦の調整に必要なのです」

「まず家を見つける必要があるとは思いませんか？」ルデシンドが質問した。

「私だけ孤立するわけにはいきません」

「どうしました？」とマルセルが尋ねる。

「いいですか、署長」とルデシンドがいらいらしながら言った。「まず家を探しましょう。それから署長の無線をつけて、作戦を開始すればいいでしょう、いかがですか？」

しぶしぶ署長は、場所を特定するあいだ、無線通信は不能となる、と部下たちに知らせた。無線を切って、両足のあいだに置いた。

「署長、北の方角はどちらになりますか？」とルデシンドが訊いた。

マルセルは車の窓を完全に下ろして少し前のほうに身を傾けたが、両目は始終閉じたままだった。ルデシンドにもっとゆっくり運転するように頼んだ。サルセード署長は無線機を指で叩きながら、どこかの窓から覗いているドン・ディエゴが見つかるとでもいうように、通りをじっくり眺めていた。

「もし範囲から外れたら教えてください」とルデシンドが声をひそめて言った。

印をつけられた境界線を一回りしたが、何も起こらなかった。つづいて二巡目は円の中心のほうに少し入って回った。

「待ってください」とマルセルが言った。「少し戻ってくれませんか」

「なんと言ったのですか？」と署長が訊いた。

ルデシンドは返事をせずにゆっくりとバックした。停めてください、とマルセルが言った。目を開き、窓から顔を出して覗いた。あれだ、と言って慎重にブロックの中ほどにある二階建ての家を指さした。どうしたのです？　なんと言ってるんですか？　と署長が尋ねた。それです、とルデシンドは指で示さずに言った。どれだよ？　畜生。緑のガレージの家です、とルデシンドは答えた。行きましょう、とマルセルが言った。署長は腰のところでピストルを握りしめ、無線電話をつけた。ルデシンドは車を発車させて次の角で曲がり、パン屋の前で車を停めた。

「ちょっと待ってください、署長」車から降りようとしていたルデシンドが言った。「まず電話をしなければなりませんので」

けれどもすでにサルセード署長は、部下たちにその場に向かうように命令を下していた。ルデシンドは言い張った。

「まず、ディータと話さなければなりません」

署長は車から降りて通りで話し続けていた。ルデシンドは諦めてパン屋に入り、公衆電話を探した。

二分後に出てくると、もうサルセード署長の姿はなかった。どこに行った？　とマルセルに訊いた。ベルギー人は肩をすくめて、城へ連れ帰ってくれないかと頼んだ。ここで少し待っていてください、とルデシンドは頼み、通りの角まで走っていってみると、マルセルの示した家の扉を警察の一団が蹴倒しているのが見えた。


リダは激しく叩く音を聞いて、エル・モノがまた鍵をどこかで失《な》くして帰ってきたのだ、と思った。今、開けてあげるわ、おまえ、と言い終わる前にひどい音がしたので、その場に釘づけになったが、走って引き返し、階段を上がった。台所からドアが壊される音が聞こえてきたので、叫び声を上げて、十字を切りながら尋ねた、そこにいるのは誰なの？　彼女のほうへ急いで近づいてくる足音が聞こえたので、壁の電話のところまで行き、ダイヤルを回そうとしたとき、四人の警官がピストルで彼女に狙いをつけた。

「動くな」とその中の一人が言った。

リダは受話器を持ったまま両腕を上げた。

「おまえは誰だ？」別の警官が言った。

他にも大勢の男たちが家の中を動き回っているのが見えた。

「なんなの？　なにをしているの？」リダは不安だらけで大声を出した。

「誰に電話をしようとしていた？」と巡査部長が訊いた。

「警察よ」と彼女が言った。

「おまえは誰だ？」巡査部長がふたたび尋ねた。

「わたしはリダ・ルシア・オソリオ・レデスマです」

一人の警官が台所にいる仲間のところに近づいて、誰もいません、と言った。あたりまえよ、誰もいないわ、とリダは言った。息子は働いているし、ここにいるのはわたし一人よ。黙れ、と巡査部長は言った。署長には、ここはもうもぬけの殻だと伝えてくれ。それで、なにが起こってるのよ？　とリダがふたたび訊いた。なんでここにいるの？　その椅子に座って動くな、と命じられた。

サルセード署長はこの場所を知っているかのように、ゆっくりと階段を上がっていった。そこにある品を一つずつ横柄に観察しながら、足を止めることなく各々の部屋に入っていった。各部屋では、署長の命令に従って警官たちがしらみつぶしに調べ上げていた。台所を覗くとリダが泣いており、これはどういうことなのか説明して、と繰り返していた。署長はその場を出て部下の一人に尋ねた。

「容疑者はなんと言っている？」

「夫はなく息子と一緒に暮らしていて、外出するのはミサと買い物のときだけ、我々が探している男についてはなにも知らないそうです」

「息子は？」

「働いているということです」

署長は狭い居間の中で、道に迷った犬のようにぐるぐる回っていたが、やがて安楽椅子に座った。外に出て、一緒にやってきた旦那方がまだいるかどうか見てきてくれ、と署長は命じた。それから、手掛かりとなるものがないか探し続けるように、と皆に聞こえるように大きな声で言った。親指をかじってちいさな声で言った、フランス野郎、キンタマを切り取ってやるぞ。

ルデシンドとマルセルは数分後にやってきた。二人を見ると、すぐにサルセード署長は首を振って否定した。ここにはいません、と言ったので、ルデシンドがマルセルに伝えようとしたとき、マルセルは片手を上げて静かにするように求め、また目を閉じた。署長は立ち上がって言った、これ以上妨害しないでくれ。ルデシンドは口に指を当てて署長を黙らせた。マルセルはふたたび目を開けて数歩進み、また目を閉じ、また開けて二歩歩き、そんなふうに続けて家の中を移動した。リダの部屋に入り、床に散らかっている何枚かの衣類や開けられた引き出しや、壁に放り出されているマットレスを見た。目を閉じたり開けたりしながら、部屋中を歩き回った。それから部屋を出て、台所に行った。そこでもすべてが放り出されたままだった。リダが椅子に座って嘆いていた。彼女を尋問した警官に対して、わたしの息子はまっとうな人間で、結婚さえしていませんと言っていたが、マルセルを見ると、この人は誰なの？　と警官たちに訊いた。

マルセルは入ってきたときと同じようにして台所を出た。一つしかない風呂場の前を通るときは、ほとんど見向きもしなかった。ふたたび署長とルデシンドの傍を通った。署長は何か言いたげだったが、ルデシンドは彼の邪魔をしないように、やりたいようにさせてくださいと注意した。それからマルセルはエル・モノの部屋に入った。衣類の間を歩き、床に置かれた引き出しを巧みに避けながら、息を吸い込んで目を閉じ、片方の掌を床に向けて伸ばした。二人の警官が戸惑いながら顔を見合わせている中、自分を軸にして体を回した。続いて床にしゃがみ込み、衣類の中をゆっくりかき回した。シャツやズボンが山積みになった中から、いい香りのするべたついた赤いミニスカートを取り出した。

「ディエゴはここにいた」とマルセルはミニスカートを渡しながら、ルデシンドに言った。「または、少なくともこの服に触っていた」

「なんと言ってるんですか？」署長はこらえきれなくなって尋ねた。

ルデシンドは、彼が言ったことを通訳してスカートを渡した。署長はそれを手で触れ、鼻先に持っていき、いらいらした表情で言った、ここに奥さんを連れてこい。

リダは震えながらやってきたが、神経が過敏になっていて、片方の肩が自分では抑えられないほどピクピクと動いていた。

「これはあなたのものか？」と署長が訊いた。

彼女は頭を振って否定した。

「わたしには入りません」と言った。

「見覚えはあるか？」

リダはふたたび否定した。

「あんたの息子の部屋にあった」

「恋人のではないかしら？」とリダ。「そんなちいさなものが入るのは彼女だけだわ」

「彼女はどこにいる？」署長は質問した。

リダは不快そうに顔をしかめて言った。

「ぜんぜん知らないわ。わたしはあの娘が気に入らないのよ」

マルセルはルデシンドに言った。私は疲れました、もう帰りたいのです。なんだ？　帰りたいそうです。ちょっと待ってください、と署長が言った。被害者がこのスカートに触れていたのは確かなのか、彼に尋ねてください。署長、とルデシンドが言った。それについてはさっき言ったとおりです。馬鹿げたことを私に聞かせないでください。その上、警官の一人が、マルセルはまっすぐ衣類の山に近づいて、あたかもそこにあるのをすでに知っていたかのように、中からスカートを取り出したと言っていました。帰ります、とマルセルは言って、居間から出た。ちょっと待ってくれ、と署長は言ったが、ベルギー人はもう階段を降り始めていた。奥さん、と署長がリダに言った。この家から出ないこと、息子さんに話したいことがある、と伝えてくれ。それから彼の恋人とも。そして赤いスカートをまるで優勝カップのように持ち上げると、大きな声で告げた。

「このスカートは押収する」

第四十一章

グァヤキル地区のど真ん中、中心街にある酒場で、まだ宵の口にエル・モノは焼酎の瓶の底を見ていた。ツイッギーがエル・モノに会ったときには、すでに酔いが回っていた。彼女が遅れてきたことをエル・モノは非難し、ツイッギーは彼が飲んでいると非難した。だめよ、モノ、と彼女は言った。こんな窮地に陥っているんだから、頭をちゃんと冷やさなきゃ。そうだよ、ドジを踏んだときにはそうしなきゃな。あのジジイをズタズタにして奴らに届けてやる、とエル・モノは言った。好きなように送り届ければいいわ、と彼女は言った。でも酒を飲むのはやめなさいよ。靴箱に詰めて奴らに送り返してやる、とエル・モノはさらに激怒しながら言った。ツイッギーは腕を上げてウエイトレスを呼び、ビールを頼んだ。用心深く回りを見つめて言った。あたしこの場所嫌いなの、モノ。というか、このあたりに来るのは嫌なんだ。

「ここは早い時間から開いていて、遅くに閉店する」とエル・モノが言った。

彼女は、やってきてからずっとしっかり抱え込んでいるハンドバッグから、煙草を取り出した。ウエイトレスはビールとコップを持ってきたが、ツイッギーは瓶に口をつけて飲んだ。突然、エル・モノが体を揺すり出し、顔色が赤くなり始めた。

「どうしたのよ、モノ」

彼は目と歯をしっかりと閉じて、ますます赤くなっていった。

「あんたどうかしたの？　深呼吸しなさいよ、モノ、ほら、空気を吸って」

ツイッギーは彼の片手を取ろうとしたが、エル・モノが急いで手を引っ込めたのでコップにぶつかり、床に落としてしまった。エル・モノはついに我慢しきれなくなってしまうと、わあっと甲高い泣き声を爆発させた。

「モノ」とツイッギーは言って、もう一度彼の手を取ろうとした。

彼は顔を隠して泣き続けていた。指でガムをいじって渦巻状にしていたウエイトレスが、カウンターから彼を見ていた。

「こんなことしていたら、よくないよ、モノ」とツイッギーは言った。

「一番つらいのは」拳を握りしめて喘《あえ》ぎながら彼は言った。「俺がカッとなったのは、奴らがどんなふうにママを扱ったかということなんだ」

ツイッギーはもう一度腕を上げてウエイトレスを呼び、紙ナプキンを頼んだ。ママを侮辱したんだ、とエル・モノは言った。家の中をむちゃくちゃに散らかして、ママを脅したんだ。それでママは、奴らがどうしてあんたの家に来たのか、あんたに訊いた？　エル・モノは頷いた。なんて説明したの？　なんて言えばいいんだ？　どう言っていいか考えつかなかったから、なぜ奴らが家に来たのか調べてみる、そして壊したものすべてを賠償するよう要求する、と言っておいた。ウエイトレスは紙ナプキンを持って戻ってきた。

「拭きなさいよ」とツイッギーはエル・モノに言った。

彼が目をぬぐっているあいだ、彼女はビールを飲んでいた。

「あんたは追われているんだよ」とツイッギーは言った。「エル・セホンがたれ込んだのかしら？」

「エル・セホンは俺の家を知らない」とエル・モノが言った。音を立てて鼻をかんでから、加えて言った。「奴らのうちの一人が、違う言葉を話していたらしい」

「ベルギー人？」

エル・モノは頷いた。

「前におまえに言ったよな？　あのベルギー人は俺たちの生活をめちゃくちゃにするって」と彼は言った。

「あんたは追われているんだよ、モノ。それは疑いないわ」

「だからおまえを呼んだんだ」

「ダメよ、モニート、もうこれ以上手助けはゴメンよ、頼むわ」

「俺はあそこには戻れない」

「なんであんたが自分の家に帰らなければならないのよ。ジイさんを解放して別の町に行けばいいじゃない」

「ジジイは殺すつもりだ」

「わかった、殺して逃げればいいでしょ。だとしてもすぐに行動を起こさなきゃ、捕まるわよ」

「あそこに置いてきたものを持たずに、逃げることができないんだ」

「どこに？」

「俺の家に」

「あんたのママにどこかまで持ってきてもらえば？」

「だめだ、ママにはこれ以上この件に関わらせたくない」

「あたしはかまわないっていうの？」

エル・モノは酒瓶を持ち上げると、中には二口ほどしか中身が残っていないとわかった。蓋を回し、開けて飲み干した。飲み終わると、手を上げてウエイトレスを呼んだ。ダメよ、モノ、これ以上ダメ。放っておいてくれ。これ以上飲むならあたしは帰る。ウエイトレスはしぶしぶやってきた。なにか、と言った。エル・モノはツイッギーを見た。なんでもない、とエル・モノはウエイトレスに言った。ウエイトレスはぶつぶつ言いながら、その場を去った。

「おまえは全面的に信用できる人間だ」とエル・モノはツイッギーに言った。

「嘘よ、なんてお世辞言うのよ」

「本当だよ」

彼女は体を前方に倒した。煙草の煙を吐いてから彼に言った。

「四年も一緒にいるのに、今ごろになってあたしを信じているなんて言って、あたしが喜ぶと思っているの？」

エル・モノは彼女をじっと見て、また泣き顔になった。

「ああ、モノ、また泣き始めないでよ。あんたよく泣くようになったね」

彼はしわくちゃの紙ナプキンで目を拭き、流れているフリオ・イグレシアスの歌を聞きながら二人はしばらく黙っていた。ツイッギーは煙草を吸い終え、ビールも飲み干した。それから口ずさん

だ。今でも覚えているわ、あなたがわたしの傍にいたあの過ぎた日。あなたはわたしに愛についていつも話をしてくれた、わたしはまだ微笑《ほほえ》むことができた……エル・モノはテーブルに手を置き、彼女が取ってくれるように掌《てのひら》を開いた。

「おまえは俺の手引きなんだよ、モニータ」と言った。「俺が両足を地につけていられるための」

彼女は微笑みかけながら、彼の手を握りしめた。

「俺はこれまでずっと必死で働いてきた」とエル・モノは言った。「ちっちゃなころから、わずか数ペソを稼ぐために危ない橋を渡ってきた。慎重にやってきたよ、酒も少しは飲んだがな、それ以上のことはしなかった。遊びもせず、女に金も使わず、ときどきはドラッグもやったが、それ以外の悪癖はない」

「なんでまた過去の人生を語り出すのよ、モノ?」ツイッギーが口を挟んだ。

二人は手をつないだままだった。彼は言おうか言うまいか迷った後、やっと決心した。

「今まで貯めた金を全部家に置いてある」

ツイッギーは目を大きく見開いた。全部? 全部だ。危ないじゃないのよ、モノ。だがよ、他にどこにしまっておけばいい? 銀行には好かれてないってことはおまえだって知っているだろう? まあ、そうだけどね、でも……とツイッギーは言って彼に訊いた。で、家宅捜査では? 見つけられなかった、しっかり隠してあるからな、と彼は答えた。それがおまえに頼みたいことなんだ。取ってきてほしいんだ。ツイッギーは腰掛けの上で、落ち着かなげに体を動かした。それで、だいたいいくらくらいあそこに置いてあるの? と尋ねた。わからない、一度も数えたことがない。じゃあ、どこに隠してあるの? 行ってくれるのか? と彼は訊いた。ツイッギーは躊躇していたが、いいわ、でもあんたのママは？　そうだな、ミサに出掛けるときだ、とエル・モノは言った。ツイッギーは指の関節を噛んだ。おまえがくれた照明器具、覚えてるか？　とエル・モノが訊いた。天井の赤いの？　そう、あれだ。あそこなの？　ツイッギーがけげんそうに訊いた。あの上だ、と彼は言った。彼女は黙ったまま深く息を吸った。するとエル・モノは言った、おまえの手は冷たくなったな。

第四十二章

道路清掃人がエル・モノ・リアスコスの家の前の歩道を掃除していたので、ツイッギーは埃《ほこり》が雲のように舞い上がる中、通りを横切るために鼻を蓋《おお》った。鍵を持っている気楽さから、ホックやヘアピンなどの小道具を使わずに、自分の家に入るような気分で玄関の扉を開けた。リダは六時のミサに参加していた。ツイッギーは少し到着が遅れたが、エル・モノによると用を済ますには十分以上かからない、というので心配していなかった。

用心からというよりも、いつもの習慣で音を立てずに階段を上がって、まっすぐにエル・モノの部屋に行った。部屋に入ったとたん、人生で最高の驚愕の一つに遭遇した。その驚愕の大きさは少年にとっても同様で、彼も飛び上がった。

「あんた誰なの？」と震えながら彼女は訊いた。

「俺？」少年は時間を稼ごうとしながら、そう答えた。

「そうよ、あんたよ」

部屋はめちゃくちゃに散らかっており、クローゼットのドアは開けっ放しで、床には引き出しの中身がばらまかれていた。ツイッギーはいつもバッグの中に、ドアを開けるためのちいさなナイフを入れていた。こっそりバッグに手を入れたのに、少年は気づいた。

「じっとしていろよ」と言った。「バカなまねをするな」

「あんたは誰なの？」とツイッギーはさらに尋ねた。「ここでなにをしているのさ？」

「エル・モノに頼まれたんだ」

「エル・モノに？　なにを？」

「取ってきてほしいと言うもんだから」

「あっ、そう？　それでなにを？」

「急いで必要なものがあるって」

ツイッギーは両腕を組んで少し考えてから、少年に質問をした。

「あんたはオートバイに乗っていたわね」

「ああ」

「それでエル・モノとどんな関係なの？」

「友だちだよ」

「友だち？」とツイッギーは訊きながら、疑わしげに少年を見た。「あたしはエル・モノのことなら、友人もぜんぶ知っているけど」

ツイッギーは部屋の散らかりようを見つめた。

「それで、どうしてこうなってるのよ？」と質問した。

少年は肩をすくめた。だって、探しているものが見つからなかったんだ。なんておかしな偶然なの、と彼女は言った。あたしも、あるものを取ってきてくれって頼まれたのよ。少年は片方の眉を上げた。なにを？　と訊いた。ちょっと、と彼女がひどくいらいらしながら言った。あたしは彼の恋人なの、ここは言わばあたしの家のようなものよ、出てってよ、あたしすっごく急いでいるの。彼は、エル・モノが必要としているものを持たずに帰れない、と言った。ツイッギーは、天井のちょうど照明がぶらさがっているあたりをちらっと見た。

「どうやって入ったの？」と彼女は訊いた。「鍵を使ってじゃないわよね。あたしが持ってるんだから」

少年は答えずに、彼女を上から下までじろじろと見ていた。

「答えなさいよ。どうやってここに入ったの？」

少年は一歩前に踏み出した。彼女は動かなかった。

「玄関から入った」と少年は言って、ポケットから取り出した鍵を見せた。

「信じられない」とツイッギーは言った。

何も言わずに少年を見て、それから部屋から出た。

「どこへ行くんだ？」と少年が訊いた。

「エル・モノに電話してみる」

急いで台所に入ると、彼が追いかけてきた。ツイッギーが受話機を取ると、少年は彼女の腕をつかんだ。待ってくれよ、と彼は言った。放してよ、ツイッギーはカッとしながら言って少年を睨みつけた。急いでるの、と言って振りほどこうとした。二人はにらみあっていたが、少年がとうとう腕を放した。

「わかった」と少年は言った。「必要なものを取り出せよ。俺は外で待つから」

彼女は一人で部屋に入った。少年はドアが閉まるまでミニスカートと脚を見ていたが、中から鍵を閉める音が聞こえた。

彼女はバッグを脇に置いて照明の下に立った。高さを測ろうと腕を伸ばした。両脇に汗をかいているのがわかった。窓の傍にあったスツールを持ってきてその上に登ったが、天井の漆喰《しっくい》のボードをやっとわずかに持ち上げられただけだった。梯子《はしご》かもっと背の高い椅子が必要だった。

部屋から出てみると、少年はそこにはいなかったが、洗面台の水の流れる音がした。ガレージまで急いで降りて、家具の中で使えそうなものを探した。何も見つからなかったので、また階段を上がった。少年はまだ浴室にいた。部屋に入り鍵を閉めた。ベッドに目をやり、部屋の中央まで引きずっていった。丸椅子をマットレスの上に置いてそこに登ろうとしたが、椅子は不安定でツイッギーはベッドの上に落ちた。もう一度やってみた。ふたたび落ちてしまったが、それでも諦めなかった。ボードを支えてある枠をつかむことができたが、つま先立ちをしても天井の中を見ることはできなかった。

うんざりしてベッドに座り、指の関節を噛み始めた。彼女がもう一度出ていってみると、浴室のドアはまだ閉まったままだった。そっと近づいて何か聞こえるかと耳を澄ませてみたが、はっきりしない物音が聞こえるだけで中の様子はわからなかった。けれど、居間から聞こえてきた甲高い音には死ぬほどびっくりした。壁に掛けられた時計からカッコーが飛び出して、時を告げたのだ。ツイッギーは部屋に戻り、いらいらしながら散らかった服を踏みつけた。それからドアに寄りかかって、自分を落ち着かせようとした。時間がなくなりかけていた。リダが行ったミサも終わっているはずの時間だった。そこで、居間のほうを覗いて言った。

「ねえ、ちょっと来てくれない」

少年はシャツも身につけずに、タオルで顔を拭きながら浴室から出てきた。ツイッギーは、少年の胸から腹の筋肉の間を水のしずくが伝って流れ、ブルージーンズの中に消えていくのを見ていた。またエル・モノが使っていたオーデコロンの匂いがした。

「どうしたんだ？」と彼が訊いた。

「なにしてたのよ？」と彼女が訊いた。

「さっぱりしてたんだ」

「来て」とツイッギーが言った。

少年がゆっくり近づいてきて微笑みかけたので、彼女はなんだか気づまりな思いがした。その上にあるものを下ろさなければならないの、とツイッギーが言って天井の穴を指し示し、あたしを持ち上げてもらいたいのよ。少年がまた微笑みかけたので、彼女は骨までしみるような寒気を感じた。彼は訊いた。で、あそこになにがあるんだよ？　エル・モノの重要書類よ、と彼女は答えた。それでどうしたらいいんだ？　彼女が真珠のような汗が浮かぶ彼の胸を見ていると、また少年が訊いた。

「あんたの肩にあたしをかついで」とツイッギーは言った。

そこで少年はベッドに座り、彼女は背後からよじ登った。立ち上がって、彼女が太腿で首を締めつけたとき、少年はそこにツイッギーの陰部の温かさや湿り気や陰毛を感じた。照明の下に立とうとしてよろめいた。もっと左、と彼女が言って、やっと穴から覗いてみることができた。あそこにある、と何かを見て言った。届くか？　たぶんね。彼女は両腿の力を少し緩め、彼の肩を支えにして体を垂直に伸ばそうとしたが、姿勢を立てなおすたびに陰部が彼の襟足にこすれた。少年は両目をぴったり閉じて歯を食いしばった。もう少しよ、と彼女が言って腿をさらに締めつけたので、口のように熱く燃えて濡れている陰部がますます首筋に張りついた。

「届いた」と彼女が言った。

「なんだ？」

「トランクよ」

「降ろせるのか？」

「大丈夫だと思う」

ツイッギーは、重さになんとか耐えようとする声を出しながら、トランクを抱きかかえようとしたが、持ちこたえることができずに少年の頭の上に落としてしまった。少年は衝撃に耐えられずバランスを崩したので、二人ともベッドに倒れた。天井の照明は、ピニャータ遊びのくす玉のように揺れ動いていた。

トランクの蓋が開いて、たくさんの札束が床の上にばら撒かれた。ツイッギーは少し上体を起こしてそれを目にすると、びっくりした様子で少年を見た。書類じゃなかったのか？　と彼が訊いた。だってエル・モノがそう言ってたのよ、と彼女は答えたが、少年の目はもう紙幣を見ておらず、ツイッギーの陰部に釘づけになっていた。彼女は隠そうとする素振りも見せなかった。少年の胸や腹の隆起した筋肉にふたたび目が行き、勃起した前のふくらみとその目を見ていた。少年が彼女に飛びついたので、ツイッギーはうろたえて後ろに身を引いた。彼は彼女の体のあちこちをキス攻めにし、触り始めた。びっくりしたまま彼女は言った。

「あんたはホモだと思っていたわ」


ツイッギーのよがり声が家じゅうに響いた。それはたがの外れたよがり声だった。少年もまたよがりはじめ、やがてうめき声となり、二人はすばらしく呼応しあっていたが、自分たちの声とは違う悲鳴に気がついた。

「わたしの家でなにをしているの！」

今にも爆発しそうな顔で、ドアの脇に立っているリダがいた。二人は仰天して見つめ合った。ツイッギーはシーツを引き上げて体を隠し、リダは走り出た。

「捕まえてよ」とツイッギーは少年に言った。

少年は裸のままベッドから飛び出し、彼女の後を追いかけた。ちょうど受話器を耳に当てて番号を回そうとしているリダを見つけると、受話器をその手から奪い取った。助けて、誰か来て、殺される！　少年が両腕を巻きつけて彼女を押さえているあいだ、彼女は叫び続けた。助けて！　と、リダがまた叫んだので、少年は手で口をふさいだ。ツイッギーがシーツに体を包んで現れた。なにか縛るものを探して、と少年は彼女に言い、彼女はいくつかの引き出しを開けてみたが、何も見つからなかった。リダは叫び声を上げようと必死になっていた。待ってて、とツイッギーは言ってエル・モノの部屋へ行った。クローゼットまでまっすぐ進むと、何足かの靴から紐を抜き取った。

少年はリダを、五日前に警官たちが彼女を取り調べるのに使った椅子まで引きずっていった。力ずくで座らせると、ツイッギーは彼女の足と手を縛った。台所にあった布巾でさるぐつわを噛ませた。二人はリダが完全に動けなくなったのを確認すると、呼吸をして壁に寄りかかった。

「これからどうする？」少年は荒い息をしながら訊いた。

ツイッギーは、そこに立つ牡牛のように輝き、逞しい筋肉の一本一本があるべき場所についている少年を見て、わずか数分前まで彼と抱き合っていたことが信じられなかった。

「もう行かなきゃ」とおびえながら彼女が言った。

「俺はまだ終わってないぞ」と少年が言った。

彼女は微笑みかけた。リダは椅子の上でもがきながら、布巾越しにうめいていた。ツイッギーは少年にささやいた、あたしもよ、少し物足りなかったね。彼は彼女にキスをした。リダは力いっぱい頭を振っていた。制御できなくなった片方の肩が、痙攣してぴくついていた。あそこから動くなんてまさかよね、とツイッギーは少年に言い、彼の手を取って部屋に向かった。

リダは体を揺すり、包丁類が入っている引き出しのほうにぴょんぴょん跳んで何とか近づこうと試みたが、前に進むことができずにいらいらして、跳ぼうとしているうちに椅子が横転してしまい、床の上に投げ出されてぐったりしていた。エル・モノの部屋からツイッギーと少年の大声で笑う声が聞こえてくると、リダは悲鳴を上げた。二人のよがり声がふたたびしてくると、今度は先ほどよりもゆったりしていて穏やかだったが、彼女の体は震えた。

二人が家から出ると、道路清掃人はまだそこにいた。少年はトランクを持ち、ツイッギーは幸せそうにしていた。二人は舌を使ってゆっくりと口づけをした。それから二人は別々の方向に向かった。清掃人は箒《ほうき》を放り出し、ツイッギーの後を追った。

第四十三章

その日、ドン・ディエゴは二週間遅れで届くドイツの新聞に朝早くから目を通しながら、図書室に閉じこもって過ごしていた。ドイツの情勢は緊張を孕《はら》みながらも小康状態にあり、少しくらい遅れて届くことにまったく不満はなかった。スパイの噂や政権担当者の誰かの挑発的なコメントが、かろうじてニュースとなっていた。冷戦と名づけられたのは、大いに理由のあることだった。

その午前中、ディータが昼食を知らせてくるまで、モーツァルトのピアノ曲を何曲も聞いていた。日曜日だったので、部屋を整えたり簡単な昼食の支度をする家政婦が一人いるだけだった。食事をしながらドン・ディエゴは、まだ読んでいなかった手紙類に目を通していた。ディータはほとんどずっと黙ったままだった。

「ようやくミルコからの手紙だ」とドン・ディエゴは言って読み始めた。読んでいる途中で大声を出した。「かわいそうに、ベルリンに戻るそうだ」

ディータは微笑みかけたが、彼は彼女の顔を見もせずに読み続けていた。まあいいか、とドン・ディエゴは言った。彼はアルゼンチンにどうしても馴染《なじ》めなかったからな。ドイツに戻るのに適切な時期だと思う？　とディータが尋ねた。もうずいぶん時間が経っているし、とドン・ディエゴが言った。その上、彼を不利にするようなことは何も立証されていなくて、単なる噂に過ぎなかった。アルクーリの場合とはまったく違う。アルクーリは確かに未解決のやっかいな問題を抱えていたが、どこに隠れているのやら。完成した城の写真を見たかどうかさえわからなかったわね、とディータは言って、傍にあった呼び鈴を振った。家政婦がやってきたので、皿を片づけるように頼んだ。

「読んでばかりいてあまり食べなかったのね」とドン・ディエゴをとがめた。

彼はまだ別の手紙を読みふけっていた。彼女は時計を見て言った。

「少し休みますから」

「イタグイに一緒に行かないか？　今日はちいさなコンサートがあるよ」と彼は言った。

「あまり具合がよくないの」

「どうした？」

「いつものことだと思うわ」

いつものこととは鬱症のことだった。イソルダなしで生きるのは悲嘆の極みだった、まだ城のどこかに彼女がいるように思えても。部屋も人形の家も、ピアノの前に広げられている最後に弾いた楽譜も、シャワーを浴びるためのタオルも、六時半にセットされたナイトテーブルの上の目覚まし時計も、クローゼットの衣類も以前のままだった。もうあの娘のことは忘れましょうよ、とディータが何度ドン・ディエゴに頼んでも、ぶっきらぼうに「ノー」と言うばかりだった。それからは同じ答えをさせて彼をわずらわせるのをやめ、彼女は懇願することはなかった。

ドン・ディエゴはようやく昼食を終えて自分の書斎に戻った。イタグイ市に寄付した図書館への、日曜ごとのいつもの訪問にはまだ三十分あった。肘掛《ひじか》け椅子に身を投げ出して、ミルコの手紙をもう一度読み直した。もうずいぶん長いこと彼からの手紙は受け取っていなかったので、その手紙はいろいろなことを思い起こさせた。コニャックを注いで、レコードのあいだを探った。マリア・カラスをかけろよ、とミルコが言ったかのように、山積みの中から最初にそのレコードを見つけた。プレイヤーの針をアリアの上に置くと、痛みが身を貫いた。『トリスタンとイゾルデ』の「穏やかに静かに」だった。その曲を初めて聴いたとき、ミルコにこう言ったものだ。ワーグナーはきっと墓場でのたうちまわっているぞ、誰よりもはまり役のカラスが歌っているからじゃなくて、イタリア語で歌っているからだ。カラスはイタリア語が得意だから、抒情的な思いへと彼女を駆り立てるのだろう、とミルコが答えた。

ドン・ディエゴは肘掛け椅子に戻ってコニャックのグラスを両手で持ち、目を閉じた。イゾルデが死んだばかりのトリスタンに、後を追って自分もその場で死を迎える前に永遠の愛を誓って歌いかけている。他のどのオペラ歌手もカラスのように死を演じない、カラスがオペラの舞台で死んでいくのを見るたびに、ドン・ディエゴはミルコにそう言ったものだ。誰もだ、とミルコも同意した。だが、私のイソルダはどのように最期を迎えたのだろうか？　と、その瞬間、ドン・ディエゴは自問した。カラスのアリアの最後の歌声が音楽の中に溶解していくのを聞きながら、彼は娘のイソルダが一人で死んでいったことをしみじみと感じる心の痛みを、コニャックとともに流し去ろうとしていた。

次のアリアが始まったとき、うとうとした眠りから飛び起きて時間を見た。図書館へ行く約束の時間になっていた。それに、もう一つ、そのときにはまだわかっていなかったが、運命との約束へ向かう時間だった。

ディータは部屋で、ドン・ディエゴが音量を最大限に上げて掛ける「穏やかに静かに」を聞きながら、目覚まし時計、人形の家、実際には存在しない娘の思い出を引きずっているあらゆるものがあるうえに、別のイソルダの死を歌ったアリアまで聞くのは、自分にとっては拷問に等しいと嘆いていた。ベッドから起き上がり庭に出て、悲劇の中を流れる空気ではない空気を吸った。

城の境界からもう一方の境界へあてどなく歩き、ときどき立ち止まって紫陽花の花を見たり、アイリスの花の匂いを嗅いだり、一匹のリスが忙しく走り回るのを目で追ったりした。ヘラルドがリムジンのエンジンをかけた音に気づいて、ドン・ディエゴと一緒に図書館に行かずに悪いことをしたかな、とも思ったが、やはり、愛想笑いを強いられ、彼女に話しかけられる、または、彼女のほうから人々に話しかけなければならない型どおりの儀礼的な話や、人々の気の毒そうな表情に耐えるのが嫌だったので、一人で家に残りたかった。この苦しみは他の人とは分かち合えない、とディータはアンスリウムの植え込みの前で思った。遠くで門の柵にかかる鎖の音が聞こえた。

城の裏手に登っていくと上のほうに森が見えた。人形の家を通らずに、そのまま渓谷に向かって進んでいった。シダの背後で彼女を囲み、こっそり見つめ、彼女を怖気《おじけ》づかせながら、ずっと後をつけてくるものがある。陽ざしが顔に当たって疲れを感じた。戻ろうとすると、何か細いものが彼女の目の前を飛んでいくようだった。森を見ると、ざわざわと音を立てていた。内部に強い風が閉じ込められているかのように、森の枝は庭の他の木々の枝よりも強く揺れていた。

一本の糸が顔を撫でたので、見ると腕に自分のものとは違う長い髪の毛が引っかかっていた。つまり、そうだったのだ。宝石箱にしまおうと、彼女はその髪を手に取った。失《な》くさないように指に巻きつけた。森のほうにふたたび視線を上げると、金色の毛の房がこちらに向かってくるのが見えた。鳥が飛ぶくらいの高さなので、風がどこへ運んでいくのか、先を見越し推測して走らなければならなかった。毛の束は少し下に降りてきて何本かは束から離れた。ディータが立ち止まって後戻りすると、毛の束がまた飛んできたのでふたたび走り始めた。

渓谷の上の庭が斜面になっている場所に着いた。もし毛の束が境界線を越えたら、見失ってしまう。髪の束は下がったり上がったりしていたが、また下に降りてきた。彼女が追いかけていくと、地面はもうかなり急勾配になっていた。精いっぱい両腕を伸ばしたが、滑ってしまい、渓流まで転がり落ちてしまった。あおむけに落ちて、下半身が水に浸かっていた。背中が痛かったが、自分の上を漂いながら、風に運ばれて遠ざかっていく毛の束を見ると、さほどの痛みは感じなかった。

公園の反対側にあるイタグイの図書館の前では、エル・モノとカランガ、エル・ペリロッホがジープ・コマンドに乗り込んで待っていた。彼らは座席の上で落ちつかなげに体を動かしていた。ほとんど話さなかった。エル・モノは、せわしく周囲のあらゆる角にちらちらと視線を向けていた。腕を伸ばしてラジオをつけようとしたが、故障していた。何度もダイヤルを回してみたが無駄だった。

「マレッサが俺たちのために手に入れてくれた車は、なんてすばらしいんだ」とエル・モノは言った。

エル・ペリロッホは頭を座席にもたせ掛けていて、カランガは後部座席で少し体を傾けて座っていたが、脚がしびれてきた、と言った。エル・モノは指でトントンとハンドルを叩いていた。エル・ペリロッホはそれをいらいらしながら見ていた。周囲は日曜日のゆっくりとしたリズムで動いていた。エル・モノはまだハンドルを叩いていた。エル・ペリロッホはこらえかねて言った。静かにしてくれよ、な？　エル・モノは一瞥もくれなかった。いきなり側面の一つから、リムジンがその鼻先を現した。エル・モノは立ち上がり、一息吸って言った。

「来たぞ」

第四十四章

どこの広場にもウスノロがいるものだが、ミサエルはリオネグロ広場のウスノロだ。ほとんどその主のようなもので、彼の許可なしには広場の葉っぱ一枚動くことができなかった。ミサエルの弱みは子供たちだ。子供たちは彼がビーチサンダルを引きずって、その人並み外れた大きな手で撫でてやろうと近づいてくるのを見ると、恐怖に陥ってしまった。公園の片隅にいて、ちいさな子供を見つけると、よくわからない言葉をぶつぶつ口にしながら、杖にも武器にも使える棒切れをしっかり握りしめ、広場をすばやく横切った。彼が近づいてくるのを見てパニックに陥らない子供はいなかった。害を与えることはないが、その不器用さゆえに子供たちを抱き上げるとき、思っている以上に力を込めて抱き締めてしまうからだ。

子供たちを抱く他にも、ミサエルは車を見張ったり、広場に置かれたホセ・マリア・コルドバ将軍の銅像についた鳩の糞を掃除したり、マリファナ常習者に分をわきまえさせたり、棒で追い立てたりしていた。広場の秩序を守るために、彼はなんとか受け入れられていた。人々が言うには、彼が激怒するとウスノロを超して気狂いになるらしい。上手に扱うには、彼に直接話しかけることが肝要だった。ミサエル、今日の調子はどうかね？　気狂いか、ウスノロか、どう判断するか？　唸《うな》り声を上げたら狂って朝を迎えたということで、ゲラゲラ笑いかけてきたら、それはミサエルが町のウスノロに戻ったということらしい。

彼を一番動揺させることの中に、他の気狂いかウスノロがその領域を侵すかもしれない、というものがあった。激高したあげく、縄張りである広場を守るために人殺しさえしかねない、と誰もが疑いなく思っていた。視力はよくはなかったが、角から頭が覗いただけでよそ者を見抜き、棒切れを振り回しながら立ち向かっていくのだった。

しかしながら、ボティア警部補がサルセード署長に行なった報告によると、一週間前にリオネグロに現れた気狂いは、ミサエルに追い出されるのを拒み、また、喧嘩もせず町から出てもいかないで、カテドラルのあたりをうろつき回っているとのことだった。数人の軍人が彼を殺すつもりだと言い、神父に会うたびに、懺悔を聞いてくれと彼が懇願しているらしかった。

「まったく馬鹿げた話です、署長」とボティア警部補は言った。「おわかりでしょうが、気狂いたちの言うことです。しかしながら、こんなご時世でなければご報告はしなかったでしょうが、一歩間違うと治安問題になりかねませんし」

気狂い男が教会に行くには広場を横切らねばならなかった。他に方法がなかったので、彼が広場を横切ろうとするたびに棒切れで殴りつけられた。新参の男は、殴られても我慢して教会に入っていって神父を探すので、神父はあいだに入ってミサエルをなだめなければならなかった。そして、殴られた傷の手当てを新参の男にしてやらねばならなかった。教会から出るときにも、同じことが繰り返された。

「警部補、聞きたいことがある」とサルセード署長は訊いた。「君が私をわざわざメデジンから呼びつけたのは、気狂いたちの喧嘩の仲裁のためかね？」

「いいえ、署長」とボティア警部補は言った。「背景にはもっとなにかがあります」

「では、話してくれ」

神父と二人きりになると新参者は告白を願ったので、神父は告白者の肩の荷を軽くしてやろうと調子を合わせるよう努めた。悪人であったこと、誰かにひどい苦痛を与えてしまったことを告白した。

「ちょっと待て、待ってくれ」と署長が言った。「誰が君にこの話をしたのかね？」

「神父自身ですよ」

「だが、告白は秘密ではないのか？」

「そうですが、気狂いたちは数に入っていないのでしょう」

そこで新参者は告白したのだが、彼と他の仲間が、誰か一人の老人を誘拐して、窓もない小屋の一室に閉じ込めていた、というのだ。署長は目を見開いて制帽を取り、手を髪に持っていった。

「そいつはなんという名だ」

「わかりません。身分証明書を持っていません」

「名前を言わなかったのか？」

「そうです、署長。言っていることはただ一つ、千人以上の軍人が彼を襲いにやってくるということだけです」

「どこから来たのだ？」

「それについても話していませんが、サンタ・エレーナ街道のほうからやってくるのを見かけたらしいです」

サルセード署長が、どんな人物か会わせてくれと頼んだので、警部補は彼と一緒に留置所へ行った。殴りあって殺しあうことになるので、二人を閉じ込めなければならなかったのです、と言った。他になにか言っていたか？　と署長は尋ねた。それだけです、神父から聞いたのはそれだけです。署長は顔の片側にちらっと笑いを浮かべた。私の管轄区域に連れていかなければならないな、と言った。

留置所に入ると、署長は悪臭に顔をしかめた。棟には八人ほどの男がいた。

「どれだ？」と署長が訊いた。

「あれです」

「緑色のシャツの男か？」

「いいえ、それはミサエルです」警部補は説明した。「あっちにいるほうです」

「眉の濃い奴か？」

「それです」警部補は言った。「眉毛男《エル・セホン》です」

署長は二歩前へ進み、彼をじっと見つめていた。

「彼をどうしましょうか、署長？」

「準備しておけ、連れていく」と答えた。

署長は新鮮な空気を吸おうと外に出たので、ボティア警部補は急いで彼の後を追った。署長、と呼びかけた。大変恐縮ですが、一つお願いしてもよろしいでしょうか？　サルセード署長はそれには答えないまま、彼の顔を見た。警部補は唾を飲み込んで言った。ミサエルも一緒に連れていっていただけませんか？

　ツイッギーはタンスの中を空にして、ベッドの上に服を広げ、リュックサックに詰め込むものを選んでいた。何を持っていくか決めるあいだ、レコードプレイヤーで掛けているジリオラ・チンクエッティの歌を歌っていた。ワンピースを一枚入れて、そのワンピースを別のに変えて、それをまた取り出してまったく別のワンピースを詰めた。少年は彼女に三組しか衣類を持参しないように、とあらかじめ言ってあった。俺が洋服をいっぱい買ってやるから、と言ったが、その言葉をセックスの後で耳元にささやかれたときのことを思い出すだけで鳥肌が立った。これほどあたしを満たしてくれるなら、とうっとりしながら彼女は言い、手を少年の腹部に這わせながら、あんたは鋼でできているのね、と言った。セックスをして、少し休むとまた彼が彼女の上になって、またやって、さらにもう一回。一晩に四回もセックスしてしまったので、お願いだからもうやめて、見てよ、痙攣を起こしそうよ、と彼女が頼み込む始末だった。三足のブーツを持っていきたかったが、どうやって詰めたらいいのかわからなかった。またリュックサックを空にした。歌ってはいたけれども、これじゃなにも入らないわ、とこぼしていた。

　頭の中では、まだ少年が言った言葉が飛び交っていた。なにもかも放って逃げ出そう、俺のバイクで逃げよう、それからまたツイッギーの上に乗ってきた。彼女は表紙に別のツイッギー、つまり本物が載っている雑誌も持っていきたかった。でもたくさんあったので、そのうちのたった一つ、ある家から盗んできて、戦利品のトロフィーのように保存してあった、フランス版「ヴォーグ」を荷物に入れた。化粧台の引き出しを開けて何か大切なものを忘れていないか調べると、滝を背景にエル・モノと写した写真が出てきた。見ても何も感じなかった。少年といたあの瞬間から、感じることのすべては少年に移ってしまい、エル・モノに対しては何も感じなくなっていた。たぶん少しの恐れはあるのだろう。前の晩、一緒に逃げようと少年が言ったとき、彼にそのことを話した。

「モノはどうすると思う？」ツイッギーが尋ねた。

「わからない」と少年は言った。「おまえのほうが俺よりよっぽど知っているじゃないか」

「気が狂ったようになっているから、たぶんあたしを殺すと思う」とツイッギーが自分の考えを言った。少年を見つめてつけ加えた。「あんたもよ」

天井を見ながら考え、それから言い足した。

「考えてもみなよ。あんたは金を奪ってあたしと逃げるのよ」

茶色のブーツをリュックサックから取り出して黒いブーツを入れた。時間を見て飛び上がった。少年は三時に彼女を迎えにくることになっていた。前の夜は眠っていなかった。もし、何もかも夢だとしたら？　あの少年はまだ子供だ。いくつなんだろう？　あたしは何歳上なのか？　もし半年であたしに飽きてしまったら？　呼び鈴が鳴ったので、ツイッギーはまた飛び上がった。待ってもらわなければ。もし出発する前にセックスをしたがったら？　あわてて玄関のドアまで行った、幸せそうににこにこしながら、興奮して。彼から激しいキスを奪い取ろうと思いながら開けると、そこで目にしたのは少年ではなく、三人の警官を伴ったサルセード署長の脂ぎった顔であった。

「バネッサ・モントヤさんですか？」署長は尋ねた。

ツイッギーは壁のように真っ白になり、ドアにしがみついた。

「どちらさまですか？」とちいさな声で訊いた。

「レオニダス・サルセード、メデジン市警の署長です」

彼女がドアを閉めようとすると、彼は隙間に足を滑り込ませた。

「今行きます」と彼女は言った。「レコードを掛けたままなので」

「ご一緒してもよろしいですか」と署長は言った。

ツイッギーは微笑もうとしたが、顔の筋肉が思うように動いてくれなかった。署長は対照的に、満面の愛想笑いを浮かべた。警官の一人が、カランガの死んだ現像所で見つけた写真を持って彼に近づいた。彼女に間違いありません、と声をひそめて言った。署長はにこにこしながら写真に目をやった。ツイッギーの目から涙があふれた。署長は言った。お嬢さん、一つ言わせてください、実際のあなたのほうがずっと素敵ですよ。

第四十五章

エル・モノはサン・ペドロ墓地の周囲をうろついていた。その時間にはもう墓地の入り口は閉められていたので、どこか潜り込めるようなすき間、閉まりの悪い鉄格子、あるいは塀を飛び越えるための足掛かりになるものを探していた。葉の茂ったカルボネーロの木があり、その枝は塀の向こう側まで伸びていた。ずいぶん長いこと木には登っていなかったが、墓地に入るにはそれしか方法がないとわかっていた。木によじ登る腕前は衰えていなかった。これほど酔っていなければ、難なくやれただろう。塀の向こう側には足がかりとなるようなものはなかったので、両手で木の枝にぶら下がってしばらく足をばたつかせていた。怪我をすることは何とも思っていなかったが、後ろのポケットに入れてあるハーフボトルの焼酎の瓶を壊したくはなかった。幸運にも猫のように足をついて着地できた。

すでに通いなれている墓石のあいだの道を縫っていき、霊廟に着くと、柵の扉を守っている女像柱の前で跪《ひざまず》いた。やってきたよ、俺の大事なお嬢ちゃん、とエル・モノは呟《つぶや》いた。ごめんよ、今日は花を持ってこなかった。柵のところまで四つん這いで進み、柵につかまって立ち上がった。墓碑のイソルダの名前の下に置いてあるしぼんだ花に目をとめると、誰もここに来ないなんて、かわいそうに、と嘆いた。顔を鉄柵に押しつけて管理人たちに見つからないよう静かに泣いた。いつ闇に包まれてもおかしくない時間だったので、誰も黒い大理石のあいだでしゃがんでいる彼を見つけられないだろう。泣きながら酒瓶を取り出して、何度もたっぷりと口に流し込んだ。墓石に語りかけ、もしかして明日、俺も突然死ぬかも、と言った。詩の一節を口にして思い出そうとした。**毎日私の中で何かが死んでいく、通り過ぎていく時間が私を殺すのだ。**詩の冒頭を繰り返しながら、その弾みで残りの部分を引き出そうとしたが、思い出せなかった。最後までしどろもどろで呟いていたら、探していた節に行き当たった。**そしていつも、私はそのように戸惑うのだが、近づく自分の死を前に思うのだ、人生で何度も……私は死んできた。**何度も息を深く吸い込み、そして秘密を明かすかのようにイソルダの墓に向かって言った。俺が死んだらこの墓地に埋めてくれるように、ママに約束してもらっている。金持ち用のこのあたりにではなくて、貧乏人用のあちらのほうだけど。俺たちが一番近くいられる場所はここしかないんだよ、お嬢ちゃん。

小便をしたくなって周りを見渡した。彼女を大切に思う気持ちから、その場で用を足すのははばかられた。もう暗くなっていて、塀の向こうの通りには電灯がつき始めたばかりだった。片腕を前に突き出して手さぐりで数歩を歩き、もう充分離れたと思うあたりでズボンから性器を取り出して、放尿した。霊廟に戻って、女像柱の一つを手さぐりし、地面まで撫で下ろした。もう一口酒を飲み込むと、げっぷをして、そのまま眠り込んでしまった。

夜が明けたからではなく、すべてを失った不安感から目が覚めた。まだやることが一つ残っているとの、ただ一つの思いで立ち上がった。墓碑を見ると、その上に書かれた文字が判読できるようになっていた。朝一番で故人を訪ねる人々のために、入り口の扉が開かれる音が遠くに聞こえた。

エル・ペリロッホは外で見張りをしていた。といっても、皆が寝静まったのを見計らっていつも小屋の廊下まで引き返し、隅で仮眠を取っていた。ポンチョを二枚着て、厚い羊毛の帽子を被っていた。一時間前にキツツキが木を突つく音で目を覚ましたが、霧が深かったのでまた小屋の筋交いに寄りかかって眠り込んでしまった。

少しすると空の高みの霧が晴れて、太陽の光線が彼の顔を照らした。もう七時になるところで、カルリートがコーヒーの用意を終えたはずの時間だった。エル・ペリロッホは不自然な姿勢で寝た夜の疲労を取り除こうと、大きく伸びをした。そのときに、門の傍に人影を見た。ピストルを取り出し、大声で訊いた。

「そこにいるのは誰だ？」

返事はなかった。ピストルを高く掲げながら、もう少し近づいた。岩に座って背をこちらに向けていたので、エル・モノとは気づかなかった。

「誰だ？」と繰り返した。

小屋からカルリートとマレッサがやはりピストルを構えて飛び出してきて、どうした、と訊いた。

「誰かあそこにいる」と彼らに指し示した。

マレッサとカルリートは、エル・ペリロッホがいるところまできた。

「道に迷った奴かな？」とカルリートが訊いた。

「罠かもしれん」とマレッサは言った。

「おーい」エル・ペリロッホがまた叫んだ。

人影は霧の中に消えた。エル・モノがゆっくりと立ち上がると、三人は狙いを定めた。こちらに来るのか、それとも行ってしまうのか？　とマレッサは仲間に尋ねた。こちらに来るぞ、とカルリートは答えた。

「エル・モノだ」とエル・ペリロッホが言った。

三人は警戒した。その場で落ち着かなげに動いたが、誰も一歩前に踏み出そうとはしなかった。エル・モノか？　違うだろう。いや、そうだ。あそこでなにをしているんだ？　なんで入ってこない？　彼が近づくにしたがって、エル・モノであると確認できた。よろめきながら、視点の定まらない目をして、ズボンは小便で汚れていた。シャツはズボンからはみ出して、前ははだけていた。ベルトにはマカロフ銃が覗いていた。

「外でなにをしているんだ」と三人に訊いた。

「そこでなにをしていたんだよ？」とエル・ペリロッホが質問した。

「今までどこへ行ってたんだ？」とマレッサが訊いた。「もう三日前から探してたんだぞ」

エル・モノは三人の前を素通りした。

「エル・トンボがなにもかも話してくれた」と彼の後をついていきながら、エル・ペリロッホが言った。

エル・モノは立ち止まって後ろを振り向いた。何かを言おうとしたが、げっぷが出た。霧の中に見える木立の陰をじっと見ていた。

「そうか」とついに口を開いた。「俺が話す手間が省けた」

もう少し前に進んでまた足を止めた。仲間を見ずに言った。

「出ていきな」

「なんだと？」とエル・ペリロッホが訊いた。

「もうここを出ていっていい」

三人は顔を見合わせた。よろよろしながら廊下まで行ったエル・モノの後ろを、まだ事情を飲み込めない仲間たちがついていった。それでジジイは？　とマレッサが訊いた。誰が世話をするんだ？　俺たちどこへ行けばいいんだ、モノ？　とカルリートが訊いた。「俺たち一銭もないんだぜ」

「なんでもいいからジジイと話をつけろよ」とエル・ペリロッホは言った。「俺たちは手ぶらでここを出ていくことはできんぞ」エル・モノは正面から彼らに向き合った。

「おまえたちが望んでいたのはこれじゃないのか？　急いで終わらせよう、と言っていなかったか？　そうだ、もう終わったんだ。今すぐここから出ていけるぞ」

他の者たちの息づかいが荒くなった。エル・ペリロッホは口調を変えた。

「俺たちならもっとうまく仕上げられるぞ」と言った。「思っていたほど手に入らないだろうが、しかし……」

「エル・セホンとツイッギーが捕まった」とエル・モノが遮った。「俺たちはまだ囲まれていないとしても、奴らはすぐにここに来る」

「ジジイを他の場所に連れていったらどうだ」とエル・ペリロッホが提案した。

「どこへ？　どの金で？」とエル・モノが反駁した。

マレッサはさらに少し近づいた。あんたはまだ金が残っていると言っていたじゃないか。エル・

モノは扉に寄りかかり、頭を振って否定した。どうしたんだ、銀行のあの金は？　とマレッサが繰り返した。エル・モノは下を向いたまま否定しつづけた。答えろよ、モノ、とエル・ペリロッホが言った。エル・モノは彼らを見たが、顎が震えていた。なにもない、金もない、取引もない、捕まりたくなかったら、もうずらかったほうがいい。エル・モノは小屋に入ったが、三人は外に残った。三人は怒り狂って髪を掻きむしりながら、身振り手振りを交えて話していた。エル・ペリロッホは、なんだと、金がないだと！　と怒鳴り、ビフローラを植えていたビスケットの缶を蹴飛ばした。

エル・モノは壊れたソファーに仰向けに身を投げ出した。外で話している声が聞こえたが、なにを話しているのか一言もわからなかった。床の上に煙草の吸い殻が落ちているのを見つけて拾った。カルリートが入ると、エル・モノがしゃがみこんで散らばったものの中で何かを探していた。なにを探しているんだ？　と訊いた。マッチだ。台所にあるよ。エル・モノが彼についていくと、カルリートはコーヒーを淹れるために沸かしていた湯の入った鍋をコンロから下ろした。火をつけたマッチをエル・モノに差し出した。マレッサが煙草を持っているから、とカルリートは言った。これでいいんだよ、とエル・モノは言った。これ以上、面と向かって嫌味を言われたくない。吸いさしを二口ほど吸って、残りを見ていた。奴をどうする？　カルリートが尋ねた。気になるか？　とエル・モノが訊いた。もちろん気になる、とカルリートは言った。奴の面倒をずっと見てきたから気になるよ。エル・モノはもう一度吸いさしを吸ったので、指を火傷《やけど》するところだった。俺がコーヒーを持っていってやろう、とエル・モノは言った。吸いさしを床に踏みつけて消した。俺にも淹れてくれ。後でな、とカルリートが言った。後でだと？　とエル・モノが訊いた。両手で顔をごしごしこすりながら言った。後でなにが起こるか、わかればいいがな。

ドン・ディエゴはベッドに座って、約束していたかのように彼を待っていた。咳は止まっていなかったが、顔色は多少よくなっているように見えた。エル・モノはカップを渡すときに、コーヒーをまたこぼしてしまった。ドン・ディエゴは両手でカップを受け取り、中を覗いた。コーヒーには、わずか四滴ほどのミルクが垂らされたような色がついていた。エル・モノも彼のカップを苛立《いらだ》たしそうに見た。コーヒーを淹れるという簡単なことを、ここのバカどもはちっとも覚えられなかった、とエル・モノが言った。俺は刑務所で覚えたんだよ。いつ刑務所にいたのだ？　何度もだ、とエル・モノが言ったからな。俺は刑務所で覚えたんだよ。いつ刑務所にいたのだ？　何度もだ、とエル・モノが言った。もう一度行かねばならんな、とドン・ディエゴは言った。それはない、刑務所にいたときに誓ったんだ、ここには二度と戻らないとね。また戻るだろうよ、私のことを覚えていてくれよ。ドン・ディエゴはカップをベッドの傍に置き、また咳をしはじめた。外では扉の閉まる音が聞こえた。もう行ってしまう、とエル・モノは言った。皆が？　皆だよ、ドン・ディエゴ、ここにはあんたと俺しか残っていない。

エル・モノは部屋の入り口まで行って、廊下のほうを見た。礼のひとつも言わずに出ていく、とエル・モノは言った。じっとドン・ディエゴを見つめた後で言った、来いよ、一緒に外に出よう、今朝はいい天気だ。ドン・ディエゴも彼をじっと見つめ、それから質問した。

「それが死を宣告された男の最後の願いなのか？」

「その言葉はあんたについてか、それとも俺についてか？」とエル・モノは訊いた。

ドン・ディエゴは微笑んだ。よろよろしながら立ち上がって言った。

「いいだろう。外に行こう」

ドン・ディエゴはゆっくりと歩いていったが、エル・モノの前を通り過ぎるとき、焼酎の臭いに気分が悪くなった。突然立ち止まって言った。待ってくれ。振り返って部屋の明かりを消した。

二人は小屋の背後の廊下にある低い壁に座った。黙ったまま牧草の上を這う霧や、木々の枝の間を抜けている霧に見入っていた。

「聞こえるか？」ドン・ディエゴが訊いた。

エル・モノは警戒した。

「ミソサザイだよ」とドン・ディエゴは言った。「とても感動的な音で囀《さえず》る。あまり美しくない鳥だが、きれいな羽を持たない鳥はすばらしい声で歌うものだ」

エル・モノは耳を澄ました。しかし頭の中で鳴る呼び子の笛の音で何も聞こえなかった。前に屈んで両手の間に顔を埋め、それから髪の毛を掻きむしった。ドン・ディエゴは彼が絶望しているのに気づいた。

「ベゴニアをだめにしたな」とドン・ディエゴが言った。

エル・モノは視線を上げて、屋根からつり下げられている朽ちかけた茎や葉でいっぱいの鉢を見た。

「バカどもはこんなものさえ世話できないんだ」

ドン・ディエゴは目を細めて空を見た。

「こんなふうに朝が始まると、あとでじりじりする太陽が照りつける」と言った。

「昨夜イソルダのところに行った」と、エル・モノが語りかけた。

ドン・ディエゴは空を見続けていた。

「あの娘のところの花も枯れていた」とエル・モノは続けた。

ドン・ディエゴは苦しそうに咳をした。

「俺はそのへんの花を摘もうと思ったけれど、もうとっぷり暗かったからな」とエル・モノが言った。一息ついて言い加えた。「あの娘の傍で寝たんだ」

ドン・ディエゴは笑いながら言った。

「君の敬愛する詩人の真似をして、できそこないの詩を墓で娘に聞かせたってわけか」

「俺はあの娘のところにお参りしてるよ。あんたたちが一度もしないことだね」

太陽がふたたび雲の切れ目から顔を覗かせ、ドン・ディエゴはうつむいた。もし生きていたら、イソルダは君のことをどう思うだろうな？　とエル・モノに尋ねた。もう死んでいる。もし生きていたら、と私は言っただろう。もし生きていたら、この美しい夜明けを俺と一緒に見ていただろうよ。ドン・ディエゴは彼をじっと見ていた。

「バカを言うんじゃない」とドン・ディエゴは言った。「鏡に映った自分を見てみろ、汚い恰好をして。過去を見てもこの先を見ても、君の人生のどの場所にどの時期に、力ずくのひどいやり方をする君と私のイソルダがいっしょにいられるというのか、自分の心に訊いてみろ」

エル・モノは彼を見なかった。霧の舞う様子にすっかり見入っているようだった。こんな馬鹿げた求愛を私は聞いたことがない、とドン・ディエゴは続けた。歩けるか？　とエル・モノは尋ねた。私の娘は君のような卑劣な男たちのために生まれたわけではない。歩けるか、ドン・ディエゴ？手下さえ君を操り人形としか見ていないじゃないか。君のことを詩人気取りだのなんだのとあざ笑っているのを知っているのか？　男としての君の能力さえもバカにしているぞ。エル・モノは立ち上がると、動揺している様子で面と向かい、ドン・ディエゴに言った。答えてくれよ、まったく、歩けるのか？

「歩きたくない」とドン・ディエゴは言った。

「出てってくれ」とエル・モノは言った。

「なんだと？」

「出てけよ」

ドン・ディエゴは呆気にとられて彼を見た。エル・モノは荒い息づかいをしていた。

「私はここから動かない」とドン・ディエゴは言い張った。「私を解放するなら、迎えにこさせてほしい」

「あんたはここから出てくんだ、ここに残るのは俺だ」とエル・モノは言った。

「じゃあ、ここまで君を逮捕しにやってくるだろうよ」

「だから俺は奴らをここで待っているんだ」と言い、ドン・ディエゴのほうに一歩近づいて頼んだ。

「出てってくれ」

ドン・ディエゴは座ったままでいた。エル・モノをじっと見つめたまま、深く息を吸っていた。最後にもう一度言うからな、出てってくれ、と何もかもを終わらせてしまいたい気持ちをちらつかせながら、エル・モノはすっかり疲れ果てた様子で言った。役割がすっかり変わってしまって、今や老人が加害者であるかのように、彼はドン・ディエゴを見た。

「出てってくれ、俺をそっとしておいてくれ、俺を一人にしてくれ」とエル・モノは懇願した。

「さっき言ったとおり、私はここを動くつもりはない」ドン・ディエゴは繰り返し言った。

エル・モノは上を見た。空はまた翳《かげ》りだしていて、山から濃い霧が降りてきていた。あんたは俺がしたくないことをやらせようとしているんだな、とドン・ディエゴに言った。どんなことをだ？エル・モノは答えなかった。舌の先まで出かかっている、伝えたい何か大事なことがあるかのように唇を曲げた。ドン・ディエゴはまた前方を見た。薄い霧が二人のほうに急激に近づいてきて、あっという間に彼らを取り囲み、二人の幻影を靄《もや》の中に閉じ込めて周囲のものを消し去った。ドン・ディエゴは衰弱した肺を冷たい空気で満たしながら、エル・モノに言った。

「そんなに苦しまなくていいぞ、君がやらなければならないことをやるだけだろう」

第四十六章

まだ城の入り口と庭を監視している警官たちはいるが、もう野次馬も訪問者もいない。見ているのは僕一人だが、僕が何をしにここに来たのか今もわからないままだ。おそらく今まで自分にしたことのない質問の答えを、僕は探しているのだろう。もしかすると、この城にはまだ語られていない僕の物語の何かがあるのかもしれない。きっと僕は、夢がそのまま続いているのではないかと確かめにきたのだ。けれども、僕にはまったく何も語られないままだ。すべてがひどく隔絶されていて、僕自身も余計者であるように感じる。

ヘラルドがあわててリムジンに乗るまでは何の変化もない。家の中から声がして、続いてベルギー人が鞄《かばん》を手に出てきて車まで急ぎ足で歩いていく。ディータが彼の背後から現れて、フランス語で何かわめきたてている。彼女は激怒のあまり、厳格な喪服に身を包んではいるが、優雅な身のこなしまでも失っている。リムジンはエンジンをかけ、ディータは車が糸杉の続く道を遠ざかるのを見ている。入り口の扉をじっと見ている。頭を振って否定しながら、石の階段を降りている。門の鉄柵を閉めて引き返してきた庭師は訊く、なにかご用はありますか、ドーニャ・ディータ？　彼女は腕で彼を払いのけ、決然とした態度でいる。城の門を警備している警官たちに、遠く離れた場所から問いただしている、あなたたちはここで今さらなにをしているというのです？　警官たちはびっくりして彼女を見る。出ていってください、と彼らに言う。警官たちは互いに顔を見合わせている。出ていってください、とディータは重ねて言う。ここではもうなにもすることがありません、そっとしておいてください。庭師が近づいてきて言う、奥さま、私が代わりに伝えますから、中にお入りになってください。あなたもよ、と彼女は言う。もう顔を見たくないわ、みんな、家から出ていってください。家にいるみんなにも出ていくように言って、と庭師に頼んでいる。前庭まで降りていって、他の警官たちにも同じことを言っている。出ていきなさい、もうあなたたちの顔を見たくもありません、消えてちょうだい。怒りのあまり真っ赤になって、手を振り回しながら。みんな、出てってちょうだい、と大声で叫んでいる。出てって、出てって、とうとう息が切れてしまって、噴水の傍のつる棚のベンチに身をもたせかけている。

落ち着きを取り戻すのに時間はかからない。城に背を向けて、山々や川の上のヒメコンドル、工場の煙、本物の自然を示そうと肌を変えたばかりの街の夕暮れを、しみじみと見ている。

立ち上がり、腕をピンと伸ばしてひと握りの空気をつかむかのように手を握っている。僕の前を通りすぎたが、境界線から覗いている僕には気づかないまま脇の道を行き、森まで登っていく。立ち止まって森を見ているが、すぐに木々の中に入りこんでしまい、姿が見えなくなってしまう。

昨日の今ごろ、僕の足元で何かが砕けた。これほどの混乱の中で、こんな静かな夕暮れがあるとは理解しがたかった。本当のところ、僕には何もわからなかった。僕は周辺を一回りしたが、すぐにそこに一人でいることが、夜の闇に捉えられてしまうことがとても怖くなった。丘を横切って家に戻る途中、まだライトをつけていないリムジンが登ってくるのが見えた。ゆっくりとやってくる鉛色をした車は、エンジンを止めて登っているかのようだった。僕は引き返すことも、走ることもできなかった。車が近づくにつれて、空気がなくなっていくような気がした。僕の前を鳥の羽がかすめるように、耳元に届く呼吸のように、あてもなく、どこから来たかもどこへ行くかもわからないように通り過ぎた。混乱しきっていたので、車は独りでに動いているようにさえ見えた。

「こんなところでなにをしているの？」車の窓を下ろしながらママが僕に訊いた。

「なにも」と、まだ呆然としていたので、僕は答えた。僕はママたちと一緒に車に乗った。

パパがヘッドライトをつけたので、道を照らす光のせいで逆光となる二人のシルエットを後部座席から見ていた。両親は僕に話しかけなかった。沈黙は、その日、何かが壊れたことを感じ取っている者たちの合意のように思えた。家に着く少し前に、ママは頭を振りながら言った。なんてひどい。パパは黙ったままだった。僕は後部座席からしか二人を見ることができなかったが、そのときほど両親の目をしっかり見つめたいと思ったことはなかったし、二人から、泣きたいなら泣いていいのよと言ってもらいたかったことはない。それまではまったく、まったく両親を失う恐れも、二人に死なないでねと懇願する必要も感じていなかった。

今、重なり合った雲が空を横切っていき、時間も雲のようにゆっくりと流れている。僕はここで何をしているのだろう。たぶん、別れを告げるために来たのだろう。もうこのあたりに戻ってくる目的はあまりない。

しばらくするとディータが森から出てきたが、彼女とは思えない姿だ。森に入っていったときのように髪をシニョンにしていない。頭の両側からそれぞれ捻《ねじ》った二つの角が飛び出し、髪は後ろに垂らしている。頭の中央からは噴水のように毛の房が現れている。髪じゅうにアザレアやアイリス、三色スミレの花びら、ゼラニウムが飾られていて、片耳ごとにバラの花が挟まれている。別世界からやってきたように表情も違っている。

僕だけが驚いているのではない。僕の背後の木の枝のあいだで誰かが口笛を吹いている。

謝辞

マリア・テレサ・ムリエル、ベニー・ドゥケ、サンドラ・ナランホ、ルイス・フェリペ・エチャバリーア、パブロ・エチャバリーア、そしてハイメ・エチェベリにいつものように感謝を表します。あなたがたから受けた貴重な支援が、この物語を書くための支えとなりました。

訳者あとがき

本作の原著*El mundo de afuera*は、二〇一四年にスペイン語圏ではもっとも反響を呼ぶ文学賞の一つであるアルファグアラ賞を受けている。第十七回アルファグアラ小説コンクールには八百七十二作品の応募があり、ホルヘ・フランコは、アントニオ・ベンハミンのペンネームで、本作を『あの御しがたい怪物』のタイトルで応募していた。受賞作が決まり、主催者側が封緘《ふうかん》文書を開けてみたところ、作者がホルヘ・フランコであることがわかった。受賞作品の発表にあたり、審査員の一人であるラウラ・レストレッポは「複雑な作中人物の創造、会話の効果、ユーモアのセンス、最後のページまで緊張を維持しつづける物語の当意即妙さが際立っている。メルヘンのように始まり、コーエン兄弟が制作する映画のように終わっている」と評している。

ホルヘ・フランコ（一九六二年メデジン市生まれ）は、一九九〇年代末に『ロサリオの鋏《はさみ》』で広く知られるようになった作家である。この作品の時代背景は、コカイン・マフィア組織が支配していた八〇年代。流れ者が住み着いたメデジンの丘陵地帯の貧民街で生まれたロサリオは、八歳で継父に、十三歳で少年ギャング団の一人に犯されるが、後に復讐のために鋏でその少年の局部を切り裂いた。これが彼女の二つ名の〈鋏〉の由来になるのだが、やがてその美貌を武器に、色仕掛けでマフィアから依頼を受けた標的に近づき、銃弾を放つ殺し屋になる。

だが最後には、自分がしてきたようにキスの最中に相手の男に殺されてしまう。若くて美しい女殺し屋ロサリオのセックスと報復、快楽と苦悩の人生を描いた小説は、コロンビアではガルシア＝マルケスの『百年の孤独』以来のベストセラーとなり、映画化され、テレビドラマ化もされてアメリカ全土で放映された。フランコは三十代にして、スペイン語圏の若手作家として注目を浴びるようになった。

『ロサリオの鋏』は、暴力が吹き荒れる当時のメデジンで、強姦されたり虐待されたりした少女たちが、その復讐のために殺し屋になっていった現実を、文学的に昇華させたものであった。『外の世界』も実際に起こった誘拐事件をもとにして、語りの構成の中身をフィクションに転換した小説である。

作品は、一九七一年八月九日付のコロンビア国軍より出された官報から始まる。その前日、メデジン市で現実に起こった誘拐事件に関して実際に公布された文書で、企業家で大富豪のディエゴ・エチャバリーア・ミサス氏が居住する〈城〉付近で誘拐されたことを通知し、彼の救出と犯人の逮捕につながる情報の提供を市民に訴えている。

ここに掲げられた情報は、この小説の構造上の基本的な三要素を前もって示し、また強調している。第一は、このページを繰った第一章で素描される『不思議の国のアリス』的なメルヘンの要素。それは、アナクロニズムを建設しようと試みた人物に対して行使される、暴力的な現実によって破壊されていく。第二の要素は、続く八〇年代にはコロンビアの歴史を象徴することになるメデジンという空間であり、その麻薬取引と暴力によって破壊されてしまうメデジンの、桃源郷としての最後の時代が第三の要素である。

作品の構成の成功の最大の鍵は、交互に展開される相補的な語り手たちの、的を射た組み合わせによって展開される二つの流れの会話にある、といえるだろう。いくつかの章の系列では、直線的に年代を追って語られる。ここには、事件が起こって以降の圧倒的支配者である誘拐犯と、不安のただなかに置かれるその被害者の生活という、事件の構成要素が注ぎ込まれている。

もう一方の系列では、さまざまな語り手による物語が年代を追って展開されていく。それは必ずしも直線的ではなく、より断片的であるが、そこには繊細かつ荒々しいストーリーの魅力がある。

フランコが『ロサリオの鋏』に続いて書いた『パライソ・トラベル』も高い評価を受けて、多くの読者を得、また映画化された。貧しい未来以外、何も与えてくれない祖国に絶望し、自分の人生を自分で選択したいと望んで、アメリカに密入国する女性レイナとその恋人マーロンの若いカップルが主人公だ。

正規の入国ビザを入手できない二人は、パライソ・トラベル社という旅行代理店を模した不法入国を斡旋する地下組織に法外な料金を払って、密入国グループに加わる。その旅の過程で〈パライソ〉とはパラダイスを意味するのではなく、彼らが経験する過酷な旅の反語であると気づく。そして、苦難の旅の果てにようやくたどりついたニューヨークで、二人ははぐれてしまう。最終的にマーロンはレイナを見つけ出すが、別れていた一年と三カ月のあいだに、レイナはマイアミで街娼に身を落としていた。

細部までイメージできる女性を構築するフランコの手腕のうまさには定評があるが、この作品の女主人公レイナもロサリオ同様、自分が置かれている環境に敢然と立ち向かっていく、自立心が強くて美しい女性である。またロサリオは自分の夢を実現するために手段を選ばないアウトローであったが、レイナも手段を選ばない。フランコにはこのような人物を愛好する傾向がある、と批評家たちにしばしば指摘されているが、『外の世界』ではスラム出身の貧しい若者エル・モノ・リアスコスを主人公の一人として登場させている。

エル・モノ（猿）と呼ばれるこの誘拐犯グループのリーダーは貧困家庭で育ち、母親を支えようと幼いころからわずかな稼ぎを得るために働いてきた。本来与えられるべき勉学や職業の選択肢を奪われて、最終的に犯罪に手を染めていく。

メデジンの郊外で封建領主のような城に住み、庭で遊んだりダンスをしている、金髪で青い目をした人形のように可憐な少女イソルダを、エル・モノは木の上から覗き見し、自分自身の社会的境遇から連れ出してくれる王女さまとの恋を夢想しながら成長してきた。

社会的悪行は英雄的行為ではないし、生き残りのための勲章でもない。しかし、この作品の場合、片足を現実に置きつつ、フィクションが小説構造の内容となるような模索が行なわれた結果、エル・モノという犯罪者は非常に魅力的な存在となっている。

もう一方で語られるのは、イソルダの父親ドン・ディエゴの独身時代の生活である。若くして本人の希望で親の莫大な財産を相続し、第二次大戦後間もないドイツに住み、ワーグナーのオペラのマニアとして過ごしてきた。そのような日々に、戦争の余波が続くベルリンで一人のドイツ女性ディータと出会う。「愛は形式を整えるようなものではない」と主張し、結婚という形式を拒否する彼女は、保守的なディエゴとは異なる信念を持つ強い女性である。最終的にディエゴは彼女を伴ってメデジンに帰り、ラ・ロシュフーコー城をモデルとする中世フランス風の城を建築するために精力を傾けることになった。

コロンビアに帰国後、ディエゴはヨーロッパから離れた地でヨーロッパ風の新しい秩序を確立するための計画に着手するが、その決断は作品中で、ドイツ人の妻とメデジンという土地とのコントラストを際立たせることになる。

城にはドン・ディエゴの一人娘イソルダも住んでいる。その名前は、父親の愛するワーグナーのオペラ『トリスタンとイゾルデ』に由来する。彼女は住み込みのドイツ人の家庭教師のほかに、城にピアノなどのレッスンをつけに来る専門家たちに囲まれて、外の世界（作品のタイトルはここからとられている）から隔離され、孤立した王女さまの生活を送っている。父親が、周囲の暴力的で堕落した世界から娘を守るために閉じ込めたのだ。

両親の愛の監禁から逃れるために、イソルダはファンタジーの世界の中で人格を形成していく。城の周囲を取り巻く森に入っていくたびに、そのファンタジーは強化される。やがて彼女の人生は、愛と死の悲劇的な物語へと変容していく。所詮完全な隔離など不可能なのだ。たまたま手に入れた赤いミニスカートに対する執着ぶりは、彼女のもつ自由への強い欲求を表している。


本書は、構成の巧妙さという点で、これまでのフランコ作品の中で抜きんでている。しばしば呼び戻される過去の中でエピソードが復元され、異なる場所で起きた出来事を並行して示す同時話法を用いることによって、同じ章の中で空白を置きながら、異なる空間において同時に起きている事態を隣接する部分で語ることに成功している。例えば、ドン・ディエゴを監禁している山中の小屋と、救出しようと駐留している彼の親族や警察の様子など。

誘拐事件の経過と夢物語のあいだを、小説は会話で展開していく。メデジンの低層階級の言語のリアリズム、その時代に流行している歌、今置かれている環境以上に望めない者たちの趣味や夢、誘拐犯グループの自堕落な若者たちのセックスや支配力や金銭への執着などが叙述される。ストーリーの進行とともに、次第に増していく緊張感とリズム。だが、流動的で自然な中で交わされる軽妙な会話は象徴的な豊かさ、ユーモアに満ちている。その物語性は総合的に完成されており、アンティミズムや夢想、詩情あふれるニュアンスに満ちた文体で七〇年代初めのメデジンを見事に描き出している、と言えよう。

エル・モノ・リアスコスは、しばしば詩編の一部を朗読しているように、コロンビアの民衆詩人であったフリオ・フローレスの詩を偏愛している。ガルシア＝マルケスは『百年の孤独』や『族長の秋』の中に、ドン・ディエゴの触れている〈石と空〉派に属する詩人ホルヘ・ロッハスや〈モデルニスモ〉の創始者ルベン・ダリーオの詩編を組み込んでいる。それと同様に、これまで詩を作中に取り入れることのなかったフランコが、初めてこの小説でコロンビアの詩人フリオ・フローレスの多くの作品をエル・モノに朗読させている。

先述のように『外の世界』は、アルファグアラ小説コンクールで受賞した作品だが、応募したときのタイトルは『あの御しがたい怪物』だった。これはフローレスの詩「永遠の恋」から引用したものである。

一八六七年生まれのフローレスは、軍事クーデターや千日戦争などいくつもの内戦に苦しんだコロンビアの不幸な歴史的状況下で成長したため、アカデミックな教育を受ける機会に恵まれず、ボヘミアン的環境に身を置いて詩を書いた。

彼の文学の歩みは、コロンビアにおける十九世紀末から二十世紀にかけてのロマン主義運動と一致している。十九世紀末最後の十年間は、コロンビア文学における黄金時代で、多くの優れた作品が書かれた。大きく三グループに分けられるが、一つは伝統主義グループ、二つ目はボードレールやベルレーヌ、マラルメなど、フランスの高踏派や象徴主義の影響を受けたグループで、三つ目は〈象徴の洞窟〉と呼ばれたグループだった。ここでの〈象徴〉は、象徴主義に属することを示すものではなく、象徴主義運動に加わるかどうかを議論していたのに由来している。

この最後のグループに属していたフローレスは〈最後のベッケル派詩人〉（ベッケルはスペインのロマン派の詩人）、あるいは〈最後のロマン派詩人〉と呼ばれ、十九世紀末から二十世紀前半にかけて大きな影響を与えたラテンアメリカの文学刷新運動〈モデルニスモ〉とは一貫して距離を保った。彼は終生ロマン主義の巨頭ビクトル・ユゴーを師と仰ぎ、彼独自の作品を書き続けた。

作品の特徴の一つはエロティシズムで、その個性と風貌から、彼が登場すると女性たちがため息をつき、傍を通ると顔を赤らめた、と言われる。とりわけ彼の朗読には人気があったが、気が向くとギターを手に即興で詩を作って歌い聞かせた。セレナータの名手とも言われ、多くの作品がポピュラーソングとして歌われてきたことは、その作品がいかにコロンビアの民衆の心に届き、愛されたかを物語っている。代表的なものは、アルゼンチンのタンゴ歌手カルロス・ガルデルも歌った「わたしの黒い花々」だろう。

新しい文学的思潮が普及していく時代にあっても、フローレスの繊細で垢抜けした抒情性、過度ともいえる深層不安の表現、深みのある感受性は際立っており、その作品に刻み込まれた悲壮的なドラマ性は高く評価された。

この小説の中で、フローレスのいくつもの詩編を取り入れたことについて「フローレスの詩が好きなのか」とのわたしの問いに対して、フランコは次のように答えている。

「いくつかの詩は好きだが、あまりにロマンチックすぎるのは好きではない。エル・モノとドン・ディエゴを対峙させるに当たって、詩を間に挟みたかった。二人の間に交わされた会話の多くはイソルダについてだったが、詩についてもしばしば話している。エル・モノは、彼の率いるごろつきのグループでは粗野で厳しいマチスタとしてふるまい、当時の時代的な背景もあって心情を吐露しなかった。執筆中、彼の心の奥に秘めている思いを表現するためにふさわしい詩を探していて、フローレスと出会った。彼の作品をエル・モノが朗読することによって、エル・モノの感情の襞《ひだ》を言語化させられるのではないか、と思った。またこの詩人がコロンビアの民衆に愛され、とりわけ労働者階級に親しまれたこと、それに彼自身が労働者の集まる酒場の雰囲気が好きで、しばしば酒場に足を運び、彼らとともに酔っぱらったことなども、エル・モノの生活や感情にはぴったりそぐうのではないか、と考えた」

フローレスは大衆に愛された詩人であり、知的エリート階級には眉をひそめる人が多かった。エル・モノがフローレスの詩を朗読すると、ドン・ディエゴは「なんてひどい詩なんだ」とか「へボ詩人」と酷評している。彼の言葉は、当時の知的エリートの評価そのものである。

その一方で、ドン・ディエゴは娘のイソルダに、ヴァレリーの詩をフランス語で朗読することを教えている。母国においてさえろくに勉学の機会を与えられず、未来も見えずに悪の道に入っていった社会の底辺で生活する若者と、十代半ばからヨーロッパで学び、フランス語もドイツ語も堪能で貴族趣味そのものの生活を送る特権階級の老齢の男。詩の嗜好にも、社会階級のコントラストが読み取れる。

しかし実際のディエゴ・エチャバリーア・ミサスは、単なる嫌味な大金持ちではなかった。小説ではイタグイ市に図書館を寄贈したことが語られているが、大半の資産を文化施設に寄贈したメセナとして、病院などの建設に尽力した慈善家として、彼は広く知られ尊敬されている。

作品にも書かれているように、エチャバリーア夫妻はコロンビアに帰国して最初に農園〈ディータイレス〉に住んだ。現在この土地はイタグイ市に寄付され、建物は改装されて会議場となり、敷地には文化センターやメデジンドイツ学校が建ち、またイタグイ市のレクリエーション施設ともなっている。イソルダの死後に、同市に広大な土地を寄付して宿舎を備えた学校エスクエラ・イソルダ・エチャバリーアを建設し、またサン・アントニオ・デ・プラド病院を建てるに当たってはその建設費の半分を提供している。

一九七一年八月八日、ドン・ディエゴは自宅である〈城〉の入り口で数人の男に襲われて誘拐された。その一カ月半後、彼の父親の名前がつけられた地区のすぐ傍にある農場で遺体が発見された。犯罪者グループはエル・モノ・トレッホと名乗る一団で、ドン・ディエゴは同年九月十九日に殺害されたものとみなされている。

誘拐される八日前、ドン・ディエゴは家族や友人たちに対して「万一、私が誘拐されても一センタボも払ってはならない」と発言して、犯罪に対する厳しい姿勢を示しており、それ以降、エチャバリーア家では何があっても誘拐犯たちの圧力に屈しない、との内部協定ができていた、といわれる。この誘拐は、牧歌的雰囲気であったメデジンが暴力の街へと変貌するきっかけになった事件として認識されていて、このころ、メデジンの〈城〉の傍に住む九歳の少年だったフランコは強い衝撃を受けた、と語っている。

また誘拐犯のリーダーのエル・モノは、当時まだ若く、自動車泥棒から身代金目的誘拐に商売を鞍替えしていた、後のメデジン・カルテルの首領パブロ・エスコバルである、とも言われている。この件についてフランコの意見を訊いたところ、「エスコバルの可能性は薄い。執筆の準備をしていたときに、誘拐当時の関係者に取材したが、彼らはその可能性を否定した。犯人についてただわかっているのは、エル・モノ・トレッホという名前だけで、刑務所に収監されていたときに彼に面会に来たのは少年たちだけだった、との証言を得た。この証言から、彼の性的な傾向を作品に盛った」と述べた。

ドン・ディエゴの居所であった〈城〉は、小説のように彼自身が建てたものではなく、一九三〇年にホセ・トボン・ウリベの依頼で建築家H・M・ロドリーゲスが建てたものを、ヨーロッパ的雰囲気の中で暮らしたい、と一九四三年にドン・ディエゴが買い取ったものである。ドン・ディエゴの死後、ディータはドイツに帰国してしまい、現在は博物館となっている。

翻訳についてお断りしておきたい。

コロンビアの国家警察は、国軍と一体となって国民を守る武装組織である。大統領が総司令官であり、防衛大臣の指揮下に置かれている。管轄は八県、十六の大都市圏、三十四の地方組織に分かれている。県以外の各管轄区は、いくつかの地方組織や大都市圏の連合組織で、将軍の指揮下に置かれている。作中のサルセードの肩書は「Mayor」で少佐の官職だが、日本人には理解しにくいため、フランコとも相談の上、メデジンを指揮する立場にあることから「警察署長」とした。

現在フランコは、エスコバルに近かったマフィアの息子が、父の暗殺から十二年後に、コロンビアへ帰国することをテーマとする新作に取り組んでいる。ストーリーはエスコバルの死から始まる。父が暗殺されたことで母国を離れざるを得なかった若者が十二年ぶりに帰ったメデジンは、以前の街とはまったく違っていた。フランコの関心は、現在のメデジンを描くことと、コロンビア社会でどっちつかずの立場に置かれているマフィアの息子たちの人物を分析することである。彼らの多くはレベルの高い学校で学び、一流大学を卒業している優秀な人物たちで、ほとんどはマフィアの世界に入らなかったが、その一方で母国の社会から疎《うと》んじられている。大体このようなストーリーを、彼独自の語り口で、異なる三つの時代を舞台に語っているという。今年中には書き上げて来年には出版する予定、とのメールが届いている。語りの名手がどのように物語を展開しているのか、新作を手に取るのを楽しみにしている。

フランコの夫人ナタリアがドン・ディエゴの親戚であったことが、本作の取材を容易にしてくれたようだ。取材に四年、執筆に三年を費やした力作であるが、エピグラフに「僕の内部の世界　バレリアに」とあるように、本作は彼らの一人娘のバレリアにささげられている。キューバのラス・アメリカス賞の審査員をともに務めて以来十五年、『ロサリオの鋏』『パライソ・トラベル』を訳したりしながら、フランコと交友を続けてきた。『外の世界』を訳しながら、このような魅力ある作品を翻訳できることになった巡り合わせをどれほど幸せに思い、感謝しただろう。

バレリアが幼かったころに贈った着物を着せて撮った彼女の写真を、フランコが送ってきてくれたことがある。バレリアに着せた着物の下からジーンズが覗いているのを、おかしくもほほえましくも思いながら見たことが忘れられない。次にコロンビアに行ったときにはおそらく、美しいセニヨリータの彼女に会えるだろう。

今回、スペイン語の翻訳に関して、とりわけコロンビア独特の言い回しを理解する上で、会田宣子さん、山浦アンヘラさん、セバスティアン・ディアス・グラナードスさん、ナタリア・マリンさんなど、コロンビアにゆかりのある方々のご協力を得ました。ドイツ語の表記については、村田竜道さんにお力を貸していただきました。また編集に関しましては、青木誠也さんに細部までご配慮いただきましたことを心から感謝申し上げます。

ラテンアメリカ小説の魅力が日本の読者に届くことを願いつつ。

二〇一八年一月

田村さと子

【著者・訳者略歴】

ホルヘ・フランコ（Jorge Franco）

1962年、コロンビア・メデジン生まれ。ロンドン・インターナショナル・フィルム・スクールで映画について学んだのち、ボゴタのハベリアナ大学で文学を専攻。1996年『呪われた愛』で作家デビュー。2014年、本書『外の世界』でアルファグアラ賞受賞。邦訳に『ロサリオの鋏』、『パライソ・トラベル』（ともに田村さと子訳、河出書房新社）などがある。

田村さと子（たむら・さとこ）

1947年、和歌山県新宮市生まれ。お茶の水女子大学卒業後、メキシコ国立自治大学でラテンアメリカ文学を、スペイン国立マドリード大学で詩論を学ぶ。帰国後、お茶の水女子大学大学院博士課程修了。1991年、同大学にて学術博士号（Ph.D）取得。著書に『百年の孤独を歩く——ガルシア＝マルケスとわたしの四半世紀』（河出書房新社）など、訳書にマリオ・バルガス＝リョサ『楽園への道』（河出文庫）、『つつましい英雄』（河出書房新社）などがある。

【装画】

ルネ・マグリット「深淵の花」

René Magritte, Les fleurs de l'abîme, 1928

外の世界

2018年2月25日初版第1刷印刷
2018年2月28日初版第1刷発行

著　者　ホルヘ・フランコ
訳　者　田村さと子
発行者　和田肇
発行所　株式会社作品社
〒102-0072　東京都千代田区飯田橋2-7-4
TEL.03-3262-9753　FAX.03-3262-9757
http://www.sakuhinsha.com
振替口座00160-3-27183

装　幀　水崎真奈美（BOTANICA）
本文組版　前田奈々
編集担当　青木誠也
印刷・製本　シナノ印刷株式会社

ISBN978-4-86182-678-8 C0097

【作品社の本】

分解する　リディア・デイヴィス著　岸本佐知子訳

リディア・デイヴィスの記念すべき処女作品集！　「アメリカ文学の静かな巨人」のユニークな小説世界はここから始まった。

ISBN978-4-86182-582-8

サミュエル・ジョンソンが怒っている

リディア・デイヴィス著　岸本佐知子訳

これぞリディア・デイヴィスの真骨頂！

強靭な知性と鋭敏な感覚が生み出す、摩訶不思議な56の短編。

ISBN978-4-86182-548-4

話の終わり

リディア・デイヴィス著　岸本佐知子訳

年下の男との失われた愛の記憶を呼びさまし、それを小説に綴ろうとする女の情念を精緻きわまりない文章で描く。「アメリカ文学の静かな巨人」による傑作。待望の長編！

ISBN978-4-86182-305-3

孤児列車　クリスティナ・ベイカー・クライン著　田栗美奈子訳

91歳の老婦人が、17歳の不良少女に語った、あまりにも数奇な人生の物語。火事による一家の死、孤児としての過酷な少女時代、ようやく見つけた自分の居場所、長いあいだ想いつづけた相手との奇跡的な再会、そしてその結末……。すべてを知ったとき、少女モリーが老婦人ヴィヴィアンのために取った行動とは――。感動の輪が世界中に広がりつづけている、全米100万部突破の大ベストセラー小説！

ISBN978-4-86182-520-0

名もなき人たちのテーブル

マイケル・オンダーチェ著　田栗美奈子訳

わたしたちみんな、おとなになるまえに、おとなになったの――11歳の少年の、故国からイギリスへの3週間の船旅。それは彼らの人生を、大きく変えるものだった。仲間たちや個性豊かな同船客との交わり、従姉への淡い恋心、そして波瀾に満ちた航海の終わりを不穏に彩る謎の事件。

映画『イングリッシュ・ペイシェント』原作作家が描き出す、せつなくも美しい冒険譚。

ISBN978-4-86182-449-4

ハニー・トラップ探偵社

ラナ・シトロン著　田栗美奈子訳

「エロかわ毒舌キュート！　ドジっ子女探偵の泣き笑い人生から目が離せません（しかもコブつき）」――岸本佐知子さん推薦。スリルとサスペンス、ユーモアとロマンス――一粒で何度もおいしい、ハチャメチャだけど心温まる、とびっきりハッピーなエンターテインメント。

ISBN978-4-86182-348-0

【作品社の本】

ウールフ、黒い湖　ヘラ・S・ハーセ　國森由美子訳

ウールフは、ぼくの友だちだった——オランダ領東インド。農園の支配人を務める植民者の息子である主人公「ぼく」と、現地人の少年「ウールフ」の友情と別離、そしてインドネシア独立への機運を丹念に描き出し、一大ベストセラーとなった〈オランダ文学界のグランド・オールド・レディー〉による不朽の名作、待望の本邦初訳！　ISBN978-4-86182-668-9

心は燃える　J・M・G・ル・クレジオ著　中地義和・鈴木雅生訳

幼き日々を懐かしみ、愛する妹との絆の回復を望む判事の女と、その思いを拒絶して、乱脈な生活の果てに恋人に裏切られる妹。先人の足跡を追い、ペトラの町の遺跡へ辿り着く冒険家の男と、名も知らぬ西欧の女性に憧れて、夢想の母と重ね合わせる少年。ノーベル文学賞作家による珠玉の一冊！　ISBN978-4-86182-642-9

嵐　J・M・G・ル・クレジオ著　中地義和訳

韓国南部の小島、過去の幻影に縛られる初老の男と少女の交流。ガーナからパリへ、アイデンティティーを剝奪された娘の流転。ル・クレジオ文学の本源に直結した、ふたつの精妙な中篇小説。ノーベル文学賞作家の最新刊！　ISBN978-4-86182-557-6

迷子たちの街　パトリック・モディアノ著　平中悠一訳

さよなら、パリ。ほんとうに愛したただひとりの女……。2014年ノーベル文学賞に輝く《記憶の芸術家》パトリック・モディアノ、魂の叫び！　ミステリ作家の「僕」が訪れた20年ぶりの故郷・パリに、封印された過去。息詰まる暑さの街に《亡霊たち》とのデッドヒートが今はじまる——。　ISBN978-4-86182-551-4

失われた時のカフェで　パトリック・モディアノ著　平中悠一訳

ルキ、それは美しい謎。現代フランス文学最高峰にしてベストセラー……。

ヴェールに包まれた名匠の絶妙のナラション（語り）を、いまやわらかな日本語で——。

あなたは彼女の謎を解けますか？　併録「『失われた時のカフェで』とパトリック・モディアノの世界」。ページを開けば、そこは、パリ　ISBN978-4-86182-326-8

人生は短く、欲望は果てなし

パトリック・ラペイル著　東浦弘樹、オリヴィエ・ビルマン訳
妻を持つ身でありながら、不羈奔放なノーラに恋するフランス人翻訳家・ブレリオ。

やはり同様にノーラに惹かれる、ロンドンで暮らすアメリカ人証券マン・マーフィー。

英仏海峡をまたいでふたりの男の間を揺れ動く、運命の女《ファム・ファタール》。

奇妙で魅力的な長篇恋愛譚。フェミナ賞受賞作！　ISBN978-4-86182-404-3

【作品社の本】

悪しき愛の書　フェルナンド・イワサキ著　八重樫克彦、八重樫由貴子訳

9歳での初恋から23歳での命がけの恋まで——彼の人生を通り過ぎて行った、10人の乙女たち。バルガス・リョサが高く評価する“ペルーの鬼才”による、振られ男の悲喜劇。ダンテ、セルバンテス、スタンダール、プルースト、ボルヘス、トルストイ、パステルナーク、ナボコフなどの名作を巧みに取り込んだ、日系小説家によるユーモア満載の傑作長篇！　ISBN978-4-86182-632-0

悪い娘《こ》の悪戯《いたずら》　マリオ・バルガス＝リョサ著　八重樫克彦、八重樫由貴子訳

50年代ペルー、60年代パリ、70年代ロンドン、80年代マドリッド、そして東京……。

世界各地の大都市を舞台に、ひとりの男がひとりの女に捧げた、40年に及ぶ濃密かつ凄絶な愛の軌跡。ノーベル文学賞受賞作家が描き出す、あまりにも壮大な恋愛小説。ISBN978-4-86182-361-9

チボの狂宴　マリオ・バルガス＝リョサ著　八重樫克彦、八重樫由貴子訳

1961年5月、ドミニカ共和国。31年に及ぶ圧政を敷いた稀代の独裁者、トゥルヒーリョの身に迫る暗殺計画。恐怖政治時代からその瞬間に至るまで、さらにその後の混乱する共和国の姿を、待ち伏せる暗殺者たち、トゥルヒーリョの腹心ら、排除された元腹心の娘、そしてトゥルヒーリョ自身など、さまざまな視点から複眼的に描き出す、圧倒的な大長篇小説！　ISBN978-4-86182-311-4

無慈悲な昼食　エベリオ・ロセーロ著　八重樫克彦、八重樫由貴子訳

「タンクレド君、頼みがある。ボトルを持ってきてくれ」地区の人々に昼食を施す教会に、風変わりな飲んべえ神父が突如現われ、表向き穏やかだった日々は風雲急。誰もが本性をむき出しにして、上を下への大騒ぎ！　神父は乱酔して歌い続け、賄い役の老婆らは泥棒猫に復讐を、聖具室係の養女は平修女の服を脱ぎ捨てて絶叫！　ガルシア＝マルケスの再来との呼び声高いコロンビアの俊英による、リズミカルでシニカルな傑作小説。

ISBN978-4-86182-372-5

顔のない軍隊　エベリオ・ロセーロ著　八重樫克彦、八重樫由貴子訳

ガルシア＝マルケスの再来と謳われるコロンビアの俊英が、母国の僻村を舞台に、今なお止むことのない武力紛争に翻弄される庶民の姿を哀しいユーモアを交えて描き出す、傑作長篇小説。スペイン・トゥスケツ小説賞受賞！　英国「インデペンデント」外国小説賞受賞！

ISBN978-4-86182-316-9

誕生日　カルロス・フエンテス著　八重樫克彦、八重樫由貴子訳

過去でありながら、未来でもある混沌の現在＝螺旋状の時間。

家であり、町であり、一つの世界である場所＝流転する空間。

自分自身であり、同時に他の誰もである存在＝互換しうる私。

目眩めく迷宮の小説！　『アウラ』をも凌駕する、メキシコの文豪による神妙の傑作。

ISBN978-4-86182-403-6

【作品社の本】

密告者　フアン・ガブリエル・バスケス著　服部綾乃・石川隆介訳

「あの時代、私たちは誰もが恐ろしい力を持っていた――」名士である実父による著書への激越な批判、その父の病と交通事故での死、愛人の告発、昔馴染みの女性の証言、そして彼が密告した家族の生き残りとの時を越えた対話……。父親の隠された真の姿への探求の果てに、第二次大戦下の歴史の闇が浮かび上がる。マリオ・バルガス＝リョサが激賞するコロンビアの気鋭による、あまりにも壮大な大長篇小説！　ISBN978-4-86182-643-6

ほどける　エドウィージ・ダンティカ著　佐川愛子訳

双子の姉を交通事故で喪った、十六歳の少女。自らの半身というべき存在をなくした彼女は、家族や友人らの助けを得て、アイデンティティを立て直し、新たな歩みを始める。

全米が注目するハイチ系気鋭女性作家による、愛と抒情に満ちた物語。　ISBN978-4-86182-627-6

海の光のクレア　エドウィージ・ダンティカ著　佐川愛子訳

七歳の誕生日の夜、煌々と輝く満月の中、父の漁師小屋から消えた少女クレアは、どこへ行ったのか――。海辺の村のある一日の風景から、その土地に生きる人びとの記憶を織物のように描き出す。

全米が注目するハイチ系気鋭女性作家による、最新にして最良の長篇小説。

ISBN978-4-86182-519-4

地震以前の私たち、地震以後の私たち
それぞれの記憶よ、語れ
エドウィージ・ダンティカ著　佐川愛子訳

ハイチに生を享け、アメリカに暮らす気鋭の女性作家が語る、母国への思い、芸術家の仕事の意義、ディアスポラとして生きる人々、そして、ハイチ大地震のこと――。生命と魂と創造についての根源的な省察。カリブ文学OCMボーカス賞受賞作。　ISBN978-4-86182-450-0

骨狩りのとき　エドウィージ・ダンティカ著　佐川愛子訳

1937年、ドミニカ。姉妹同様に育った女主人には双子が産まれ、愛する男との結婚も間近。ささやかな充足に包まれて日々を暮らす彼女に訪れた、運命のとき。全米注目のハイチ系気鋭女性作家による傑作長篇。アメリカン・ブックアワード受賞作！　ISBN978-4-86182-308-4

愛するものたちへ、別れのとき
エドウィージ・ダンティカ著　佐川愛子訳

アメリカの、ハイチ系気鋭作家が語る、母国の貧困と圧政に翻弄された少女時代。

愛する父と伯父の生と死。そして、新しい生命の誕生。感動の家族愛の物語。

全米批評家協会賞受賞作！　ISBN978-4-86182-268-1